GABRIELE RIEDLE

VERSUCH ÜBER DAS WÜSTE LEBEN

DIE ANDERE BIBLIOTHEK

Herausgegeben von Hans Magnus Enzensberger

GABRIELE RIEDLE

Versuch über das wüste Leben

ROMAN

EICHBORN VERLAG *Frankfurt am Main 2004*

ISBN 3-8218-4548-1

Frankfurt am Main, 2004

INHALT

EINS

I

ANKUNFT

Fühl ich mein Herz noch jenem Wahn geneigt? Noch glüht der Tag in neon-weißer Kälte, spätwinterlich, frühlingsfern. Doch weiß ich, hoff ich, weiß ich nicht, wie mir geschehen wird. Wie werd ich sein, wie er, wie ich, er wie, ich wie, er wie ich wie er? Ich: vor dem Spiegel. Probe von Gesichtern. Denn endlich wird er kommen. Er.

Wird kommen gegen 18 Uhr. Kurze Nachricht. Keine weiteren Angaben.

Es wird schon dunkel sein. Der Flughafen hell erleuchtet. Flüge aus Paris, Washington, Frankfurt, Monastir, München, Palma de Mallorca, Moskau, London zu etwa der gleichen Zeit. Außerdem die Anschlußflüge aus Johannesburg, Rom, Bangkok und so weiter. Hunderte Möglichkeiten. Ich werde ihn ausrufen lassen. Der ganze Flughafen ruft seinen Namen. Die Reisenden halten inne. Die Gepäckbänder stehen still. Dann. Gegen 18 Uhr.

Werde am öffentlichen Treffpunkt stehen. Grüne Schrift auf grauer Tafel, vier Pfeile auf einen Punkt gerichtet: Meeting-Point. Dies wird der Ort sein, wo ich Ihn treffe. Wo alle Pfeile zusammenlaufen. Und dort wird er mich erkennen. Er hat mich immer erkannt. Und auch ich ihn. Egal, in welcher Gestalt er bisher erschienen ist.

Wahrscheinlich werde ich eine Weile auf und ab gehen. Den Mantel vor der Brust mit beiden Händen zusammenziehen. Oder die Hände in die Tasche stecken. Fühl ich mein Herz noch jenem Wahn geneigt? Hat er ein Herz? Das mir geneigt? Ob meine Schuhe glänzen? Meine Augen? Es wird noch dauern. Eine halbe Ewigkeit.

Wird er legal hier sein? Oder wird er sich einschleichen? Im Kühlcontainer die Grenzen überqueren? Im doppelten Boden das Hoheitsgebiet der Eindeutigkeit verlassen? Sich unter meinen Eisernen Vorhängen durchwühlen und in ein Maulwurfsloch in meinem Herzen setzen? Ich werde noch einmal auf und ab gehen. Ankömmlinge sehen. Abreisende. Koffer auf Rädern. Rauchen, vielleicht. Vielleicht auch Kaffee. Dünne Brühe im Mantel trinken. Lippenstift nachziehen auf dem Klo. Sattes Rot, wieder im Neon-Weiß.

23. März 2000. Der Frühling hat schon angefangen. Aber dieses merkwürdige Licht. Diese anhaltende Kälte. Noch stehe ich vor dem Spiegel in meinem Badezimmer. Nachher werde ich vor dem Spiegel am Flughafen stehen.

Ich habe eine Bach-Kantate aufgelegt. Es ist alles vorbereitet. Für Ihn. Die Blumen arrangiert, die Wohnung geputzt, das Silber poliert, die Beine rasiert. Nicht doch. Keine Blumen. Keine saubere Wohnung. Kein Silber. Keine rasierten Beine. Nicht nötig. Im Gegenteil. Alles liegt herum. Papier. Flaschen. Plastikmüll. Essensreste. We are dirty but we've got the music:

Jesus soll mein erstes Wort
In dem neuen Jahre heißen.
Fort und fort
Lacht sein Nam' in meinem Munde,
Und in meiner letzten Stunde
Ist Jesus auch mein letztes Wort.

Und alle sind weg. Hilde, Carola, Freddy. Ich habe dafür gesorgt, daß sie aus meinem Leben verschwanden. Selbst die dazugehörigen Geschwister und Freundesfreunde bin ich losgeworden. Keine Anrufe, keine E-mails, keine Faxe. Sehe niemanden. Höre niemanden.

Einmal jedoch schon. Hildes Schwester. Ich höre ihren Namen am Telefon. Neulich erst. Ich rufe sie an in ihrem Architektur-Büro, um ihr die letzten Sachen, die ich noch von Hilde besitze, zurückzubringen. Einen Rucksack, einen Schlafsack, ein Fernglas, denn ich werde nicht mehr reisen. Und ich sehe Carolas Bruder. Seine Gestalt aus der Ferne. Seinen Gang. Wie er die Füße leicht nach außen dreht bei jedem

Schritt. Er kommt mir entgegen. Wahrscheinlich ist er auf dem Weg in seine Klinik. Noch fünfzig Meter auf dem Bürgersteig. Plötzlich wendet er sich nach links. Beschleunigt seine Bewegungen, verschwindet für einen Moment zwischen den parkenden Autos, hastet über die Straße, ich sehe, wie er fast von einem heranbrausenden Fahrzeug erfaßt wird. Auch ich sage meinen Namen. Kurzer Moment des Schweigens in der Telefonleitung. Hildes Schwester atmet. Dann legt sie auf, um Häuser zu bauen, und Carolas Bruder verschwindet auf der anderen Straßenseite, um Menschen zu heilen.

Jetzt gehöre ich zu niemandem mehr. Jetzt werde ich lieben können. Jetzt habe ich alle Übungen durchlaufen, alle Reisen beendet und alles auch in Worte wohlgesetzt. Jetzt wird Er endlich zu mir kommen.

Auch ich muß heute wieder über die Grenze. Und wandeln in bedächtger Schnelle vom Himmel durch die Welt zur Hölle.

Damit alles neu werden kann am Ostertag.

GEORGIER

Vorübungen. Spätwinter. Das Jahr 1999 hatte schon vor einer Weile begonnen, seit Monaten keine Arbeit und kein Auftrag, seit Wochen keine besonderen Vorkommnisse.

Hilde, Freddy, Carola, ich: jeder in seiner Wohnung. Drinnen: Einsamkeit. Draußen: naßkalt.

Aber bald wird es wieder soweit sein. Einstweilen stopfte ich mich voll mit Chips und lieblichen Liedern. Ab und zu telefonierte ich mit Hilde. Dann wieder Lieder. Ganze Tage vor dem Fernseher. Ausgang nur für Curry beim indischen Imbiß. Anschließend Sofa. Die Wände kamen immer näher.

Plötzlich schreckte ich hoch. Er ist in London! Ich muß los!

Nächste Runde. Neues Spiel. Noch mehr Glück. Wieder stürzte ich die Treppe hinunter. Seit fünf Jahren, seit vier Jahren, seit drei, zwei, eins, null stolpere, gleite, falle, purzele ich diese Treppe down,

down, down, hinaus auf die Straße, hinein ins Reisebüro. London calling, get out of my way.

Ein Ticket! Schnell! Gatwick, Heathrow, ganz egal, geht's nicht flotter, geht's nicht gleich?! Der Reisebüro-Angestellte glotzte auf den Bildschirm und tat so, als ob er mich nicht hörte. Ich hasse diese sogenannte Seelenruhe. Alles Lüge. Alles Propaganda. Er wird nicht warten. Ich muß. Jetzt!

Mit langen Fingern tippte der Angestellte Buchstabencodes in die Tasten. Ob ich eventuell auch über Rom fliegen würde. Selbstverständlich! Über Rom. Über Budapest. Über Stockholm. Auf Wiedersehen! Bin schon weg.

Meilen und mehr mit der Lufthansa. Un vuelo llamado Isteria, oder Iberia, or what so ever. United Airlines: now! Willkommen beim Fliegenden-Holländer-Programm der KLM. Bitte legen Sie jetzt Ihre Atemmasken und Panzerglaswesten an. Wir werden in Kürze abstürzen.

Und dort, wo ich aufschlage, sitzt immer: Er.

Sitzt diesmal in einer Spelunke im Londoner East End. Ten Bells Pub heißt sie jetzt. Früher hieß sie nach Jack the Ripper, weil der die Gegend berühmt gemacht hat. Man wird mich also aufschlitzen hier, soviel ist gewiß.

Sitzt umringt von lustigen Gesellen. Männer mit Biergläsern, Männer mit Telefonen, Männer mit Glupschaugen stehen, hocken, lümmeln herum. Nadelstreifenanzüge, Turbane, Blaumänner, Punkfrisuren. Die Punks, die Arbeiter und die Sikhs sind aus diesem Viertel am Rand des östlichen Endes von London, die Broker aus dem Finanzdistrikt gegenüber, aus dem Westen jenseits der Hauptstraße. Und zwei Georgier sind gekommen. Natürlich nicht aus London. Natürlich aus Georgien.

Und Er, wie üblich, aus dem schönen Nirgendwo, von wo er mich stets herzlich grüßte, verkündet sogleich gruß- und umstandslos das Programm für diesen sterbenden Tag. Ich muß dich, sagt er, nun vor allen Dingen in lustige Gesellschaft bringen, damit du siehst, wie leicht sich's leben läßt. Habe, sagt er, darum schon mal Bier bestellt. Und diese zwei Georgier. Einen Riesen und professionellen Drachentöter mit glühenden Augen, schwarzem Schnurrbart und verkrüppeltem kleinen Finger und einen außergewöhnlich haarigen und nicht mehr ganz jungen Zwerg, der den Drachentöter unaufhörlich imitiert. Kaum hebt der Große die Hand, hebt sie auch der Kleine, es lacht der Riese, es lächelt der Zwerg, und Er sagt nichts mehr, verzieht keine Miene, aber ich habe verstanden, und bin entzückt.

Prachtvolle Gestalten, bizarre Geschöpfe. Für mich! Georgier! Zu meinem Vergnügen. Zu meiner Lust. Welch blendende Idee. Welch unerwartete Aufmerksamkeit von Ihm. Ach, das wüste Leben! Hat es mir verheißen, hat es mir versprochen, hat mit mir einen Pakt geschlossen: Ich bin sein, und die gesteigerte Existenz ist mein. Gleich!

Der Riese präsentierte sich als Künstler, was immer man in Georgien darunter verstehen mag, und dieser

Zwerg, meine Dame, der ist mein Assistent. Enchanté, sagt der eine, enchanté, echot der andere, vollendete Formen, Drachentöter der alten Schule, die Hände haben sie auf dem Herzen, und der Große hält den verkrüppelten Finger unter einem gesunden verborgen, damit ich mich nicht fürchte vor der Zeit.

Also langsam. Geduld. Wir sind nur in einem gewöhnlichen Pub im Londoner East End, wo Männer eben trinken.

Was stellen Sie sich vor? Wovor fürchten Sie sich?

Ich? Meinen Sie mich? Wieso?

Und Sie? Was ist Ihr Schrecken?

Schließlich Er, den Sie noch nicht einmal kennen. Was will er nur, was hat er vor? Woher sollte ich das wissen.

Ich, jedenfalls, setzte mich und trank. Hielt mich am Bierglas fest mit feuchten Händen, starrte auf die Georgier, dann auf die Punks, auf die Sikhs, auf die Broker, was hatten sie miteinander zu tun, warum waren sie hier, unmöglich, daß sie sich etwas zu sagen hatten, aber vielleicht machten sie einander heimlich Angebote, von der einen Straßenseite zur anderen, von Osten nach Westen oder umgekehrt, ein merkwürdiger Ort, diese miese Kaschemme mit speckigen Wänden, gehen Sie hin, sehen Sie sich diese Höhle an, wer weiß, was hier passieren, welche Seite etwas gewinnen und welche alles verlieren wird, ob sie einander beschenken oder einander vernichten, ich war einst bei den Brokern in ihren Hochhäusern und auch bei den Sikhs im Punjab, dort waren sie den Engländern vor langer

Zeit unterlegen, obwohl ihr Glaube, Gott, die Metaphysik mit ihnen waren, doch jetzt ist unklar, wer wohin vorrückt, ob es eine feindliche Übernahme wird oder eine freundliche, die Broker sind aus ihren Glaspalästen über die Hauptstraße gekommen, weil dort hinter ihnen schon alles tot war, und die Sikhs hatten sich auf den Weg über den Hindukusch gemacht, erlegen nunmehr einer Verlockung, jetzt tranken sie Milch, sie mußten einen klaren Kopf behalten, aber die Broker tranken Bier wie die Punks, deren Reich nicht mehr von dieser Warenwelt war, und wie die Arbeiter, die sich verzweifelt an die letzte Tradition klammerten, die sie noch hatten, Bier im Pub, mehr war da nicht mehr, und auch ich trank Bier, weil ich weder Traditionen noch Arbeit, Auftrag, Warenwelt oder Reich hatte und einmal bei den Brokern gewesen war, dann wieder bei den Sikhs und dann bei Ihm, der mir die Georgier bestellt hatte.

Das Bier war viel zu warm, es machte mich ganz benommen, schon wußte ich nicht mehr, ob Er überhaupt noch da war, sah Turbane, sah Schnurrbärte, saß geduldig, wollte mich üben, doch, doch, er war noch da, saß mir gegenüber, redete bloß nicht mit mir, worüber auch, wollte mich ja nur in lustige Gesellschaft bringen, nun denn, ich war belustigt, und ich lachte, die Broker, die Arbeiter, die Punks, die Sikhs, da konnte man nichts machen, aber die Georgier, das war ein lustiges Paar, sie waren gekommen, welch eine Verlockung, welch ein Vergnügen!, der Vorlust genossen, das kannte ich aus den Tagebüchern von Adorno, Gänsehaut, Herzklopfen, Schweißtropfen auf meiner Stirn, tausend sanfte Nadelstiche, dies ist irgendein Ende, ein Ende des Ostens oder ein Ende des Westens oder auch das Ende meiner selbst, ich werde an einer Straßenkreuzung stehen, die Straßenkreuzungen sind voller Gefahr, das, wiederum, wußte ich von den Voodoo-Priestern in Haiti, auch dort war ich irgendwann gewesen, die Priester haben mich gewarnt, an den Kreuzungen rauben die Geister den Menschen die Seelen, und bald wird meine Seele schwimmen im Blut, denn die Drachentöter werden vorrücken mit Gottes Hilfe, sie sind aus Georgien über den Kaukasus gekommen und werden anstellen mit mir, was sie wollen, mir alles nehmen, mir noch viel mehr geben, die Gewalt der Fremdheit, den Schrecken der Liebe, die Macht der Metaphysik, sie und Er, drei Männer im Nebel, es wird eine kampflose Übernahme werden, ich werde jauchzen, ich werde weinen, und das ist es, was ich mir vorstellte, nur damit Sie's wissen, als harter Punk durch den Ten Bells Pub dröhnte, und zehn Kirchenglocken in meinem Leib läuteten, und bald, wie soll es anders sein, bald wird die Orgie beginnen.

Doch die Georgier, meine Drachentöter, meine Glut, mein Taumel, mein Rausch, die Georgier regen sich nicht. Sitzen wie aus Holz geschnitzt. Bewegen kaum die Bärte. Reden. Reden. Die Kunst, das Leben, was ist die Bedeutung, was der Zweck? Und der Riese will nicht lockerlassen, bevor Er ihm nicht alles erklärt hat.

Was also, sagt der Riese, ist der Sinn des Lebens? Ja, der Sinn des Lebens, sagt Er. Und spricht und trinkt, und trinkt und spricht und höret nimmer auf.

So vergeht eine Stunde, vergehen zwei, ich zitterte, Erregung, Verzweiflung, den Sinn des Lebens wüßt ich selber gern, wüßt aber heut viel lieber, wann wir gehen, meine Herren, es könnte bald doch sehr viel Interessanteres noch geschehen. Und ich rüttle Ihn und ich ziehe den Riesen, halb sitzend, halb stehend, die Punks lachen, die Broker telefonieren, es wird nichts werden, es wird nichts passieren, und der Riese sagt oh, und der Zwerg sagt ah, und er sei eigentlich ein Mädchen und zudem noch Jungfrau, und bildete sich deshalb ein, auf gar keinen Fall mit uns dreien mitkommen zu können, auch wenn Er ihm mehrfach versicherte, daß ich weder gegen Mädchen noch gegen Jungfrauen das geringste einzuwenden hatte.

All das machte aber kein Leben, keine Kunst, keinen Sinn, weder physisch noch metaphysisch, es sollte einfach keine Übernahme stattfinden, wieder nichts, die Herren ließen mich sitzen auf der anderen Seite des Tisches, und Er, da war ich mir sicher, er hatte das bestimmt schon vorher gewußt.

Wozu hatte er diese Georgier dann überhaupt für mich bestellt? Vorlust, immer nur Vorlust, Adorno, du altes Ferkel, selbst du hast es doch getan, und aufgehört zu denken und zu reden, aber Er hielt mich hin, seit Jahren schon, ich schlug auf den Tisch, die Gläser hüpften, die Punks verstummten, die Broker ließen ihre Telefone fallen und zogen ihre

Jacketts aus, ich habe genug, dies ist ja nicht das erste Mal, all diese folgenlosen Verführungen, diese provisorischen Provokationen, diese verfehlten Versuchungen, diese beiläufigen Brutalitäten, diese ansatzweisen Ausschweifungen, diese Vorbereitungen für Orgien aller Art, die dann doch nie stattfanden, wüstes Leben in vertretbaren Maßen, Vorübungen nur, wie gewünscht, vertragsgemäß, immerhin. Doch weiter, nichts weiter, das waren noch längst nicht die letzten Dinge, die zu erfahren ich schon so lange erwartete, und ich schrie, pack deine komischen Kumpane, ich will sie nicht mehr sehen, sollten diese heiligen Georgier doch einfach bei ihren Drachen bleiben und die töten, wenn sie das überhaupt noch schafften, auf solche merkwürdigen Gestalten konnte ich getrost verzichten, das sollte Er sich merken. Und während er sich noch so langsam wie überhaupt möglich erhob, den Brokern, den Arbeitern, den Sikhs, den Punks huldvoll zulächelte, als wüßte er Bescheid über deren Zukunft und deren Schicksal, aber gleichzeitig in den Taschen nach möglichst kleinen Münzen wühlte, waren der Riese und sein Zwerg ohnehin vom Schauplatz der unvollendeten Versuchungen und Verwüstungen verschwunden. Im Londoner Nebel, wo sonst.

Auch ich machte mich davon, ließ Ihn stehen, fiebriger Kopf, schmerzende Glieder, so konnte das mit uns nicht weitergehen.

Also zurück auf mein Sofa. Kehrt zu den Liedern, Trost vor dem Fernseher. Vergessen im Liegen. Was nun?

Die Vorübungen. Schluß damit.

Doch dann. Doch dann. Dann schickte Er mich in den Wald. Beförderte mich, als es Frühling wurde, und ohne daß ich den geringsten Verdacht gehabt hätte, zu Hilde und Carola und Freddy. Aus Mitleid? Aus Rücksicht? Aus weitsichtigem Kalkül? Ich habe nichts gewußt. Ich habe nichts geahnt.

Ich wollte nur Ruhe. Erholung. Alltag. Und vielleicht auch ein wenig Gesellschaft, natürlich keine lustige.

Vor allem Rettung vor seinen nutzlosen Programmen, die ich selbst einst bestellt hatte.

ZWEI

II

ZUFLUCHT

Sprung aus den Wolken ins norddeutsche Tiefland. Gleich bin ich im Wald, gleich bin ich gerettet.

Ich brauchte nur ins Auto zu steigen, die Kupplung zu treten, den Gang einzulegen, Gas zu geben. Alltag läßt sich nur durch Alltag herstellen. Durch einfache Verrichtungen. Durch lang eingeübte Bewegungen. Hände ans Lenkrad, Füße auf die Pedale. Ich hatte Autofahren nie gemocht. Aber jetzt fand ich es beruhigend.

Im Wald in einem Jagdhäuschen unter den hohen Bäumen am Rande einer kleinen Lichtung warteten meine Freunde. Hilde. Carola. Freddy. Normalität. Wirklichkeit. Geborgenheit. Geschirr mit abgeschlagenen Kanten. Selbst gekochte Suppen. Wärmende Weine. Wahrscheinlich.

Carola, die Psychoanalytikerin in mittleren Jahren, und Freddy, der sehr viel jüngere Biologe, sind, obwohl sehr unterschiedlich hinsichtlich Beruf, Neigungen und Lebensjahren, seit langer Zeit ein Paar. Eine wunderbare Verbindung! Das sagen alle. Die schönste, die angenehmste, die freundlichste, die ich kenne! Sagt Hilde.

Carola und Freddy hatten Hilde vor einer Weile zu sich genommen. Allerdings nur für die Wochenenden. Denn während der Woche lebte Hilde in einer anderen Stadt als Carola und Freddy, wenn auch nicht in allzu weiter Entfernung, und auch das Paar selbst hatte sich die Freiheit getrennter Wohnungen erhalten, und sich oft erst freitags im Wald wiedergetroffen.

Das Häuschen am Rande der Lichtung ist klein, aber für eine Dritte war wohl noch Platz, und so hatte Carola Freddy davon überzeugt, für Hilde, die Heimatlose, die beide Jahre kannten und schätzten, jene kleine Kammer freizuräumen, die dem ehemaligen Jagdherrn einstmals als Kinderzimmer gedient hatte.

Carola wünschte sich für Hilde, daß diese sich auf der kleinen Lichtung erholen mochte von den Anstrengungen und Erschütterungen ihrer Reisen, denn sie arbeitete für Ärzte ohne Grenzen als Spezialistin für Epidemiologie und Immunologie. Für sich selbst hoffte Carola auf eine Gesprächspartnerin zur Ergründung der menschlichen Innenwelten, die sich Freddy nur mäßig erschlossen. Freddy hingegen erwartete anregende Erzählungen von Hildes Abenteuern in der Ferne und teilnehmende Unterstützung in seiner Liebe zur Biologie. Und beide zusammen erbaten von Hilde schließlich, aber selbstverständlich nur ganz am Rande und mit aller gebotenen Zurückhaltung, eine kleine Beteiligung an den ohnehin nur geringen Unterhaltskosten des bescheidenen Anwesens, Hilde würde das sicherlich verschmerzen können. Sie konnte. Und wollte über Geld auch nicht weiter reden. Hauptsache, sie hatte nun ein Heim.

Und jetzt hatte Hilde als Unterhausherrin mich eingeladen als eine vierte. Hilde, die ich kennengelernt hatte, dort wo die Welt alle Festigkeit verloren hat.

Sie war eines Tages den Amazonas heraufgekommen, als ich mit Ihm auf dem Weg hinunter war. Es hatte meine letzte Reise für die Bank werden sollen. Wenn auch nicht die letzte mit Ihm.

In einem Wellblechhüttendorf hatten Hilde und ich uns kurz unsere Leben erzählt. Die wichtigsten Daten, die spektakulärsten Stationen, Ruanda, Somalia, Kambodscha, Bangladesch und die verseuchtesten Winkel Osteuropas, Tschernobyl, Tscheljabinsk und die Kohlegruben von Woronesch, die entscheidenden Stichwörter waren gefallen, wir waren seit Jahren unterwegs, ich im Auftrag des Schönen und Hilde im Auftrag des Guten.

Mich hatte man losgeschickt, um dort draußen den Sinn des Lebens zu suchen und gegen Geld einzutauschen. Authentische Kunstwerke aus abgelegenen Gebieten, Spiritualität für unsere postmodernen Metropolen, unverbrauchte Bilder, elementare Kraft, Seele, Magie, Geheimnis, man produziert ja Erstaunliches in den Tiefen des Raumes, so sagte man. Und ich packte ein für die Stiftung der Bank, bei der ich endlich Kulturbeauftragte geworden war, nachdem ich schon immer hatte reisen müssen, ob ich wollte oder nicht.

Der Auftrag war mir also gelegen gekommen, weil auch ich von etwas leben und meinen Anteil erwirtschaften mußte im globalen Kreislauf von Geld und Sinn, eine alltägliche Sache, aber ich habe den Alltag verloren, denn ich habe die Bilder gesehen.

Diese schmerzhaften Bilder auf Reisen, niemand wird sie je wahrnehmen bei der Bank, Geheimnisse, Dämonen, Teufel und Götter in jeder Gestalt, die Fratzen der Armut, die Masken der Macht, die Gesichte der Ohnmacht. Die Wissenden versprachen Beistand, Linderung, Glück durch die gekonnte Kombination von Zeichen und Gegenständen, bannten die bösen Geister in die Steine, beschworen die guten aus dem Müll, ordneten die durcheinandergekommene Welt des Sichtbaren und Unsichtbaren wieder so, wie sie vorgesehen war, sie waren Medizinmänner mit verspiegelten Sonnenbrillen, waren Priester, erstarrt im Schweigen, während die Wälder schrieen, oder Meister des Alltags, die kaum wußten, was sie wußten, und mich mit vom Tagwerk zerschundenen Händen feierlich begrüßten, ich habe mit ihnen auf dem Boden oder an ihren Tischen gesessen und aus ihren Schüsseln gegessen, während sie beobachteten, wie das Blut in meinen Adern floß, und ich meinerseits nicht mehr wußte, wer ich war im Geflecht der Zeichen, der Dinge, der Geister, und, fast schon verloren, kaum mehr fähig, meinen Auftrag für die Bank zu erfüllen.

Aber irgendwann hatte ich Ihn gefunden oder er mich, unterwegs auf diesen Reisen, eine merkwürdige Erscheinung, die mir genauso fremd war wie alle anderen und doch irgendwie vertraut. Er war nicht besonders freundlich und schon gar nicht besonders angenehm, und ich weiß nicht, wie er mich so schnell in seine Hand bekommen hat, die Konkurrenz war ja schier übermächtig. Ich hätte mich umstandslos auch dem Voodoo verschreiben können, oder dem Aufbau des Sozialismus mit metaphysischem Antlitz zwischen Woronesch und Westeuropa, oder, warum nicht, auch beidem, die multiple Orthodoxie ist eine echte Alternative zum Fundamentalismus. Offenbar war Er aber stärker als Voodoo, Woronesch und Westeuropa zusammen, mehr will ich über ihn im Moment noch nicht sagen. Jedenfalls wußte ich bald nicht mehr, was ich hätte tun und wohin ich hätte gehen sollen ohne ihn. Und er hat mir immerhin bei der Arbeit geholfen, wenn auch ohne großes Engagement, und ohne selbst je die kleinste Münze aus der Tasche zu ziehen. Du kaufst Sinn?, ich kann ihn dir zeigen, also bitte, nimm dies, oder nimm das, die wütenden Plastikmüllgötter aus Kambodscha, die katastrophischen Kohleklumpen aus Woronesch, oder jetzt die kryptischen Tierknochenassemblagen aus dem Regenwald, durch den wir in diesen Tagen stapften, kurz bevor wir Hilde trafen. Vor wenigen Stunden hatte ich die Knochen, einzeln und ihres Sinnes beraubt, in meine Taschen gepackt, aber natürlich auch eine Zeichnung, wie sie wieder zusammenzufügen seien, vielleicht würden sie irgend jemandem helfen, einen Schmerz lindern, eine Gefahr bannen, ich wollte gerade ausholen, zu weitschweifigen Erklärungen, zu irgendeiner Rechtfertigung wenigstens Hilde gegenüber, denn natürlich war mir dieser Kaufauftrag längst peinlich, die Leute von der Bank und ihre Kunden werden blind vor den Kunstwerken stehen, eine Hand in der Hosentasche, ein Bonmot auf den Lippen, sie werden sich vielleicht sogar bemühen, weil auch sie nicht mehr schlafen können und nicht mehr wissen, was die Welt im Innersten zusammenhält, und dennoch werden sie die Dämonen nicht sehen, aber so weit war ich nicht mehr gekommen, denn Hilde hatte nicht viel Zeit.

Sie konnte sich jetzt nicht richtig um mich kümmern, ja, sie sagte: kümmern, und mit Ihm, der sich in Luft aufgelöst hatte, noch bevor sie ihn wahrgenommen hatte, könne sie sich schon gar nicht beschäftigen, obwohl sie gerne einmal länger mit uns reden würde, vielleicht auf dem Rückweg in Miami, falls auch wir dann durch Miami kämen, was wir nicht vorhatten, aber jetzt ging es leider wirklich nicht, denn auch Hilde hatte eine Aufgabe, sie sollte die katastrophalen Konsequenzen der Abholzung des Regenwaldes für die Gesundheit der Indios dokumentieren.

Das war eine ebenso sinnvolle wie ernste Sache und zudem eilig, denn die Trupps mit den Kettensägen rückten täglich mehrere Kilometer vor, und ernst war auch Hilde mit ihren Statistiken, Diagrammen, Notizblöcken, Diktiergeräten, Empfehlungsschreiben, taschenübersäten Khakihosen, ihren kleinwüchsigen einheimischen Dolmetschern und ihren nützlichen Gastgeschenken für die Indiofrauen, die, mit soeben überreichten pastellfarbenen Büstenhaltern bekleidet, warme Limonade vor uns abstellten, als Hilde eine ihrer Visitenkarten aus einem kleinen Etui zog und sie mir überreichte mit der Aufforderung, mich zu melden. Fünf Minuten später war sie verschwunden in einer Wellblechhütte, die ungefähr so hoch war wie sie selbst. Termine, Termine. Man mußte doch etwas tun, so konnte das hier nicht weitergehen. Die Zerstörung der Lebensgrundlagen der Einheimischen, der Raubbau an der Natur, der Profit der Nordamerikaner.

Hildes Eifer und ihr Engagement hatten mir imponiert, und daß sie für Ärzte ohne Grenzen arbeitete sowieso. Grenzenlosigkeit, wie das schon klingt! Vor allem aber hatte und habe ich, wie alle Einsamen, einen gewissen Hang zum guten Menschen, ja, doch, gewiß, noch immer, denn vielleicht meinen die Guten es eines Tages auch gut mit mir, es besteht ja jederzeit noch eine Chance, eine winzige wenigstens, und mit Hilde, dachte ich, könnte es klappen, vielleicht brachte sie mich in mein ökologisches und soziales Gleichgewicht, aber wahrscheinlich doch nicht. Denn auch sie selbst war weit davon entfernt, sich unauffällig in die Umwelt einzufügen, ihr schon für die norddeutsche Tiefebene und erst recht für den brasilianischen Regenwald viel zu hochgewachsener Körper und das dicke helle Haar, das sie nur mühsam mit einem Band zusammenhielt, machten mir Eindruck, alles zu viel, alles zu groß, dieser Körper paßte nirgendwohin, nicht in die Wellblechhütte und nicht in Seidenwäsche, nicht in Menschenarme und nicht an einen Schreibtisch, und auch später nicht auf die enge Waldlichtung und nicht in den kleinen See unweit des Jagdhäuschens. Also hatte ich sie angerufen, nachdem Er, den sie sowieso nicht gesehen hatte, auch aus meinem Leben wieder verschwunden war und sie und ich aus verschiedenen Richtungen zurück nach Deutschland gefunden hatten.

Das war der Moment, als auch mein Kulturauftrag beendet war. Die Stiftung der Bank hatte entschieden, sich nunmehr auf ihre Kernkompetenz zu konzentrieren. Vielleicht aber hatte man die Kunst, die ich mitbrachte, einfach nicht mehr gemocht, oder sie war schon wieder aus der Mode gekommen, ich weiß es nicht, egal. Statt noch mehr Außenseiterkunst für schicke Lobbies und glanzvolle internationale Ausstellungen zusammensammeln zu lassen, wollte man sich jetzt dem Dialog mit den Meinungsführern zukünftiger Märkte widmen. Mich hatte man abgefunden, und zwar äußerst großzügig. Mit Geld und mit Wertpapieren. Auch recht. Ich brauchte die Bank nicht mehr, aber ich brauchte Ihn. Seine elementare Kraft. Sein Geheimnis. Seither hatte ich alleine in meiner Wohnung gesessen. Und auf seine Ansagen gewartet. Darauf, daß er mich irgendwohin bestellte. Daß ich wieder reisen konnte. Ich wollte. Ich mußte. Inzwischen in seinem Auftrag.

Und während ich wartete auf Ihn und seine Aufträge, hatten Hilde und ich zunächst ab und zu am Telefon geplaudert, uns hin und wieder getroffen in einer unserer Städte, auch Carola und Freddy hatte mir Hilde irgendwann vorgestellt. Nach und nach telefonierten wir fast jeden Tag, dann täglich, manchmal sogar zwei oder drei Mal, nur so, um irgendwo anzurufen, um ins Telefon zu seufzen, um etwas sagen zu können, über unsere Eßgewohnheiten, unsere Reiseziele, unsere nächtlichen Träume, um irgendwo angeschlossen zu sein, wenn schon nicht ans Universum, ans Eigentliche oder Absolute, dann wenigstens an eine Standleitung in die nächste Großstadt: Wir machen die Linsen mit Balsamessig, den Wirsingkohl mit Sesam und auf den stinkenden Flughäfen Zentralafrikas kennen wir uns aus. Hilde und ich.

So sind wir also verwandt.

Aber vielleicht nicht miteinander.

Und auch mit niemandem sonst.

Denn auch wenn wir, und mit uns noch soundso viele andere, dieselben Dinge gesehen, gehört und gegessen haben mochten, zogen wir daraus jeweils völlig unterschiedliche Schlüsse und hatten also doch nicht dasselbe erfahren.

Ihre Stimme klingt müde, hatte Hilde jetzt, in diesem Frühling 1999, am Telefon gesagt, als ich mich retten wollte vor Ihm, kommen Sie doch vorbei am Wochenende. Auch Carola und Freddy würden sich freuen. Vielleicht können Sie in der Stube schlafen, wir werden schon ein Plätzchen für Sie finden.

Für Sie? Für Sie. Denn kaum, daß wir vom Amazonas zurückgekehrt waren, hatte Hilde beschlossen, mich zu siezen bis zum Lebensende. Wir waren in einer Bar gesessen in meiner oder in ihrer Stadt. Hatten gesprochen von den Abwesenden, von Ihm, den sie nicht wahrgenommen hatte, und von Hildes halbwüchsiger Tochter, die schon lange beim Vater lebte, weit weg, so weit, daß sie nun eine Prinzessin war in Kamerun. Hatten geredet bis zum Morgen. Und vergessen, uns zu duzen. Jetzt ist es zu spät, hatte Hilde gesagt. Wir werden uns siezen für immer. Dabei war es geblieben. Obwohl wir Freundinnen geworden waren. Mich störte dieses Sie nicht. Im Gegenteil, auch diese Merkwürdigkeit mochte ich.

Die drei würden mich also erwarten. Am Freitag. Für das Wochenende. Dort im Wald am Mittelpunkt des Dreiecks, das unsere Städte bildeten. Meeting-Point. Wo alle Pfeile zusammenlaufen. Ich kam vorbei. An jenem und an allen anderen Wochenenden des Frühlings. Des Frühsommers. Des Sommers. Des Spätsommers. Des Herbstes.

Freundliches Sonnenlicht. Vor dem Bäcker an meiner Straßenecke in der Stadt tranken die Leute bitteren Milchkaffee auf dem Bürgersteig. Krähen pickten die Reste dessen auf, was die Leute hinterlassen hatten. Käsekuchenrinden. Quarktaschenabfall. Die fetten Krähen mit ihren bösen Augen, die früh am Morgen um die Dachfirste der Häuser kreisten und mich mit ihren heiseren Rufen weckten vor der Zeit. Was suchten die Krähen in der Stadt? Ich setzte mich ins Auto. Fuhr los. Endlich. In die wirkliche Welt im Wald.

Gegen 15 Uhr verließ ich eine der erstklassigsten Metropolen unserer Zeit. Die exquisiten Bauten aus mehreren Jahrhunderten, neben denen sich seit ein paar Jahren Zeitgenossenschaft der verwegensten Art zu behaupten wagte, die freigeistigen Bewohner aus allen Erdteilen, die waghalsigen Ideen und internationalen Kontakte, die sich hier unaufhörlich weiter entwickelten, selbst am Wochenende, selbst in der Nacht und natürlich auch bei einem eventuellen Stromausfall.

Ich folgte einem großzügig angelegten Autobahnring, bis ich am äußersten nördlichen Rand der Stadt das Verteilerkreuz erreichte, legte dann auf einer fast geraden Trasse eine längere Strecke weiter in nördlicher Richtung zurück, und hätte schließlich die günstigste Ausfahrt zu meiner finalen Destination im Wald, wie ich, trotz der Aussicht auf einfache Dinge und Worte, an diesem Tag etwas waghalsig formuliert hätte, beinahe verpaßt, denn ich war in Gedanken über eben diese finale Destination, das endgültige Reiseziel, die letzte Schickung. Für diesen Freitag hatte ich sie jetzt fast schon erreicht.

Indessen schnurrte die Welt auf dem Weg zum Wald, je realer sie wurde, immer weiter zusammen. Paradox der Perspektive. Wie vor einem umgekehrten Fernglas werden die Orte und die Häuser kleiner, die Straßen enger, die Optionen begrenzter. Ich wußte nicht, ob ich in dieser wirklichen Welt im Wald, in der zu verschwinden mir bestimmt war nach Seinem geheimen Plan, noch Platz finden würde, und ob nicht auch ich zu groß sein würde, noch viel größer als Hilde, da die Welt schrumpfte und schrumpfte, je näher ich ihr kam an diesen Freitagnachmittagen im vergangenen Frühling.

Jetzt mußte ich, schon hatte ich praktisch keine andere Wahl mehr, wollte ich nicht einen allzu großen Umweg machen, ein weithin bekanntes altes Kurstädtchen durchqueren, das sehr stolz ist auf seine angenehme Lage zwischen Wäldern und Seen. Vor allem aber auf seine Kirche: Sehen Sie rechts die Lindenholzskulptur des berühmten Bildschnitzers Cornelius Kamphusen, die den Triumph des Erzengels Michael über den Teufel zeigt, bewundern Sie den Ausdruck einzigartiger Kraft, wenn er das Schwert gegen das Böse erhebt, und bitte beachten Sie auch die Glasfenster mit der Darstellung der Vertreibung aus dem Paradies.

Nach jahrelanger Wanderschaft, und knapp zweistündiger Autofahrt, war ich also in einer mittelalterlichen deutschen Stadt angekommen. Aber meine Ruh ist hin, mein Herz ist schwer, verweilen konnte ich nimmermehr, und was sollten mir Teufel, Erzengel, verlorene Paradiese, ich war auf dem Weg in den Wald und auf der Flucht vor jeder Art von Metaphysik, der Garten Eden des Realismus lockte, und ich brauchte ohnehin nur wenige Minuten, in denen ich die Hauptstraße mit dem frisch restaurierten Katzenkopfpflaster entlangfuhr, rechts der Drogeriemarkt, links der Spar-Kauf, und schon lagen Kirche und historische Stadtmauer und auch die letzten Baumärkte hinter mir. Dann noch einige Kilometer durch den Wald weiter Richtung Westen, am Ende führt nur noch ein einziger Weg in die Wirklichkeit. Der schmale Pfad irgendeiner Tugend, allerdings weiß ich bis heute nicht welcher.

Jedenfalls bog ich nun ab von der Teerstraße auf einen Waldweg, die Räder gruben sich in den sandigen Boden, die Ölwanne scheuerte über die grasbewachsene Mittelwölbung. Ich mußte endlich das Tempo drosseln, ein Waldweg ist keine Rennstrecke.

So fuhr ich allmählich langsamer, schaukelte gemächlich durch die Fichtenschonung, duckte mich unwillkürlich, wenn ich unter niedrig hängenden Zweigen hindurchfuhr. Schließlich erschien, unter Bäumen versteckt, rechts neben einem winzigen Wiesenstück das kleine Holzhäuschen.

Jetzt hatte die Welt nur noch die Größe einer norddeutschen Waldlichtung und der Horizont die Weite eines Heimatromans. Wie angenehm. Wie irritierend.

Immerhin: Gerettet!

Und wir fielen uns in die Arme vor dem niedrigen Häuschen unter den Fichten wie die letzten Überlebenden einer nicht näher bestimmbaren Katastrophe.

Wenigstens beinahe. Denn Hilde ist noch niemals jemandem in die Arme gefallen, und Freddy ist in den zeitgenössischen Gebräuchen des fleißigen Herzens und Küssens angenehm zurückhaltend. Aber Carola umfing mich sogleich mit den kräftigen Tatzen einer Bärin. Und wollte mich nicht loslassen. Bis ich ihr nicht mein ganzes Leben erzählt hätte, mindestens aber bis zu unserer Rückkehr in die Stadt. Aber zum Essen vielleicht schon. Und auch zum Schlafen. Sie lachte und löste ihren Griff. Jetzt setz dich erst einmal. Erzähle. Sprich. Aber ich wollte nichts erzählen, nichts tun, nichts denken. Wollte nur da sein.

Und ich merkte nur, wie es dunkel wurde, wieder hell, wieder dunkel, wieder hell. Wie die Zeit fließende Konturen bekam. Wie die einzelnen Szenen sich ineinander auflösten.

Wir saßen an dem runden Eßtisch auf der Terrasse. Auf dem Wiesenstück. Vor der Feuerstelle. Vor dem Kamin. Schliefen nachts auf lockeren Lagern. Schwammen tags im Waldsee. Lagen auf den Liegestühlen. Ruhiger Atem. Vogelzwitschern. Menschenstimmen. Carolas linke Brust, vom Morgenmantel kaum bedeckt. Freddys Hände an den Griffen der Schubkarre. Hilde, zu groß, zu verschämt, beim Versuch, einen Badeanzug anzuziehen. Schubkarre quietscht. Carola gähnt. Hilde flucht. Freddy kichert. Beine verrenkt. Schubkarre kippt. Haare im Gesicht. Brust jetzt entblößt. Hilde gibt auf. Ich, voller Dankbarkeit, Schlieren vor den Augen, vielleicht auch nur vom Sonnenöl.

Bäume, Freddy, Brust, Hände, Badeanzug, Carola, Schubkarren, Beine, Morgenmantel, Hilde, Haare, alles dünnflüssig und im Rund der Lichtung ineinanderlaufend zu einem Aquarell des Trostes. Er: nirgendwo.

Glücklich im Wald. Bis am Sonntagabend die Nacht hereinbrach. Dann stiegen wir wieder in unsere

Autos. Aber in weniger als fünf Tagen würden wir, oder: ich und Carola und Hilde und Freddy und die abwesende Prinzessin aus Kamerun, oder doch: wir, wenn ich, vorsichtig, das schon so formulieren durfte, wieder zurück sein. Le Wiederholungszwang, wie der Franzose sagen würde. Beziehungsweise ich. Denn ohne Ironie ging das alles nun einmal nicht. Leider.

NATUR

Naturlyrik ist nicht meine Sache, und ich beschreibe es nicht gerne, dieses nach Fichtennadelschaumbad duftende Waldidyll, in dem wir nun jeden Freitagabend einzutauchen versuchten zur Seelenwäsche und dessen Blasen am Sonntagabend wieder zerplatzten. Denn in der allfälligen Ironie und dem obligatorischen Sarkasmus, die stets an den Tag zu legen wir für unsere vornehmste metropolitane Aufgabe und für die letzte Möglichkeit unserer Rettung vor der Welt und ihren frechsten Zumutungen hielten, und die wir jahrelang so verzweifelt eingeübt hatten, daß wir sie auch beherrschten, wenn man uns mitten in der Nacht geweckt hätte, geht das Waldidyll nicht auf.

Dabei hatten wir doch schon bald festgestellt, daß die Büsche, in die wir uns am Wochenende schlugen, als Versteck letztlich nicht wesentlich untauglicher waren als die eleganteste Ironie und der bitterste Sarkasmus. Und auch wenn wir aus innerer Verpflichtung festhielten an unseren Städten, unseren wunderbaren, kühlen, aufgeklärten Städten, wer zieht schon hinaus aus den Städten aufs Land oder gar in eine Kleinstadt, das Leben brodelt in den Metropolen, der Geist, der Witz, die avancierte Lebensart, das wußten wir seit über fünfundzwanzig Jahren, so wollten wir die Städte doch für diese wenigen Tage hinter uns lassen, eine Trennung auf Zeit, auch das war ein Gedanke, entwickelt in den Städten, aber bald hatten wir festgestellt, daß wir unsere selbstauferlegte Urbanitätspflicht auch insoweit verweigerten, als wir, sobald wir nur konnten, unsere nachtblauen Hosen abstreiften und uns mit unförmigen Trainingsanzügen verkleideten, denn davon erhofften wir uns eine gewisse Anschubwärme für unsere klammen Glieder und Naturnähe für unsere Seelen.

Und dort stand Freddy, in kurzen Turnhosen, vor einem Holzstapel auf der Lichtung vor dem kleinen Häuschen. Freddy mit den schönen Schultern, das Beil in der Hand, ein Bild von einem Mann, Carolas Geliebter seit vielen Jahren.

Mädel! Los, hau drauf!

Ich war gerade angekommen und stand mit meinen Taschen auf der Terrasse auf der Lichtung. Und ich hätte sofort draufhauen können mit Freddy, zwei Äxte im Dreivierteltakt, zwölf angespannte Sehnen, ein spöttisches Lächeln um Freddys Mundwinkel, was bist du noch so aufgebrezelt, rief er herüber, wisch dir den Lippenstift ab, wirf dich in den Trainingsanzug, Bürgerin, laß das Glotzen sein, komm herüber, reih dich ein. Daß die Holzscheite hüpften, und ich ächzte, und der Wald wiederhallte und die Füchse verschwänden, die wir noch nie gesehen, und Carola, auf dem Liegestuhl sitzend, erblaßte für fünf Sekunden.

Aber es war zu früh, Minuten, Stunden, Monate zu früh für alle tollkühnen Taten, noch stand ich da im Seidenkleid mit meinen Taschen, und Carola behielt ihre Farbe, sah stolz zu Freddy hinüber, der vorgeneigte Oberkörper, der emporgereckte Arm, der entschlossene Blick, die leicht zusammengekniffenen Augen, die Brauen so kräftig wie Seine, auch wenn ich Ihn schon fast vergessen hatte, London war weit, und dies war der Erzengel Michael kurz vor dem endgültigen Schlag.

Noch ist es nur das Feuerholz, aber bald werden es richtige Bäume sein!

Denn Freddy, der Biologe, dessen Liebe zur evolutionären Klarheit uns im folgenden Winter sogar bis nach Galapagos getrieben hatte, ließ keine Gelegenheit aus, um zu betonen, wie wild entschlossen er war, hier Ordnung zu machen. Diese ganzen mickrigen, kranken, borkenkäferzerfressenen, halbnackten Stecken und Möchtegernbaumstämme! Dieser nichtsnutzige und ökologisch völlig wertlose Industriewald, der hier, anstelle des ursprünglichen Mischwaldes, vor vierzig, fünfzig Jahren genauso achtlos und auch etwa zur selben Zeit hochgezogen wurde wie die Häuser aus Eternit, die Wohnkasernen des Aufbauprogramms, und wie auch wir selbst, die in aller Eile gezeugten und nun hoch aufgeschossen und mehr oder weniger wurzellos in der zweiten Lebenshälfte herumstehenden Kinder des Wirtschaftswunders.

Wenigstens dem forstwirtschaftlichen Zweig der allgemeinen evolutionären und zivilisatorischen Verirrungen wollte Freddy in allernächster Zukunft mit Hilfe seines erklärten Lieblingsrequisits, der Kettensäge, den Garaus machen: Lieber gar kein Wald als so einer. Natur mußte anders aussehen. Ungezügelt. Hemmungslos. Wild. Eigenmächtig. Alles andere galt nicht.

Dennoch war Freddy freitags immer der erste im Industriewald, wo jetzt die Holzscheite splitterten, nachdem er die Muskeln angespannt und ausgeholt hatte, und ich da stand, die Taschen noch immer neben mir auf der Terrasse, weil ich mich lange nicht entschließen konnte, ins Häuschen hineinzugehen und sie in irgendeine Ecke zu werfen, denn es ist ein beruhigendes Gefühl, die Taschen immer neben sich zu haben und im Notfall sofort wieder verschwinden zu können.

Aber plötzlich kamen die Taschen mir lächerlich vor, diese fetten, ausgebeulten Wichtigtaschen, jahrelang hatten sie mich begleitet, als ich für die Kulturstiftung die Erde wieder und wieder umrundet hatte, doch nun war ich angekommen, und ich wollte endlich alle Taschen und alle dazugehörigen aufschneiderischen Erdteile vergessen, die lächerlichen Landkarten, ihr banales Blau, ihr gestörtes Grün, ihr besserwisserisches Braun, die verblödeten Flugzeuge, selbst die stupiden Straßen und den aalglatten Asphalt, der mich doch immer nur an die falschen Orte rutschen ließ, und schließlich auch den kotzgelben 48er Nahverkehrsbus, in den ich morgens in der Stadt vor der Sparkasse hatte einsteigen wollen, um ein paar Stationen zu fahren, vor dem ich dann aber wie betäubt stehengeblieben war, und schon war der Bus wieder weg, er sollte verschwinden aus meinem Leben, denn ich wollte im Wald bleiben für immer. Ich, eine zerzauste Fichte mehr.

Deshalb trug ich die Taschen nun endlich hinein in das kleine Waldhäuschen. Ich stellte sie ab neben meinem Matratzenlager aus rotem Samt und ungebügelten Laken, schwor, sie vorerst nicht mehr zu verrücken, außer vielleicht zum Staubsaugen, öffnete die Reißverschlüsse, wühlte die Trainingshose heraus, ferner ein weites Turnhemd und Badeschlappen, schüttelte die Pumps von den Füßen, streifte mein Kleid ab, das schöne, schwarze Seidensommerkleid, ich brauchte es nicht mehr im Wald, und bald würde es zerknüllt sein, warf Halskette und Ohrringe in die offenen Taschen, wischte mir den Lippenstift ab, stieg in die ausgebeulten Hosenbeine, zog das Turnhemd über den Kopf, schlüpfte in die Schlappen, ließ die Welt und alle städtischen Eitelkeiten hinter mir: Verwandlung einer Dame in einen Kartoffelkäfer.

Jetzt sollte Ruhe sein, keine Abenteuer, keine zentralafrikanischen Flughäfen, kein Er, der nicht da war, aber von dem ich, seien Sie dessen gewiß, schon noch mehr erzählen werde. Es sollten die Vögel in den Vorabend singen, das Licht langsam schwinden und sanfte Schleier sich über unsere Gesichter und unsere Herzen legen, eine ortsübliche Schwermut sollte die Zweige der Bäume biegen, und morgen würden wir Federball spielen, wenn wir die Schläger fänden, wir würden ausrutschen auf dem Gras, das Freddy seit Wochen zu mähen versprochen hatte, und Grasflecken machten unsere Trainingshosen noch heimeliger.

Dann würde sich die Welt wieder schließen und nicht mehr ausgefranst sein an allen Ecken und Enden.

So würden wir dem Rest des Tages und dann der Nacht entgegengehen und aller Furcht der Erde.

TIERE

Und als es endlich wieder Morgen werden konnte nach einer schrecklichen, einer hitzigen Nacht, als ich aufwachen durfte, den Verfolgern entronnen, dem Getümmel entkommen, als die Tiere verschwanden, die Stimmen verstummten, die Gesichte verblaßten, als ich nicht fassen konnte, daß es erlaubt war, das Leben mit hartem Schnitt zu zerteilen in Licht und Dunkelheit, und ich noch schwankte, ob ich mich fürchten sollte vor der vergangenen Finsternis oder vor der Klarheit des neuen Tages, da sah ich den Umriß eines Körpers, der sich über mich beugte, der die Arme ausbreitete, der den Einfall des Morgenlichts dämpfte durch seine Gestalt. Und ich hörte eine Stimme, eine leise, eine zärtliche: Hab keine Angst, mein liebes Kind, hab keine Angst.

An meinem Lager saß Carola, sie hatte nichts gesagt, sie saß nur da, hatte gewartet, bis ich die Augen öffnete. Sie hatte Kaffee gekocht, eine Tasse neben meine

Matratze gestellt und Platz genommen in meinem Leben, das schwach war an diesem wie an jedem Morgen, aber auch wenn es stark gewesen wäre, hätte sich Carola nicht gescheut vor meinem Leben, es gibt doch nichts Leichteres als das, einfach Platz zu nehmen, sich hinzusetzen, auffordernd, abwartend, ermutigend, verlangend, bis etwas geschieht, bis jemand etwas sagt oder tut, Carola hatte das geübt jahrelang, sie saß auf dem Sessel am Kopfende der Couch die ganze Woche, eine schöne Frau Ende Vierzig, aufmerksame dunkle Augen, ebenmäßiges, zeitloses Gesicht, ausgewogene Körperproportionen, eine gefällige, aber nicht weiter spektakuläre Physiognomie, die dennoch majestätisch und überlebensgroß wirkte, weil die Innenwelten und die Außenwelten Carola umkreisten wie die Kaaba von Mekka, und weil die Menschen vor ihr, wenn nicht auf die Knie, dann wenigstens auf der Couch auf den Rücken fielen, Carola, eine theatralische Gestalt, eine Herrscherin, eine Trösterin, eine Mutter, die immer irgendwo saß und nie auf die Idee gekommen wäre, sich mehr zu bewegen als irgend nötig. Und wo sie saß, da gehörte die Umgebung ihr.

Es gehörte ihr die Lichtung um ihren Liegestuhl, es gehörte ihr Freddy, sein Leben, der Raum, den sie nachts mit ihm geteilt hatte in lange gewachsener, bewegungsloser Vertraulichkeit, und morgens setzte sie sich auf die Bettkante, während Freddy dalag, längst noch nicht Herr seiner selbst, aber schon beobachtet, bewacht, beschützt von Carola, es gehörten ihr das Zimmer, in dem sie Platz nahm auf Hildes Matratze, und die Wohnstube, in der ich gerade aufgewacht war, mein Bett, der Tisch, die Stühle, die Wände, die übersät waren mit Fotos von ihr in dutzendfacher Multiplikation, Portraits von Carola auf Sesseln, Carola auf Stühlen, Carola auf Sofas, Lichtaureolen um Carolas Köpfe, große Gesten der Arme, elegante Haltungen der Hände, herrschaftliche Posen von lauter Oberkörpern ohne Beine, Carola brauchte keine Beine in ihren Reichen und auf ihren Bühnen, wo sich das Leben um sie herum von selbst regte.

Und jetzt reichte sie mir die Tasse, ich richtete mich auf, und Carola sagte irgend etwas mit theatralisch-lauter Stimme, die klang wie die eines italienischen Baritons, Freddy ging durch den Raum in Unterhosen, Freddy!, rief Carola, wo gehst du hin, wie sieht es aus mit dem Frühstück, da machte er kehrt, zog ab in Richtung Küche, und ich schlug die Bettdecke zurück und sprang aus den Kissen, ihm hinterher.

Eine Viertelstunde später stand das Frühstück auf dem Tisch auf der Terrasse, Carola saß schon da auf dem bequemsten der vorhandenen Stühle, nur Freddy lief immer noch hin und her, weil wir irgend etwas vergessen hatten, das Salz, den Zucker, bring Eierlöffel mit, Freddy!, und Carolas Stimme gellte über die Tannenwipfel und verscheuchte aus dem Geäst einer der letzten deutschen Eichen am Saum der Lichtung einen schwarz-weiß-rot gefiederten Buntspecht. Aber auch der, fand Freddy, hatte hier an unserem locus amoenus in der norddeutschen Tiefebene, an dem es zwar keine altgriechischen Nymphen und keine

Satyrn gab, aber immerhin unsere arkadischen Hoffnungen und Utopien, aus irgendeinem naturgeschichtlichen Grund ohnehin absolut nichts zu suchen. So waren nun die letzten Tiere der Nacht verschwunden. Und auch die des Tages.

Da war ich mir plötzlich nicht mehr sicher, ob es nicht doch Carolas Stimme gewesen war, die mich geweckt und den Tieren entrissen hatte. Hab keine Angst, mein liebes Kind, hab keine Angst.

TRINKER

Allerdings hat es nicht lange gedauert, da hat Carola die Geister wieder beschworen, die ich hatte verscheuchen und vergessen wollen in ihrer und Hildes und Freddys Gesellschaft.

An einem schon weit fortgeschrittenen Nachmittag, als es zu spät geworden war für unsere frühsommerliche Heiterkeit und die oberflächlichen Vergnügungen am Waldsee, zu dem wir geradelt waren ohne Carola, weil solche Bewegungen ihr schon als übertrieben erschienen, da waren die Geister wieder aufgetaucht aus dem herannahenden Abend.

Gerade hatten Hilde, Freddy und ich mit unseren rostigen Rädern aus dem Schuppen noch vor dem glänzenden See gestanden, Freddy hatte die Kleider abgeworfen, Trainingshose, Turnhemd, Schuhe, Unterhose, einen Augenblick hatte er nackt vor uns gestanden, aber wir hatten die Augen niedergeschlagen und nicht hingesehen, obwohl uns das erlaubt gewesen wäre, selbstverständlich, warum denn auch nicht, warum springt ihr nicht hinein, hatte Freddy gerufen, habt ihr etwa Angst vor Wasserschlangen im deutschen Binnengewässer, während Hilde und ich am Ufer ausharrten, schlotternd, zögernd, und in kindischen Badeanzügen, obwohl doch niemand im Wald war und Freddy über uns lachte, er, jetzt schon im Wasser, die Arme durchpflügten den Spiegel, weshalb wir, notgedrungen, hinter ihm hersprangen und eintauchten ins schlangenbraune Dunkel unter dem zittrig gewordenen Glanz.

Freddy schwamm kreuz und quer durch den See, und Hilde und ich verfolgten ihn bald in die eine, bald in die andere Richtung mit beträchtlicher Anstrengung, Arme, Beine, Unterleiber, Oberkörper im Ungewissen, Köpfe im Nacken, Blicke auf Freddy gerichtet, dessen Kopf sich vor uns hob und wieder hinab in den See senkte, und hin und wieder war Freddy plötzlich für eine ganze Weile verschwunden, um schließlich dort wieder zu erscheinen, wo wir ihn niemals vermutet gehabt hätten.

Allmählich hatte sich aber vom baumbestandenen Ufer her eine zarte Dunkelheit auch auf die Wasseroberfläche und auf unsere nassen Köpfe gelegt, schon konnten wir Freddy kaum mehr erkennen, so daß wir ihn immer wieder rufen mußten, Freddy, bist du noch da, und dann hörten wir seine Stimme aus schwer bestimmbarer Entfernung. Und als dann alles vage und schemenhaft geworden war, Freddy, der Waldrand, das Seeufer und auch wir selbst, hatten

Hilde und ich beschlossen, daß es nun genug war. Daß es Zeit war, sich zu entfernen aus diesem Bild von Böcklin, und wir gemeinsam mit Freddy zurückkehren sollten zu unserem Häuschen von Magritte und zu Carolas Lieblingsstühlen vom Baumarkt.

Carola hatte die ganze Zeit wartend auf der Lichtung gesessen, wo sie inzwischen eine Laterne entzündet hatte. Sie war nicht allzu glücklich, wenn wir sie alleine ließen. Aber jetzt, da wir wieder zurückgekehrt waren und die Fahrräder wieder im Schuppen eingeschlossen hatten, war alles gut. Jetzt hatte sie wieder jemanden zum Reden. Mich.

Sie strich sich die Haare aus dem Gesicht, legte dann die Hände in den Nacken und die Füße auf einen niedrigen Schemel vor ihrem Stuhl. Räkelte sich ein wenig, atmete kurz durch. Was macht dein Herr Er, na, wohl immer noch leidend?

Da fiel mir wieder ein, daß Er nicht da, daß er nirgendwo war. Weil ich ihn verlassen hatte, bevor er hatte zu mir kommen können.

Und ich war schlagartig zu müde zum Nicken, und noch in derselben Sekunde auch zu traurig zum Schlucken, stand da wie gelähmt mit feuchten Haaren und hängenden Armen und wußte nicht, wohin ich mich setzen sollte. So blieb ich einfach stehen. Wie Gretel vor dem Hexenhaus.

Herr Er. So nannte Carola Ihn in berufsbedingter Förmlichkeit. Und weil sie nicht wußte, wie er hieß, wer er war, welche Bedeutung er hatte. Aber ich wußte es auch nicht.

Ich erinnere mich nicht, was ich Carola, nach meinen ersten Weigerungen zu sprechen, dann doch noch alles erzählt hatte. Aus meinem Leben. Von meinen Reisen. Vom Herrn Er. Aber sie hatte wohl daraus geschlossen, daß ich litt, denn alle litten, die mit ihr sprachen. Carola hatte das Leiden von Anbeginn zu ihrem Beruf gemacht. Ferner, seit sie Psychoanalytikerin geworden war, auch La Gegenubertragung, wie wiederum die Freudschen Franzosen sagen würden, aber das ist nur ein Detail im Gros von Carolas eternellem Weltgefüge. Denn vor allem war sie immer schon eine Kapazität der Solidarität. In diesem Kosmos voller weiblicher Opfer und männlicher Täter, deren Mittelpunkt sie war. Die gierigen Leiber der letzteren hatte sie routiniert bestraft auf den schmutzigen Sofas der Clubs, in denen sie gearbeitet hatte in den Nächten ihrer Studentinnenzeit, jetzt analysierte sie deren bedürftige Seelen und die von deren Opfern auf der Couch, bei Tage nunmehr, aber wieder gegen Bezahlung, auch wenn die Beleuchtung der Täter und Opfer inzwischen gewechselt hatte.

Drinnen knipste Hilde das Licht an, denn in dem düsteren Häuschen war es schon dunkel, seit die Sonne am Nachmittag frühzeitig hinter den Bäumen verschwunden war, ein schönes, warmes Lampenlicht, das weich über die dunklen Holzwände und die weinroten Samtpolster, die Carola überall verteilt hatte, entlangzustreichen schien, bevor es aufgesogen wurde. Die Terrassentüren standen offen, es war warm an diesem frühen Abend, der sich jetzt blau färbte, und bald würden die Fichten, die jetzt noch jede für sich dunkelgrün um das kleine Wiesenstück standen, zu dem glatten schwarzen Vorhang zerfließen, der sich jeden Abend um die Lichtung zuzog, und vor dem wir dann endgültig alleine sein würden mit unseren schwach von Glühbirnen und Windlichtern beleuchteten Dramen.

Tapfer, sehr tapfer, sagte Carola, hältst dich ja glänzend, trinkt er eigentlich noch, dein Herr Er, finde ich ja wirklich unmöglich, und natürlich hatte es keinen Zweck, Carola neuerlich zu erklären, daß der Herr Er leider weder mein war, noch etwa mehr trank als sie, oder ich, oder wir alle. Sie bestand nun einmal darauf, daß er trank, denn jeder fiese Finsterling trinkt, daran kann man ihn nämlich schon von weitem erkennen, überdies stammte der Herr Er, soweit Carola das beurteilen konnte, doch wohl aus dem Trinkerterritorium, das kaum ein paar Kilometer weiter östlich begann und dann praktisch nie wieder aufhörte und weit über den Pazifik und die Datumsgrenze hinaus bis nach Alaska reichte, man mußte ja nur einmal in den Supermarkt auf dem freien Feld vor der nächsten Kleinstadt fahren, da standen die Trinker aus den benachbarten Trinkerländern mit riesigen rotweißen Fleischbatzen in ihren Einkaufswagen in langen Schlangen an den Kassen, und zu diesem fettigen, sehnigen Billigfleisch mußten sie trinken, trinken bis sie umfielen, das war ganz offensichtlich.

Und so ließ ich zu, daß auch der Herr Er trank, das war vielleicht einfacher, nicht nur für Carola, sondern auch für mich, ein Trinker ist eine handfeste Sache, ein klar umrissenes Problem auf zwei Beinen, da steht der Feind mit der Flasche, ein charakterschwacher Gewalttäter, der *genau* weiß, was er sich und anderen antut, und unserer Abscheu gewiß sein kann, oder ein bedauernswerter Kranker, dem unser Mitgefühl gilt, weil er *nicht* weiß, was er sich und anderen antut, irgendwann wird er untergehen oder geheilt werden, getroffen bei einer Schießerei auf offener Straße in Stettin oder Krasnojarsk, erfroren unter einer Brücke über die Oder oder den Jenissej, wobei ich bezweifle, daß es über den Jenissej überhaupt noch Brücken gibt, gerettet durch die Liebe, meine Liebe, oder durch den Beitritt zur Europäischen Union, was fast das gleiche ist, das wäre ein schönes Happy-End, allein, diese Möglichkeit fiel aus, denn es gab beim Herrn Er nichts zu retten und nichts zu verbessern, so verdiente er weder Abscheu noch Anteilnahme, er trank ja nicht, aber ein noch glücklicheres Ende wäre es dennoch, wenn sich der Herr Er, weil ihm nach seinem Literaturnobelpreis vor fünfzehn Jahren nichts mehr einfiel, und auch der Komtur vergessen hatte, ihn zum Nachtmahl zu bitten, ganz einfach zu Hause zu Tode trinken würde, das fand selbst ich eine tröstliche Aussicht und hätte viele meiner Probleme gelöst, wirklich schade, daß er nicht trank. Aber es gab ja noch eine leise Hoffnung, daß er heimlich an der Flasche hing und ich nur noch nichts davon gemerkt hatte, und daß der Herr Er also ganz bestimmt trank, hast du wirklich nicht verdient, fand Carola, eine Schweinerei war das, denn ihre Wahl fiel eindeutig auf Abscheu, was den Herrn Er betraf, während sie die Anteilnahme freundlicherweise für mich allein reserviert hatte, sollte mir dringend einen anderen suchen, schick ihn endlich zum Teufel, diesen Teufel, einen besseren als den findest du überall, wo ich doch rundum gut beieinander, wenn auch im Moment ziemlich blaß wäre, weshalb ich mich doch um des Himmels willen endlich setzen sollte, na los, ich kann gar nicht sehen, wie du da rumstehst, nimm dir doch auch einen Stuhl.

Und also setzte ich mich in die Mitte der Dämmerung. Zu Carola. Und zum Herrn Er, den Carola nun doch noch zum Nachtmahl gebeten hatte.

RETTER

Es ist dieser Herr Er, also gut, *mein* Herr Er, nach handelsüblichen Qualitätsmaßstäben natürlich eine wenig erfreuliche Gestalt. Ein wandelnder Pferdefuß, nicht freundlich, nicht einfühlsam, nicht zuverlässig, nicht wohlgestaltet. Nur fremd. Und grausam. Mehr braucht man nicht zum Lieben. Und nicht für die Metaphysik.

Manchmal ist er blaß und hinfällig wie der Papst und verkündet mit zittriger Stimme von irgendeiner Kanzel letzte Wahrheiten für die Jugend der Welt, manchmal gibt er im Fernsehen den besserwissenden Bürger und notorischen Nobelpreisträger und trägt Cordhosen wie Günter Grass, manchmal zählt er in vergilbten Strümpfen, abgetretenen Schnallenschuhen und staubiger Perücke wie Don Giovanni auf einer Opernbühne die Damen, die ihm einst erlegen sind, manchmal klebt er in Paris in den Metro-Stationen auf überlebensgroßen Plakaten, Salvatore Adamo, der

Retter und Urvater im Regenmantel. Zu seiner vorvorvorletzten Abschiedsvorstellung im Olympia am nächsten Freitag, einem hohen muslimischen Feiertag zur Beendigung der Fastenzeit, wird er zu Fuß gehen, genau wie die englische Königin aufs Klo geht zu Fuß, und ganz zum Schluß wird er eine Träne auf Reisen schicken und sich mit gesenktem Kopf ganz langsam wie in Zeitlupe rückwärts in die Kulissen zurückziehen, adieu für immer, pour toujours, per sempre, und das Publikum wird schluchzen, warum hat er uns verlassen!?

Aber schon am Montag darauf wird er wieder dort stehen vor dem prächtigen roten Vorhang im Olympia, denn alles ist eine Verwechslung gewesen, ich bin nicht Salvatore Adamo, der alternde Schlagersänger, und dies ist deshalb auch nicht meine Abschiedsvorstellung, im Gegenteil, eßt, trinkt, ich will euch noch so oft wie möglich erscheinen, euch retten und euch Vater sein, und wenn ihr wollt, ihr wollt doch, nicht wahr?!, gerne auch Sohn und Heiliger Geist, das schulde ich euch, jetzt, wo Gott tot ist, ich aber noch lebe, auch wenn ich nicht singe.

Wahrscheinlich wird er Paris gleich anschließend vergessen, wenn auch Paris nicht ihn, er wird verschwinden, auch wenn er noch da ist, denn er liegt nun auf einer Chaiselongue mit vier Kissen im Rücken, ein größenwahnsinniger und längst syphilitisch gewordener Hilfs-Nietzsche, krault sich mit Daumen und Zeigefinger seinen Schnurrbart, während er von kleinen, speckigen Zetteln Kernsätze abliest: Warum ich so gute Bücher schreibe! Wieso ich der freieste Mensch Europas bin! Alles, was in der Liebe geschieht, ist jenseits von Gut und Böse! Jede Art von höherer Kultur beruht auf Grausamkeit! Dann sinkt er etwas tiefer in die Kissen und lächelt zufrieden.

Kurz: Der Herr Er ist ein Mann ohne Marktwert für Menschen, die noch an den Schönen, Wahren oder Guten glauben, kein Kandidat für Verschmelzungsphantasien jeder Art, untauglich noch für den leisesten Gedanken an Glück durch menschliche Harmonie, an liberale Liebe als sozialförderliche Übereinkunft, durch die eines Tages alles gut wird, sogar man selbst.

Recht hat, wer sich frohen Mutes fernhält vom Herrn Er.

Zur Hölle jene vorwitzigen Frauen, die den Verführer nur versuchen aus feister und folgenloser Neugier.

Was wissen sie von der siebzehnten Primzahlnacht, vom dreihundertdreizehnten Morgengrauen, vom Nachmittag eines Fauns?

HEILIGE

Wenn mich Hilde nicht eingeladen hätte. Wenn sie mich nicht angerufen hätte. Wenn ich nicht dem Herrn Er hätte entgehen wollen. Wenn ich nicht in den Wald gekommen wäre. Wenn ich mich nicht im Alltag versteckt hätte. Wenn ich nicht angefangen hätte. Wenn ich nicht an der Tür zu der kleinen Küche gestanden wäre zur Mittagszeit.

Hilde, die wir, nach Hildegard von Bingen, die Heilige nannten, mit einem großen Messer. Sie hackte Zwiebeln, Tränen standen ihr in den Augen, das Messer war zu groß und zu schwer für die Zwiebeln, so daß kleine Stückchen vom Brett hüpften, die Hilde mit den Fingerspitzen der linken Hand wieder einsammelte und sie zu den übrigen legte, bevor sie das gesamte Zwiebelhäuflein mit dem Messer vom Brett in eine Pfanne schob und dabei laut schniefte.

Ich, in der Tür stehend, sagte irgend etwas. Wahrscheinlich etwas Dämliches wie: na, was wird denn das, oder so. Obwohl ich wußte, was sie kochen würde. Gemüse mit Nudeln oder mit Reis. Wir aßen immer Gemüse mit Nudeln oder mit Reis. Rechtes Maß und Grünkraft, hätte Hildegard von Bingen gesagt, wenn auch in völlig anderem Zusammenhang, nämlich in bezug auf die ausgeglichene Schöpfungsordnung einerseits und auf Tugend und Gewissen andererseits. Aber tugend- und gewissenhaft war ja auch unsere hauseigene Heilige, die in unserem kleinen Waldkloster aus eben diesen Gründen meistens das Essen vorbereitete, gerade weil sie keine besonders gute Köchin war und auch nicht leidenschaftlich gern kochte. So stellte sie sich immer wieder in die Küche. Unaufgefordert. Freiwillig. Stets schwankend zwischen gutgelaunter Hingabe und gereizter Überforderung. Meine Küche – mein innerer Kampfplatz für Tugend und Gewissen. Hatte Freddy gesagt.

Jetzt stand Hilde da im dicken Dampf des Nudelkochwassers, in der Pfanne wurden die Zwiebel langsam glasig, so glasig wie Hildes Augen, warum muß eigentlich schon wieder ich kochen?!, ich habe euch doch schon letztes und vorletztes Wochenende eine Mahlzeit nach der anderen serviert.

So sprang ich ihr zur Seite, griff zu einem Kochlöffel, rührte im Nudelwasser, obwohl darin noch keine einzige Nudel schwamm, Gefahr im Verzug, ich mußte etwas tun, eine symbolische Handlung wenigstens, Hildes akute Selbstaufopferung drohte, ihre persönliche Bilanz von Geben und Nehmen, Kochen und Bekochtwerden, schien in diesem Moment keineswegs ausgeglichen, mein Gewissen war schlecht, ich fühlte mich als Täterin unter lauter Tätern und deshalb verpflichtet zur sofortigen Einrichtung eines Opferschutzprogramms in Form von Hilfe im Haushalt, denn daß man Opfer jederzeit beschützen muß, das hatte ich von Hilde und von Carola in den letzten Wochen bereits gelernt.

Und auch, daß es nichts geben durfte, was ohne Regeln war. Ohne jene Regeln, die jeder für sich alleine und immer wieder neu zu erfinden gezwungen ist. Weil Hildegard von Bingen und auch die angrenzenden Heiligen längst tot sind, und weil es keine Natur gibt und keine Traditionen, nach denen es sich leben ließe, ohne ständig selbst wählen zu müssen.

Lassen Sie, sagte Hilde in versöhnlichem Ton, ich mache das doch gern. Ein kleines Frühlingsopfer, fügte sie, jetzt sogar lachend, hinzu, gewissermaßen ein Sacre du Printemps, wie Sie sagen würden, daß wiederum die russischen Franzosen sagen würden, schadet in unserem heidnischen Deutschland gar nichts.

MÄRCHEN

Carola lag im Liegestuhl am Rande der Lichtung und blätterte in einem Buch, Hilde kam durch die Terrassentür, hielt inne, denn Freddy ging über die Wiese, nackte Arme, eine ausholende Bewegung, die gleiche Bewegung wie damals. Zehn, zwölf Jahre mußte es hergewesen sein, da hatte er Carola geraubt mit diesem kühnen Schwung.

Auf einem weißen Pferd war er in die Höhle des Feminismus geritten und hatte Carola, die Stolze, die Strahlende, die wesentlich Ältere, entführt aus den Fängen ihrer strengen Geliebten, der konsequentesten Theoretikerin der damaligen Zeit.

Carola hatte sich gesträubt und geweint, nein, nicht weil Freddy, der furchtlose Student der Biologie, ihr etwa mißfallen hätte. Aber es durfte doch nicht sein! Ein Mann! Ein Eindringling! Ein Dieb! Ein Täter! Wo blieb der Anstand? Wo das Gewissen? Carolas schlechtes Gewissen. Carolas tiefe Schuld. Sie hatte sich nicht gegen den Täter gewehrt, die Stadt der Frauen war empört, der Chor der Erinnyen versammelt, die Forscherinnen alarmiert, ein Frauenpaar getrennt, der Fortschritt gefährdet, Carola verzweifelt, die Theoretikerin schockiert. Doch Freddy, beherzt, packte Carola, zog sie aufs Pferd, ihr Haar, damals noch schwarz wie Ebenholz, wehte im Wind. Der Chor kreischte, die verlassene Schöne setzte sich an den Computer, Rache mußte genommen, ein Aufsatz geschrieben werden: Verrat und männliches Begehren. Applaus der Forscherinnen für die Verlassene, die Druckerpressen ächzten, die Literaturlisten wurden lang und länger.

Aber Carola und Freddy entfernten sich mit leisem Getrappel. Und ritten und ritten und erreichten den Wald. Den Wald, in dem Hilde, unsere holde Heilige, jetzt nur für sich, und ohne, daß es jemand gehört hätte, dieses schöne Lied von Freddy und Carola sang. Da stand sie in der Terrassentür und weinte ein ganz kleines, ein heimliches, ein schamhaftes Weinen. Wie gut wir's doch hatten im Wald.

Und es zogen die Abwesenden dieses lichtblauen Morgens langsam über die Lichtung. Zuerst das hohe Paar, die furchtlosen Liebenden, sie schritten Hand in Hand und drehten sich nicht um, und ihnen folgte im kleinen feierlichen Zug eine halbwüchsige Prinzessin. Das war die Prinzessin aus Kamerun, Hildes tapfere Tochter, die unsicheren Schrittes, vogelgesichtig und mit auf der Suche nach Halt und Hilfe ausgestreckten Händen, wieder und wieder um sich blickte, weil sie verlorengegangen war in Afrika.

Denn der Vater, ein skrupelloser, hünenhafter deutscher Ethnologe, der Hilde beigewohnt hatte, als sie in einem Busch-Camp lebte zur Weiterbildung in Grundlagenfragen der Immunologie, ruchlos ausnutzend, daß Hildes eigene Abwehrkraft durch den nächtlichen Klang der Trommeln vollständig zum Erliegen gekommen war und sie sich die Haare geflochten hatte zu zwei lieblichen Zöpfen aus Flachs, der in gewisser Weise ohnehin schon räuberische Vater also hatte die Tochter nach der Geburt im Busch einfach bei sich behalten und dann mit elf Jahren ohne Hildes Wissen und Einverständnis verstoßen und verkauft, aber immerhin war das Mädchen mit dem Gesicht eines aus dem Nest gefallenen Vogels nun Prinzessin im Herzen der Finsternis, und jetzt schenkte Hilde ihr eine sonnenhelle Heimat auf der Lichtung im Gefolge von Carola und Freddy, des strahlenden Paares von damals. Allerdings verdunkelte sich die Szenerie vor Hildes Augen durch einen schnellen Schatten, und das war der Schatten des Herrn Er, des vierten Abwesenden an diesem Morgen, der Hilde mit einem Mal so vertraut schien wie all die anderen. Gestalten, die niemand sah außer ihr. Und außer mir. Aber Hilde wußte nicht, daß ich sah, was sie sah.

Indessen schlug Carola die Buchseite um, und Freddy machte den nächsten Schritt über die Lichtung. Ausgreifende Geste, große Gebärde: Ich bin verspannt, ich habe Schmerzen. Und dann ging seine Bewegung ins Leere und auch der Ausdruck seiner Kraft.

MÖRDER

Immer wieder dieses Setz-dich-doch-zu-uns. Setz dich doch zu uns, zu Hilde und zu mir, das sagte Carola alle paar Stunden. Und ich war ja eigentlich froh, daß ich mich zu jemandem setzen konnte. Daß jemand wollte, daß ich irgendwo saß. Und an diesem Samstag klang Carolas sonst so mächtige Stimme merkwürdig kindlich, fast flehentlich.

Es gehe ihr nicht gut im Moment, in diesen Tagen, an diesem Wochenende, wirklich gar nicht gut, hatte sie gerade gesagt zu Hilde, oder zu mir, oder zu sich selbst, oder einfach in die Lichtung hinein, denn die Dinge müssen ausgesprochen werden, der Frust muß raus, die Wahrheit ans Licht, das ist ein Wert an sich.

Und Hilde machte ein verständnisvolles Gesicht, die Brauen leicht zusammengezogen, das Kinn in die Hand gestützt, sie sah Carola an, bereit, ihr zuzuhören, vertiefende Fragen einzuwerfen, ihr ganzer Körper sendete schon Signale des Interesses und des vorweggenommenen Verständnisses, auch wenn noch gar nicht klar war, was es zu verstehen geben würde, merkwürdigerweise ist wohl noch nie gemessen worden, hätte Freddy als Biologe vielleicht gesagt, wenn er Hilde jetzt beobachtet hätte, was im menschlichen Körper physiologisch vor sich geht, wenn er sich bereit macht, andere zu verstehen, Anteil zu nehmen, und also sich mit ihnen zu verbinden in einem ganz besonderen erotischen Akt. Ob der Puls sich ändert, ob die Schweißdrüsen einen speziellen Geruch aussondern, ob im Blut die Spiegel von irgendwelchen Stoffen steigen und die ganze Physiologie Bereitschaft zeigt für das Abenteuer, das nun kommen würde, warum sollte es nur der Geist sein, der sich bereit macht zu diesem Akt der Liebe und des menschlichen Zusammenspiels, hätte Freddy gefragt, warum nicht auch der Körper, ich kann mir gar nicht vorstellen, daß das alles ohne ihn abläuft, hätte Freddy gesagt, ach, was reimte ich mir da zusammen, schon war ich dabei, Freddy zumindest in seiner Weltsicht verstehen zu wollen, der doch gerade gar keine Rolle spielte und für den ich keine Stoffe und Substanzen ausschütten mußte und sollte.

Vielmehr wollte ich auf einem Liegestuhl neben Hilde sitzen, um meinerseits Carola zu verstehen, die mir morgens Kaffee ans Bett gebracht hatte aus lauter Freundlichkeit und vielleicht auch aus Verständnis für mich und meine Schmerzen, und jetzt diese flehende Stimme, diese akustischen Signale, starke Reize, unausweichliche Reaktionen, und deshalb blieb mir nichts anderes übrig, als ums Häuschen herum zum Schuppen zu gehen und im Halbdunkel nach einem der zwischen den Fahrrädern eingeklemmten Liegestühle zu greifen, merkwürdig übrigens, daß der Schuppen offenstand, Freddy schloß ihn doch immer ab, bevor wir wegfuhren, man wußte ja nie, was hier im Wald alles geschehen konnte, aber nein, es standen ja schon Liegestühle auf der Terrasse, Carola oder Hilde mußten bereits hiergewesen sein, oder vielmehr wahrscheinlich Freddy, es war sogar so gut wie sicher, daß Carola sich ihren Liegestuhl von Freddy hatte holen lassen, sie hatte ihm bestimmt keinen eindeutigen Befehl gegeben, aber ihn wohl verstehen lassen, daß er Verständnis für sie haben und seine Arme und seine Beine darum in Aktion treten müßten zum Zwecke wenigstens ihres körperlichen Wohlbefindens. Also Freddy herum ums Häuschen zum Schuppen, Schuppen aufgeschlossen, Liegestuhl unter den Arm, und den für Hilde hatte Freddy wahrscheinlich auch gleich mitgenommen, darauf war es dann auch nicht mehr angekommen, eine Kollateralwohltat sozusagen.

Ich schloß die Tür, trug meinen Liegestuhl hinüber zu Carola und Hilde und machte einen dieser unvermeidlich slapstickhaften und zu guter Letzt dann merkwürdigerweise doch immer wieder glückenden Versuche, ihn aufzustellen, den näher zu schildern völlig überflüssig ist.

Carola sei erschöpft, schreckliche Woche, furchtbare Patienten, keine Lust mehr, sie ertrunken in den

Schmerzen und in den schrecklichen Leben anderer, all diese gepreßten Stimmen aus beengten Brüsten, ach, wenn man sich das anhören muß den ganzen Tag, schlimmer ist das, sehr viel schlimmer als alles, was sie einst hatte hören müssen in den Nächten in den Bars.

Jetzt noch der Mörder, Carolas ganz persönlicher dreifacher Mörder. Schon öfter hatte sie ihn mitgebracht auf die Lichtung, so wie sie auch ihre anderen Patienten mitgebracht hatte, deren früh verstorbene Eltern, deren Kindheitserinnerungen, deren Krisen, Selbstmordversuche, Ehekonflikte, Carola hielt uns über all diese Schicksale mindestens so gut auf dem laufenden wie über ihre eigenen gelegentlichen häuslichen Reibereien mit Freddy und wie über die alltäglichen Zärtlichkeiten und Aufmerksamkeiten, die dieser ihr dennoch immer wieder angedeihen ließ, wenn auch leider immer seltener, was Carola verdroß, auch das wußten wir, und dann erschien uns Freddy für einen Moment in einem anderen Licht.

So kannten wir auch Carolas Mörder wie einen entfernten Verwandten, der hier genauso seine Heimat hatte wie all die anderen Gestalten, die uns anzogen und abstießen, uns entzückten und uns bedrohten, und Hilde sagte, oh ja, der Mörder, wie geht's ihm denn so, macht er Fortschritte, kommt er voran, schließlich sollte Carola ihn heilen, heilen, einmal im Monat in seinem Gefängnis.

Gerade gestern wieder hat sie ihn geheilt, indem er ihr, wie wir erfuhren, erzählt hat, wie seine Mutter immer das schmutzige Spülwasser hat stehen und kalt werden lassen, weshalb Carola vor lauter gedanklichem Widerwillen vor einer solchen Brühe und aus akutem Mitleid mit dem Mörder, das sie gelegentlich haben mußte, wollte sie ihn erfolgreich behandeln, uns wissen ließ, daß sie hier an diesem und an den nächsten Wochenenden garantiert keinen Abwasch machen wird, das können jetzt mal andere übernehmen, also wir, sie war schon genug strapaziert, denn sie hatte den Mörder verstanden, ihr Puls war vielleicht schneller geworden, ihre Schweißdrüsen hatten vielleicht Gerüche abgesondert, zumindest hatte sich physischer Ekel vor dem Abwaschwasser in ihr breitgemacht, aber der Mörder wird aus dem Gefängnis dennoch nie wieder herauskommen, Schwester, Mutter, Vater, seine ganze Familie hatte er weggemetzelt nur wegen der Erbschaft, und wenn er, so ungefähr in zwanzig, dreißig Jahren und nach 270 monatlichen Heilungen, erkannt haben wird, was er getan hat, dann wird er sich umbringen wollen, weil das viel zu späte Gefühl der Schuld ihn überwältigen wird, und dann wird es aus sein mit seiner Physis, die wir nicht kannten.

Oh weh, sagte Hilde und nickte, weil sie verstand, und weil es so logisch und klar war, was unausweichlich passieren mußte: Es war soeben ein Todesurteil gefallen über einen unserer Lichtungsgenossen.

Aber bis der Mörder Hand an sich legen wird, werden wir noch viel von ihm hören, Carola wird einmal im Monat in sein Gefängnis fahren, denn es muß nun einmal geheilt werden, das ist Pflicht, das ist Vorschrift, das ist der Sozialstaat, keiner darf, oh Selbsterkenntnis, unser letztes Gut, morden und im Gefängnis verschimmeln einfach nur so. Also was soll ich machen, sagte Carola, ihre Beschäftigung mit dem Mörder war zwar interessant, aber auch unglaublich anstrengend, und Gott sei Dank kümmerten sich um den Abwasch ab jetzt Hilde und ich, und um das Feuerholz für den Kamin Freddy, der wieder vor dem Hackklotz stand, wozu hat man denn einen Kerl, rief Carola, und dann sogar noch einen jüngeren, ach, er macht das doch so furchtbar gern.

Und ich hörte Carolas Stimme, die längst nicht mehr flehte, sondern laut und durchdringend war wie eh und je. Aber ob ich sie verstanden hatte, wirklich verstanden mit allen physiologischen Folgen, das wußte ich nicht.

TERRORISTEN

Irgendwann, als das Frühjahr längst vorbei war, sollte ein Bagger kommen. Der riesige Rhododendron am Rande der Wiese mußte endlich verschwinden, aber warum, fragte Hilde, darum antwortete Freddy, er muß weg, er gehört nicht hierher, was soll ein Rhododendron im deutschen Wald? Dann nickte Hilde, stimmt schon, du hast recht, und Freddy lächelte und freute sich, daß Hilde verstanden hatte, während Carola mit den Schultern zuckte, von mir aus, soll er weg, mir wird er nicht fehlen, nur den Bagger, den bestellt bitte, wenn ich nicht da bin, hab keine Lust auf fremde Männer und auch nicht auf Maschinen.

Also sollten sie bald gekommen sein. Der Bagger und die letzte Stunde des Rhododendrons. Im Frühjahr hatte er noch geblüht, aufreizend, lila, eine vorlaute Behauptung, ein schweinisches Versprechen. Aber inzwischen hatte er die Blüten längst verloren, übrig war ein plumper Findling mit dichtem schwärzlichem Blätterwerk ohne Glanz, ohne Anmut, ohne Charme, und wer sollte den schon mögen? Ich vielleicht?

Die, die ihn geliebt hatten, waren längst verschwunden. Es sind Mädchen gewesen, Kinder. Sie sind umhergesprungen auf der Lichtung, Gießkanne hier, Harke da, Dünger dort. Und ihr Vater hatte in der Terrassentür gestanden und ihnen zugesehen. Vielleicht hatte er einen ähnlichen Blick gehabt wie jetzt Carola, die in das Häuschen hineingegangen war und, während sie von hinter der Scheibe auf die Lichtung sah, halb wohlwollend, halb besorgt prüfend beobachtete, wie sich Freddy mit Hilde unterhielt über das Schicksal des Rhododendrons.

Ich kümmere mich um den Bagger, sagte Hilde. Obwohl sie gar nicht wußte, wie sie sich hätte kümmern sollen, wo anrufen, wen bestellen, und sie mochte es eigentlich nicht, sich privat um irgend etwas zu kümmern, außerhalb ihres Dienstes, zu Hause, wenn sie nicht auf Reisen war. Aber da stand Freddy, immer noch lächelnd, dieses unwiderstehliche Jungenlächeln, es blieb Hilde nichts anderes übrig, sie mußte sich kümmern um den Bagger.

Der Vater der Mädchen war der Erbauer der damaligen Jagdhütte, ein berühmter Industriekapitän und Philanthrop, die Künste und den Fortschritt der Gesellschaft liebte er kaum weniger als das Geld, ich hätte ihm womöglich begegnen können, später, bei meiner Arbeit für die Kulturstiftung der Bank, als die Mädchen und ich schon lange erwachsen waren und ich mich für ein paar Jahre trotz aller früheren Vorbehalte auf die falsche Seite geschlagen hatte, aber da hatte der Vater längst nicht mehr existiert, sein Rhododendron jedoch hat überlebt. Aus einer Laune heraus hatte er ihn vor langer Zeit als mickriges Pflänzchen aus seinem Topf genommen und in den Wald gesetzt, damit seine beiden Töchter hier mitten in der Natur, die dem Vater nicht nur Jagdgebiet, sondern auch Ergänzung war zu den Freuden der Kunst, des Geldes, und des Fortschritts, ihren eigenen Busch hatten und sehen konnten, wie schnell er wuchs.

Und der Rhododendron wuchs ungefähr so schnell wie die Mädchen und wie die Bleistiftmarkierungen an den Türpfosten im Häuschen. Die Markierungen waren noch immer sichtbar: Anja, Kerstin und, zum Vergleich, Mami, Papi, 2. 7. 1963, 5. 10. 1964 und so weiter.

Die Töchter waren so alt wie wir. Sie wuchsen so schnell wie wir. Wie Hilde und ich, denn Carola war ja älter und Freddy jünger. Mitte der 60er Jahre muß die kleinere der Töchter Papi bis zur Taille, die größere ihm bis zur Brust gereicht haben, die letzten Markierungen datierten aus dem Jahr 1970.

Irgendwann waren wir alle ausgewachsen, und Hilde sogar schon zu groß für das Leben geworden, aber dann hatte es eines ruhigen Sonntags an der Tür der Villa in der Stadt geklingelt, wo dringende Schreibtischarbeiten den Vater festgehalten hatten.

Die Leibwächter hatten freigehabt, Papi öffnet, da steht seine Nichte, die nun ebenfalls erwachsen gewordene Spielkameradin der Töchter, sie steht da, lächelnd, mit einem Blumenstrauß, und ihre neuen Kameradinnen, Töchter aus ebenso guten Häusern, lauern schon im Gebüsch im Vorgarten, auch hier wuchs ein Rhododendron.

Sie hatten Kalaschnikows dabei aus Libyen und die Nichte Lilien aus dem Libanon, die Nichte hat einen guten Tag gewünscht, die Kameradinnen haben geschossen, und plötzlich lag Papi in seinem Blut vor der Haustür, die Lilien achtlos dahingeworfen auf seine Brust, es hat Blut fließen müssen damals im Namen der Moral, denn bei Papi handelte es sich, Verwandtschaft und Philanthropie hin oder her, leider um das Klassenschwein, man ging damals Ende der 70er Jahre mit Fragen der Moral selbst in weltpolitisch bedeutungslosen Familienangelegenheiten handgreiflicher um als heute, da es andere Methoden des moralischen Terrors gibt, feinere, körperfernere, und auch andere terroristische Angriffsziele. Das große Geld und seine philanthropischen Fortschrittslügen sind jedenfalls keine mehr. Man nimmt sich einfach seinen Teil davon. Vom Geld und von den Lügen. So wie ich.

Aber damals waren der philanthropische Feind und seine verfaulten Vorstellungen physisch geschlagen, der imaginierte Täter zum realen Opfer geworden, der erste Verrat in dieser Geschichte begangen, die blutsverwandte Verräterin zusammen mit den anderen terroristischen Töchtern abgetaucht in den Untergrund oder ins Trinkerterritorium jenseits der Elbe, die Trauerreden gehalten, das Staatsbegräbnis abgewickelt, die Vater-Töchter verwaist und auch das Häuschen. Denn die Witwe ging in die Schweiz, und die Töchter mochten nicht mehr in den Papi-Wald.

So hatte das Häuschen jahrelang leergestanden, der Rhododendron verwilderte, und auch wir waren inzwischen alleine.

Denn auch unsere Väter waren tot seit Jahren, wir hatten sie sterben lassen zu Hause an den abendlichen Küchentischen, sie saßen noch dort, in sich zusammengesunken, als wir gingen, wir hatten ja mit ihnen sprechen wollen, sieh her, Vater, es ist wahr, du hast es geahnt, ich habe die Schule geschwänzt, Haschisch geraucht, mich mit fünfzehn schwängern lassen und abgetrieben, all das hatte sein müssen, es ging nicht gegen dich persönlich, ich konnte nichts dafür, doch dann, Vater, haben sie mir Bücher gegeben und Thesen, und jetzt bin ich ein ernsthafter Mensch geworden, ohne Müßiggang und ohne Schlaf, nun freue dich und liebe mich, das wolltest du doch immer. Aber die Väter hatten unseren Ernst und unsere Mühen nicht gewollt und gesagt: Was soll denn das nun wieder, woher nur dieser Ernst, was hast du für Ideen, da komme ich einfach nicht mehr mit.

Dann sind wir allein gegangen, weil unsere Väter einfach nicht mehr mitkommen wollten, das haben sie doch gesagt, und wir haben sie zurückgelassen, wie man Sterbende eben zurücklassen muß beim

Aufstieg auf den Mount Everest, wo uns das Licht die Augen versengte und wo, als wir mit zerfallenden Lungen nach der dünnen Luft schnappten, uns unsere toten Väter nicht mehr hören konnten und wir nicht mehr sie.

Als es also längst nur noch Töchter gab, die nicht mehr in die Häuser ihrer Väter zurückkehren konnten, da machten sich Anja und Kerstin noch einmal auf den Weg in den Wald. Sie kamen angefahren im silbernen Mercedes über den holprigen Pfad. Carola hatte schon gewartet vor dem Häuschen. Dann gingen sie gemeinsam hinein, um Carola, schweren Herzens und mit letzten Blicken auf die Bleistiftmarkierungen und den Rhododendron, die Schlüssel zu übergeben, bevor sie für immer verschwanden. Nach Nordamerika die eine, nach Ostasien die andere.

Der illegale Rhododendron aber hatte inzwischen so tief Wurzeln geschlagen, daß nur noch ein Bagger ihn wieder entfernen konnte. Und ich hörte, wie Freddy zu Hilde sagte, daß wenn er erst ausgebaggert wäre, demnächst auch die speckig gewordenen Türpfosten gestrichen werden würden, während Schußwaffen zukünftig höchstens noch auf Galapagos eingesetzt werden sollten. Wieso Galapagos?, fragte Hilde. Na du kennst doch Galapagos, sagte Freddy, da hat man schon mal so eine Art Paradies, wo es keine Bagger und Kettensägen braucht, aber dafür gibt es Ziegen! Diese Verbrecher von Seefahrern haben sie dort von den Schiffen gelassen, statt sich an Bord mit ihrem Fleisch den Magen vollzuschlagen. Jetzt rennen die

Ziegen herum auf den Inseln. Da helfen doch nur noch Schußwaffen! Oder?!

Hilde verdrehte die Augen, belustigt, angeekelt, du wieder, kleiner Witz, was?, ich lehne das ab, die armen Ziegen, ich finde, wir sollten sie importieren und hier im Wald ein Ziegenasyl aufmachen, aber als Freddy dann seinerseits die Augen verdrehte, ging sie lieber die Möglichkeiten durch, wo sie einen Bagger auftreiben konnte. Ich frage am besten beim Baumarkt kurz vor dem nächsten Städtchen, dort wird man mir vielleicht weiterhelfen können, und Freddy sagte, ja, mach doch, Hauptsache bald, Hauptsache schnell, denn der Rhododendron, das wollte er noch einmal betonen, kam von dorther, wohin seine Pflegetöchter verschwunden waren, nämlich aus Nordamerika oder aus Ostasien, und war deshalb hier so fehl am Platz wie die Töchter in den Häusern der Väter und wie die nordamerikanischen oder ostasiatischen Seefahrer-Ziegen auf Galapagos.

Aber aus Ostasien oder aus Nordamerika kam auch ich.

VAMPIR

Ich erinnerte mich jedoch auch an einen frühen Samstagabend an der Straßenecke einer schäbigen Kleinstadt in der Wüste Namibias, als es Herbst war im Mai und gerade eben dunkel wurde, und ich in einem billigen Lokal fettige Pommes frites auf einem Brötchen gegessen hatte, ohne zu wissen, ob ich mich danach wieder hinauswagen konnte, ohne mein Leben zu riskieren, aber wozu hätte ich dieses Lokal verlassen sollen, wo ich ohnehin nicht wußte, wohin ich hätte gehen können, als alles Schatten wurde an diesem Samstagabend in einer namibischen Kleinstadt und das Jahr am Ende war, bevor es noch richtig angefangen hatte.

Und es hatte auch einen Montagmorgen in Helsinki gegeben, als ich hinaus auf die Straße gespuckt worden war, nachdem ich in einem kirchlichen Matratzenlager für streunende Hündinnen aufgewacht war und eine Lautsprecherstimme vergnügt verkündet hatte, daß dies wieder ein wundervoller Tag ist, vielleicht der schönste in eurem Hündinnenleben, und ich mir diesen schönsten Tag aus stumpfweißer Milch nur so vorstellen konnte, daß ich augenblicklich in der Sparkasse in dem himmlisch blaugestrichenen Holzhaus nebenan angestellt werden würde, aber dort im Sparkassenhimmel hat man mich nicht gewollt, vielleicht zu meinem Besten, und ebenfalls zu meinem Besten verlief Jahre später, da hatte ich längst einen kultu-rellen Auftrag von einer viel größeren Bank als dieser finnischen Kreissparkasse, ein eigenes Spesenkonto und die offizielle Lizenz zum Streunen, zu meinem Besten verlief also vielleicht auch dieser merkwürdig unrealistische Mittwoch in Cannes, als ich im Restaurant des Carlton für 720 Francs ein Tauchbad in einer Bouillabaisse genommen hatte, die von Gang zu Gang immer dicker wurde, bis der braune Sud und das Altrosa des Salons, der Stuck, die Dekors und die riesigen Fische in einer gigantischen Welle über mir zusammenschlugen, während ich gerade noch sah, wie vor dem Fenster auf der Croisette Pudel mit Damen in Paillettenrüstung promenierten, und ich dann plötzlich den Herrn Er hörte, der in Ceauşescus Jagdschloß in Transsilvanien saß und wissen wollte, ob ich dort im Carlton noch seinen Geruch rieche.

Dieser Geruch müßte doch noch in den Atlastapeten hängen, denn der Herr Er sei dort gewesen als Kind, semmelblond an der Hand seiner Eltern in den fünfziger Jahren, lange bevor er jetzt endlich Vampir wurde in diesem Jagdschloß in Transsilvanien, worüber wir lachten am östlichen und westlichen Ende des europäischen Luxus, obwohl gestern ein Kellner beim Rückwärtsgehen beinahe über einen von Ceauşescus Bären gestürzt ist, Kinderkrankheiten beim Übergang vom Restsozialismus zur finalen Dekadenz, aber eine Kinderkrankheit war ja auch der französische Strukturalismus gewesen, namentlich Gilles Deleuze und sein Aufsatz über Sacher-Masoch und den Masochismus, den ich einst, vor hundert und einem Jahr, in meinen schriftlichen Arbeiten so eifrig zitiert hatte und den wir beide in unseren Refugien in Cannes und in Transsilvanien nun wieder lasen, aber nicht mehr erkannten, dafür erkannten wir einander im biblischen Sinne und den französischen Strukturalismus im allgemeinen als Farce, weil er sich nicht für die Haut von Texten interessiert, die wir mit großem Appetit aßen, sondern nur für deren Knochen, und dann lädt dieser Strukturalismus einen großspurig zu irgendwelchen intellektuellen Reisen ein, aber hinterher landet man dann doch nur in einem engen Aufzug auf dem Weg in den dritten Stock, und für diese köstliche Metapher hätte ich dem Herrn Er am liebsten sofort meinen Hals zur Labung nach Transsilvanien transferiert und mich selbst gleich hinterher, wir hätten die Diener in die Wälder schicken, uns nach Mitternacht an ihren Küchentisch voller Roggenbrotkrümel setzen und meine Doktorarbeit über irgend etwas, das mit Ethik und Erkenntnis zu tun hat, aber ansonsten nicht unbedingt von Interesse ist, durchblättern können, der Herr Er hätte davon sprachphysisch natürlich überhaupt nichts verstanden und ich metaphysisch eigentlich auch nichts mehr, die Doktorarbeit war mir jahrelang Heimat und Halt gewesen, aber jetzt hätte uns schon die Literaturliste im Anhang genügt, um loszuprusten, daß die Roggenkrümel über den Tisch stoben, Lacan, Foucault, Derrida, da hätten wir gewiehert, gekichert, gegluckst, um nicht zu sagen: on aurait vraiement bien glucksmanné, kannst du dir vorstellen, daß Jacques Derrida, der geniale Meisterdenker, sich von seiner Frau den Finger in den Hintern stecken läßt, damit ihm endlich die ganzen schönen Scheißbegriffe durcheinanderkommen und er nicht mehr weiß, wie er heißt, aber ich hatte auch nicht gewußt, wie ich heiße, als ich promoviert wurde zur Doktorin der Philosophie, denn das war lange, bevor der Herr Er mir meinen Namen gab: Riedle.

Riedle?, wieso denn das, wieso denn nicht, aber ich hatte mich trotzdem noch ein wenig beschwert, denn zukünftige Ich-Erzählerinnen im schreibfähigen Alter heißen eines Tages doch immer Maja oder Jill, das sind so sahnig-zarte Namen, die die Autorinnen schon ihren Lieblingspuppen gegeben haben, und wenn dann eines Tages auf dem Buchdeckel Hannelore oder Gertrud steht, dann denken die Leute, die Ich-Erzählerin, die Maja heißt, kann in Wirklichkeit unmöglich Gertrud sein, denn welche kartoffelsackartige Gertrud könnte schon zu einer bienengleichen Maja mutieren, und Gertrud wird sich ins Fäustchen lachen, weil sie erstens endlich jenen wunderschönen Namen trägt, den sie verdient und den ihr ihre dumpfen Eltern verweigert hatten, und zweitens niemand vermutet, Gertrud habe irgend etwas mit Maja zu schaffen, denn andernfalls würde Gertrud dem Autobiographie-Verdacht und dem Vorwurf des Exhibitionismus ausgesetzt werden, aber als mir damals der Herr Er kurzerhand den Namen Riedle gegeben hatte, weil er von Montaigne wußte, daß die Autorin selbst der Inhalt ihres Buches ist, damals also wußte ich zwar, wie ich hieß, aber nicht, wer ich war, ich oder ich, Riedle oder Riedle, sie nicht als sie, und apropos Autobiographie, hörte ich in Cannes den Herrn Er aus Transsilvanien sagen, warum schreibst du nicht mal einen Text über deine Vergangenheit, Shitting with Roland Barthes vielleicht, gib zu, ohne Roland Barthes bist du früher doch noch nicht einmal aufs Klo gegangen, ja, auch daran erinnere ich mich. Und an den Geruch des Knaben Er in den Atlastapeten im Carlton, wo ich tief einatmete.

Mit einem Wort: Ich habe mich herumgetrieben seit vielen Jahren, ohne Ziel, ohne Maß, ohne Grund, irgendwann hat es wohl einen gegeben, und es war bestimmt nicht der Kulturauftrag der Stiftung, ich habe irgend etwas erforschen, drängende Rätsel lösen wollen, nur welche, habe ich unterwegs schnell vergessen.

Egal, ich bin gefahren und gefahren, nur darauf kam es an, dieses ist mein Lied, das Lied einer fahrenden Gesellin, ich singe es mit dem kratzigen Bariton von Tom Waits oder mit dem glockenhellen Sopran von Joan Baez, und mit dem illegalen Rhododendron, dieser lilablühenden Metapher auf der Waldlichtung, hat dieses Lied wahrscheinlich nicht allzuviel zu tun.

Wohl aber mit dem Herrn Er, der mir zum ersten Mal irgendwo unterwegs erschienen ist, Kuß, happy landing, ich kenne ein Reisebüro in Kalkutta mit diesem Namen, der Herr Er war mir erschienen, ich bin ihm gefolgt um den ganzen Erdball, ich habe in den schmutzigsten Hütten der Provinzen gesessen und in den elegantesten Hotels der Hauptstädte, barfüßige Obristen haben mir Joints angeboten und der Herr Er seine unstete Stimme, sie sprach zu mir in harten und in weichen, in klaren und in brüchigen Tönen, und dann hatte man die Kunst, und alles, was ich sonst noch mitbrachte, nicht mehr gemocht, aber was habe ich schon mitgebracht?, nur Ihn und mein hungriges, schmutziges, kleines Leben, das keinen Sinn machte für die Bank.

Aber vielleicht bin ich dem Herrn Er auch in Timbuktu zum ersten Mal begegnet, also an einem Ort, den es bekanntlich nicht gibt, und manchmal hatte ich mir darum schon überlegt, ob ich nicht einmal in *seine* Welt gehörte.

ECHSEN

Als wir am Sonntagmorgen aufwachten, lagen wir in grauen Mullbinden. Ich drehte mich auf meinem Matratzenlager zur Seite, es war ein normales Gefühl, Gliedmaßen, Unterkörper, Oberkörper, Kopf, alles war noch da, die Reibung auf den Laken, der Druck des Körpers auf den Untergrund, das Gewicht des linken Beines, das sich in der Umdrehung seitlich auf das rechte legte, der Brustkörper, der auf dem rechten Arm zu lasten begann. Soweit alles in Ordnung.

Nur daß die Welt endgültig verschwunden war. Kein Baum vor dem Fenster, kein Rhododendron, keine Wiese, keine Terrasse, kein Schuppen. Die ganze Lichtung war einfach weg. Nur dichte, graue Nebelbinden, die das Häuschen eng umschlungen hielten und so fest zusammenpreßten, daß es nicht mehr möglich schien, darin zu atmen, während Regen gegen die Fenster nagelte wie die Millionen Nadeln eines stechenden Schmerzes am ganzen Körper. Wir waren gefangen im Nichts.

Langsam wand ich mich aus dem Bett, im Häuschen war es still, obwohl ich sicher war, daß auch die anderen wach waren, denn es war schon spät, dennoch ging ich auf Zehenspitzen zur Küche, vorbei am Zimmer von Carola und Freddy, und durch die fast bis zum Boden reichende Glasscheibe der Tür sah ich, daß Carola heute nicht auf der Bettkante saß und Freddy beobachtete, bis er aufwachte, sondern sie sich bewegungslos an ihn schmiegte, er hatte ihr den Rücken zugedreht, und sie hielt ihn fest an den Schultern und am Hals auf die gleiche verzweifelte Art, wie eine Ertrinkende einen Schwimmer festhält, auch auf die Gefahr, ihn zu erwürgen und ihn mit hinunterzuziehen in die Tiefe.

Das Frühstück, das wir dann in der Stube nahmen, war kurz. Hilde und Carola hatten sich die noch warmen Bettdecken um den Leib geschlungen und damit zu Tisch gesetzt, starrten in ihre Teetassen, schwiegen. Was hätte man schon zu reden gehabt, wenn es keine Welt mehr gab und wir verletzlich waren und eingewickelt in Mull?

Nur Freddy erzählte. Von Leguanen auf Galapagos und wie wunderbar widerstandsfähig sie seien. Aber selbst Hilde ging an diesem späten Vormittag nicht ein auf sein biologisches Privatissimum, sondern verzog sich mit ihrer Bettdecke, ihrer Teetasse und zwei Käsebroten auf einem Teller wieder in das ehemalige Kinderzimmer nebenan, während sich Carola mißmutig auf den Sessel am Kamin fallen ließ, ich mich neben sie auf die Sofamatratze lümmelte, wo ich eben noch geschlafen hatte, und Freddy alleine am Tisch zurückblieb, ein Ei aufschlug, sich Tee eingoß und weiter frühstückte, als sei dies ein ganz gewöhnlicher Sonntagvormittag.

Ich rollte die Decke und das Laken auf der Matratze zusammen, so daß der rote Samtbezug zum Vorschein kam, und schob mir das Bettzeug als dickes Paket in den Nacken. Dann streckte ich mich aus und folgte mit den Augen den Schlangenlinien der feinen Wurmkanäle an der niedrigen Holzdecke.

Und es überfiel mich ein seltsamer Einfall, eine wunderliche Idee, mit der ich zuerst nichts anzufangen wußte. Ich dachte nämlich, daß mir, wenn ich jemals vor ihnen stünde, die Leguane und Echsentiere auf Galapagos unangenehm wären. Zu stachlig. Zu schuppig. Zu kalt. Zu archaisch. Zu drachenartig. Vielleicht, dachte ich, sollte ich die heiligen Georgier aus dem Londoner Nebel nach Galapagos schicken.

Mich würden die Echsen abstoßen, oder ich würde mich fürchten, sagte ich, indem ich mich zu Freddy drehte. Der sah mich verständnislos an, du bist doch sonst nicht so verängstigt. Dann stand er auf, öffnete die Terrassentür, Regen sprühte ihm entgegen, und schon war er weg.

Ich starrte noch einen Moment verwundert in das Grau, in dem er verschwunden war wie die Georgier in London, doch Carola, unversehens aufgeheitert, lachte. Du fürchtest dich vor Echsen?, wunderbar!, ein Klassiker unter den Phobien, ein Bilderbuchfall. Urangst, mehr davon, wie sieht's aus bei dir mit Schlangen, Waschzwang, Ordnungswahn, wann hat das alles angefangen, wo kommt das alles her?

Und Carola bekam ihren gierigen Analytikerinnenblick, sie, auf dem einzigen Sessel im ganzen Häuschen, ich, auf der Sofamatratze mit rotem Samtbezug hingestreckt wie die Kundschaft auf der Couch in der Berggasse in Wien, Freddy, verschluckt vom Nichts, Carolas spontaner Verhörversuch, spätere Heilung nicht ausgeschlossen, und mein plötzliches Unbehagen gegenüber harmlosen Urtieren.

Carola fing an zu forschen. Pränatale Erschütterungen? Frühkindliche Traumata? Pubertäre Krisen? Brutaler Vater? Dominante Mutter? Verhätschelte Geschwister? Oder vielleicht umgekehrt? Verhätschelter Vater, dominante Geschwister, brutale Mutter? Also sprich, wann hat das alles angefangen, wo kommt das alles her!? Schon hatte Carola auch mich in ein altes Kinderzimmer hineingelockt, in dessen Mitte sie saß wie eine Spinne.

Fast hätte ich ihr auch eine Geschichte erzählt. Irgendeine Geschichte, die ihr gefallen hätte. Vielleicht die: Mein Vater hat mich, als ich vier Jahre alt war, auf die Berge der bayrischen Alpen getrieben.

Aha, hätte Carola gesagt.

Ich habe kurze Lederhosen getragen, und die Berge waren so hoch, und ich war noch so klein, und unser Hund lief immer hinter uns her, und es wurde schon Abend, und Nebel stieg aus dem Tal.

Aha.

Und ich war furchtbar müde, so müde, daß ich kaum mehr gehen konnte. Und deshalb rutschte ich aus. Ich rutschte und rutschte. Da war eine Schlucht. Ich sah sie vor mir.

Carola: Oh! Und dann?

Ich hing schon am Abgrund.

Oh weh!

Dann hat mich mein Vater gerettet. Er hat mich an den Hosenträgern gefaßt, mich wieder herausgezogen, und der Hund hat mich abgeleckt mit pelziger Zunge. Da habe ich eine Eidechse gesehen.

Aha, und was meinst du, wenn du sagst, du hättest eine Eidechse gesehen? Was fällt dir dazu ein?

Das hätte Carola gefragt, wenn ich diese Geschichte erzählt hätte.

Aber ich war nie in den bayrischen Alpen, wir hatten niemals Hunde gehabt, und ich habe auch keine Geschichte erzählt. Denn Freddy kam, mit Feuerholz aus dem Schuppen im Arm, zurück ins Häuschen und öffnete die Kinderzimmertür wieder, die Carola schon hinter mir hatte zufallen lassen. Freddy war naß, Regenwasser lief ihm über das Gesicht, ich weiß gar nicht, was das Problem ist, sagte er fröhlich, die Leguane waren einfach lange vor uns da, schon als die Welt noch nicht fertig war und ungefähr so ausgesehen hat wie heute vormittag, und wir gar nicht hätten existieren können. Warum sich fürchten vor etwas, nur weil es älter ist und widerstandsfähiger als wir selbst?!

Denn so hat das alles angefangen: Nicht neulich erst, als wir selbst noch klein waren, vor dreißig oder vierzig Jahren, sondern vor fünfzehn Millionen Jahren. Da kommt das alles her: Aus der rauhen Kinderzeit der Erde. Die Triebe. Die Lust. Die Furcht. Die Grausamkeit. Die Liebe.

Und natürlich lichtete sich alsbald der Nebel. Wenn auch nur für mich. Denn Carolas Stimmung hatte sich nun sofort wieder verschlechtert, sie sah Freddy an mit grimmigem Blick, und den Rest des Tages verbrachte sie bei Hilde im Kinderzimmer.

RUMÄNE

Meistens jedoch war unsere gütige Mutter Natur gnädig zu uns und schenkte uns heitere Tage auf der Lichtung. Dann blinzelten wir, und das Leben färbte sich grün. Hilde, Carola und ich breiteten Decken auf der Waldwiese aus, Augen in Höhe der Gräser, Grün an unseren Beinen, Grün an unseren Armen. Und die Blumen der Tugenden erblühten, auch wenn der Rhododendron, leider, leider, noch immer schwärzlich und düster hinter uns stand, aber Hildegard von Bingens Heilige Heilheit und Ganzheit, Rechtes Maß und jene Grünkraft, die den ganzen Kosmos durchfließt und auch im Menschen Gedeihen und Wachstum ermöglicht, erfaßten uns, alle unheilen und dürren Laster wandten sich von uns ab. Da flöteten wir und tschilpten um die Wette, und selbst Carolas Mörder wurde grün und freundlich.

Freddy rückte ein Tischchen in den Schatten, klappte sein Notebook auf, stöpselte die Telefonleitung in sein Modem und fing an zu arbeiten. Ich habe, verkündete er in die Lichtung hinein, etwas im Internet zu recherchieren, vom Wald in die Welt, wie wunderbar, übrigens brauche auch er als freischaffender Biologe jetzt eine hübsche Homepage, vielleicht mit einem Foto von mir, sagte er, ich im Feld mit Fernglas, das wirkt dynamisch, das kommt kompetent, Freddy hatte ja so einiges im Angebot, Umweltverträglichkeitsgutachten aller Art, Käfer kartieren, Frösche zählen, Vögel klassifizieren, und wenn der überaus seltene Soundso-Vogel auftaucht, dessen Name sich kein Mensch länger als drei Minuten merken kann, außer Hilde, die diesen Namen immer wieder mit Genuß aussprach, Soundso-Vogel, Soundso-Vogel, Soundso-Vogel, und dann erörterte sie aus Sympathie für Freddy stundenlang sämtliche Einzelheiten aus dem Leben des Soundso-Vogels, Flügelschlag, Nestbautechnik, Brutverhalten, wenn also dieser obskure Vogel im Untersuchungsgebiet gesichtet wird, sagte Freddy, dann hat umweltverträglichkeitstechnisch sowieso kein Bauvorhaben eine Chance. Autobahnen beispielsweise kann man völlig vergessen. Höchstens noch unterirdisch. Oder in einem riesigen Tunnel auf Stelzen. Warum nicht, da kann der Soundso-Vogel unten durch oder darüber hinwegfliegen, ihr lacht, aber ich meine das ganz ernst, man muß unkonventionelle Lösungen finden, ich habe ja nicht diesen kindischen Anti-Autobahnreflex wie diese Umweltschützer, die Vögel sehen, die es gar nicht gibt, nur damit nicht gebaut werden kann, lächerlich, unglaubwürdig, verlogen, höhnte Freddy, aber demnächst werde er sich sowieso ein zweites Standbein neben der Biologie suchen, ich habe mir überlegt, eine Internet-Firma zu gründen, um spektakuläre Auftritte für mittelständische Kunden zu verkaufen, und einen ersten Auftrag habe ich schon, eine Homepage zu basteln für einen Schwarzwälder Schinkenlieferanten aus dem Freundeskreis meiner Eltern, weshalb ich jetzt mal die Suchwörter Schinken und Schwarzwald in die Suchmaschine eingeben werde.

Das war uns recht. Auch wenn, fand Hilde, der mittelständische Schwarzwald vielleicht ein wenig provinziell und Schinken generell zu fleischlich und damit ungesund war, während Carola vermutete, daß Freddy, der ursprünglich aus dem Schwäbischen kam wie ich, auf diese Weise unbewußt, und im Umweg über das Internet, womöglich die abgerissene Verbindung zu seiner Mutter wieder herstellen wollte, die übrigens nur wenig älter war als Carola selbst. Aber Freddy sollte ruhig machen. Wir hatten nichts weiter einzuwenden. Ist doch prima, daß er seine Angelegenheiten so konsequent durchzieht, sagte Carola. Mein Freddy wird seinen Weg schon gehen. Und auch, daß dieser, so wie jetzt, gerne und ungeniert seine Meinungen, Einschätzungen, Standpunkte sowie die gestrigen, heutigen und morgigen Aktivitäten vor sich hin erzählte, gefiel uns Damen immer ziemlich gut. Freddy hatte eine so angenehme Stimme. Die unseren grünen Frieden auf der Lichtung mit einem behaglichen Sprachteppich unterlegte.

Daß es hell wird, wenn jemand spricht, das wußte Carola theoretisch von Sigmund Freud, und wir erfuhren es praktisch durch Freddy, dessen persönliche Lageberichte, die ab und an aus seinem E-mail-Programm durch ein elektronisches und leicht kehlkopfamputiert klingendes: Willkommen, ein: Sie haben Post, oder ein: Übertragung beendet, stimmlich ergänzt wurden, in ihrer gleichbleibenden Gegenwärtigkeit die Zweige von Tannen und Eichen und schließlich auch uns selbst noch hübscher illuminierten, als die Sonne es vermochte, das bildeten wir uns jedenfalls fest ein. Schließlich gab es wenig, was wir lieber mochten, als uns unser philosophisches und psychoanalytisches Kernsatzwissen durch das wirkliche Leben bestätigen zu lassen. So lagen wir auf unseren Decken im grünen Licht der Sprache und im sanften Wohlgefühl des Waldes, Freddy schaute auf den Bildschirm, einige Spinnen und Ameisen liefen über unsere Füße, und Friede war mit uns und mit unseren Geistern.

Indessen fing Freddy vor seinem Notebook an zu lachen. Schwarzwälder Schinken in hochaufgelöstem Pixelrosa, und selbst noch im Internet, seht nur, kommt doch mal her, traten die Schinken, aus hygienischen Gründen oder aus Gründen des schwäbischen Prestiges, eingeschweißt in Klarsichtfolie auf, all ihre fatale Fleischlichkeit geschickt verleugnend.

Aber das hier, rief Freddy, das ist das Allergrößte! Unser Freund, der Rumäne, da auf der Internet-Seite haben wir ihn wieder! Macht jetzt auch schon in Schwarzwälder Schinken. Fleisch, in Rumänien produziert und geschlachtet, durch halb Europa gekarrt und im Schwarzwald nur noch geräuchert. Wahrscheinlich im Kernkraftwerk Biblis. So, Mädels, so funktioniert die Globalisierung!

Und da räkelten wir uns auf unseren Decken und waren froh, daß wir Freddy auf der Terrasse postiert hatten. Wenigstens bis Sonnenuntergang. Freddy in der Lichtaureole.

Natürlich wußten wir längst, wie die Globalisierung funktionierte, und auch, daß der Rumäne ganz und gar nicht unser Freund war, denn wer will schon den Osten haben, diese Fleischbatzen, diese fahrenden Gesellen, diese unberechenbaren Fremden, wir wußten, daß sich dieser ganze Osten, auch wenn er im Fall des Rumänen heimlich ein Süden war, nicht nur im virtuellen internationalen Schinken-Business auf Freddys Internet-Seiten herumtrieb, sondern sich unbemerkt auch in den Wäldern um unsere Lichtung zuerst inkarnierte und dann camouflierte, ja wahrscheinlich, ganz sicher sogar, versteckte sich der Rumäne gerade in diesem Moment in allen satten, zarten, stumpfen und leuchtenden Pixel-Grüntönen schimmernd und zur Unkenntlichkeit aufgelöst zwischen den Blättern und in den Tannennadeln.

Er belauschte uns, obwohl er uns nicht verstand, so wie der Herr Er mich nicht verstand, weil er meine Sprache nicht sprach, aber dennoch hörte und sah der Rumäne alles. Freddy am Tischchen, Hilde, Carola und mich auf den Decken, die Ameisen auf unseren Füßen, das Blut in unseren Adern, die Gedanken in unseren Köpfen, die er vergiften wollte mit Angst und unfreundlichen Pixelbildern.

Und auch wenn wir uns noch immer räkelten, oder wenigstens so taten, als räkelten wir uns, weil wir uns fest vorgenommen hatten, uns an den Wochenenden auf der Lichtung zu räkeln, sonst hätten wir ja in der Stadt bleiben können, wären wir am liebsten unsichtbar geworden und hätten uns gerne verpuppt, noch lagen Arme und Beine scheinbar entspannt in alle Richtungen gestreckt auf dem Gras, aber innerlich hatten wir sie bereits angezogen und eng an den Körper geschmiegt.

Es war eine Gefahr da, irgendeine merkwürdige Gefahr schon die ganze Zeit, die für jede von uns ein anderes Gesicht gehabt hätte, wenn sie sich deutlicher gezeigt hätte. Der Feind als unsere eigene Frage als Gestalt, wie Carl Schmitt gesagt hätte, der uns ebenfalls immer für einen zitablen Kernsatz lieb war.

Aber weder waren wir souverän noch hatte der Ausnahmezustand bereits völlig über uns bestimmt, und die Gefahr war noch so fremd, daß wir sie nicht sehen und nicht fassen konnten, und nur ahnten, daß es vielleicht doch nicht Rechtes Maß und Grünkraft waren, die den Kosmos durchflossen.

Nur Hilde versuchte, ihre Gefahr an einem Zipfel zu erwischen, diese Globalisierung, sagte sie, hat die ganze Welt in einen Ort ohne Rücksicht und ohne Regeln, ohne Nächstenliebe und ohne Solidarität verwandelt, da brauchte Freddy gar nicht so zu kichern. Und das Schlimme ist, daß man ihr wirklich nirgendwo mehr entgehen kann, jetzt, wo sie selbst unseren Wald schon erreicht hat. Ich für meinen Teil, verkündete Hilde, werde auch in Zukunft hier nicht alleine übernachten.

Tatsächlich hatte die Globalisierung den Billigrumänen aus Transsilvanien und umliegenden Gebieten als Erdbeerpflücker in die norddeutsche Tiefebene getrieben. Hier streifte er nach beendeter Ernte unaufhörlich durchs Gehölz. Jedenfalls sahen wir überall in den Wäldern auf den Wanderparkplätzen mit den blauen Schildern und den Piktogrammen vorwärtsstrebender Wandersleute merkwürdige Fahrzeuge mit fremdartigen Nummernschildern und mit Scheiben, die mit Stoffetzen verhängt oder mit Wellpappe verdeckt waren. Dahinter wohnte eindeutig der mobile Rumäne. Und der hatte sicherlich noch einiges vor.

Deshalb schützten wir uns wenigstens gegen diese einfache Frage als heruntergekommene Gestalt, indem wir nachts die Fenster nur halb offen ließen, so daß der Rumäne sich hätte dünn machen müssen, um durchzukommen, und wir niemals alleine in der Waldhütte geschlafen hätten und auch tagsüber alles, was uns wertvoll erschien, vor allem aber unsere Notebooks, die unser rationales Gedächtnis und die in Worte geordnete Welt enthielten, unter Kissen im Häuschen verbargen, kaum daß wir sie ausgeschaltet hatten. Und bevor wir uns sonntagabends wieder in die Stadt aufmachten, steckten wir das Telefon in den leeren Mülleimer, denn wenn der Rumäne unter der Woche eingebrochen wäre, hätte er gewiß als erstes stundenlang nach Rumänien telefoniert, und diese Art der Grenzüberschreitung im mehrfachen Sinne hätte nicht nur unsere Seelen, sondern auch unsere Telefonrechnung erheblich belastet und noch gefehlt zu unserem Unglück.

Aber du mußt hier doch auch gar nicht alleine übernachten, sagte Freddy. Dann hob Sankt Michael mit den schönen Schultern sein Schwert. Uns zur Verteidigung gegen das Böse. Und augenblicklich verschwanden alle Rumänen aus dem Gebüsch.

FISCH

Es kam jedoch der Morgen, als Carola zum ersten Mal rotgeweinte Augen hatte, und dann kam der Abend, da Freddy zum Fisch mutierte.

Carola hatte schlecht geschlafen. Als sie erwachte, waren ihr Tränen über das Gesicht gelaufen, und weil sie nicht mehr hatte aufhören können zu weinen, war sie früh aufgestanden, noch lange vor Freddy, schon eine ganze Weile wartete sie nicht mehr am Bett, bis er aufwachte. Dann hatte sie den Tisch gedeckt. Aber nur für Hilde, für mich und für sich selbst. Ihr jugendlicher Liebhaber sollte selbst sehen, wo er blieb. Und er blieb: weg. Wir sahen ihn den ganzen Vormittag nicht.

Freddy war gestern den ganzen Abend so gemein zu mir, sagte Carola mit einer Kinderstimme, die ihr nicht gehörte. Dann hat er sich auch noch weggedreht, als ich mich zu ihm gelegt habe. Und Hilde riß die Augen auf und legte ihre Hand auf die von Carola.

Aber das wird doch wieder, aber das wird doch wieder, sagte Hilde hastig, ich werde mit Freddy reden. Natürlich wird das wieder, piepste Carola, laß ihn erst einmal in Ruhe, vielleicht bin ich auch zu empfindlich, vielleicht sind es nur die Hormone, aber dennoch war Freddy wirklich gemein, ich verstehe das gar nicht, er war doch früher nicht so. Dann sagte Carola noch etwas von Bindungsunfähigkeit, die bei Männern außerordentlich verbreitet sei, Freddy jedoch ist davon im großen und ganzen noch einigermaßen verschont geblieben, obwohl er eine schreckliche Mutter hatte, die ihn nie richtig geliebt hat, wobei Hilde nickte, denn das wußte sie schon. Es sei, bemerkte Carola, dieser emotionale Defekt aber durchaus erfolgreich behandelbar, woraufhin Hilde tief durchatmete, und auch Carolas Stimme wurde langsam wieder erwachsen, und sie wollte jetzt über etwas anderes sprechen, darüber, ob Hilde vielleicht an ihren Unkostenbeitrag für diesen Monat denken könnte, du weißt doch, sagte sie, auch Geld ist Energie, und die Energiebilanz zwischen den Menschen sollte stets ausgeglichen sein, egal, ob es sich um Zärtlichkeiten handelt oder um Geld, das war es ja, was Freddy im Moment nicht zu verstehen schien, Hilde hingegen war das, wie Carola vermutete, schon lange klar, ob sie also so bald wie möglich eine Überweisung schreiben könnte, und Hilde nickte abermals, selbstverständlich, natürlich, kein Problem, allerdings habe sie in diesem Monat mehr Lebensmitteleinkäufe gemacht als alle anderen und überdies auch ständig gekocht, nun gut, wir müssen über diese Dinge nicht reden, und über Geld sowieso nicht, ich spreche niemals über Geld, das wißt ihr, Hauptsache, die Sache mit Freddy kommt wieder in Ordnung.

Es war dieser Moment der Enttäuschung und der Verzweiflung also nur ein kurzer theatralischer Zwischenfall gewesen, Carola selbst hatte ihn schon nach einer halben Stunde vergessen, nur Hilde machte sich offenbar noch zwei, drei Stunden Sorgen, das hieß, daß sie die Augen zusammenkniff und äußerst wortkarg war, als Freddy in ihre Nähe kam, Strafe muß sein.

Aber schließlich plazierten wir uns alle wieder auf der Lichtung, und der Tag mochte sich doch noch hinziehen in Trägheit und schläfrigem Müßiggang, und wir mochten den Weltlauf versäumen, indem wir mit geschlossenen Augen Stunde um Stunde der Sonne folgten, bis sie untergegangen war, und die hereinbrechende Dunkelheit uns langsam zu umhüllen begann.

Und auch wenn der Tag so unangenehm begonnen hatte, durften wir nun einen Sommerabend im Wald erleben.

Hilde in der Küche. Freddy auf dem Weg zum offenen Kamin. Carola im Abendlicht. Der düstere Rhododendron. Vogelgezwitscher. Geruch von Erde und von frisch entzündetem Holz. Knacken im Geäst der Fichten. Wolkenschlieren über der Lichtung. Kräftig dunkelgrünes Gras. Der letzte Ruf des Kukkucks bevor es Nacht wurde, Freddy mit gespitzten

Ohren, während ich die Jahre zählte, die mir noch blieben, und Ameisen lautlos ihrer Wege zogen.

Ich schloß die Augen.

Die Nachtlieder der Wanderer. Schlanker Mond in den Bäumen. Komm mit mir zum Tanze, mein Liebster, komm Schätzlein, laß drehn uns zum Tanz, die Kälte stieg hoch aus dem Grase, Carola rief wimmernd nach Freddy, Empörung erscholl in den Abend.

Denn Freddy, los Freddy, wo blieb ihre Decke, sie war so empfindlich, Carola, die Arme, die Decke, schnell, die schlimmen Kopfschmerzen, die fliegende Hitze, die plötzliche Kälte, ein Kreuz, eine Geißel, das wußte Freddy, der Süße, doch genau, also warum hatte er ihre Decke weggeräumt, weil er eben nichts dachte, höchstens an sich selbst, und so eine Decke sei doch das mindeste, was man verlangen könne nach solch einer Scheißwoche und dieser furchtbaren Nacht, mehr wolle sie doch gar nicht, und ob er vielleicht schon mal was von Rücksicht oder gar von Nächstenliebe gehört habe.

Ich riß die Augen auf, ach, hätte ich die Ohren schließen können, aber da landete die Decke schon auf Carolas Knien, leidenschaftslos von Freddy hingeworfen.

Dienstleistung erbracht, Hundeblick verweigert. Du Egoist, du Fisch, du kalter.

Auch ich fing an zu frösteln in meinem dünnen Turnhemd, obwohl der Abend so warm war.

HUNDE

Wo ist der Herr Er, dieser Sack, dieser Fisch, dieses Monster, der noch nie jemandem eine Decke gebracht hat und niemals jemandem eine Decke bringen wird, vielleicht sollte man sowieso alle Decken auf einem großen Scheiterhaufen verbrennen, oder wenigstens im Kamin im Häuschen, Freddy könnte sie ins Feuer werfen als letzten Dienst an der Liebe, und der Herr Er würde danebenstehen mit ungerührter Miene, aber wenigstens könnte er sich melden, und ich würde ihm sagen, daß ich wirklich keine Decke will, nur damit er das wüßte.

Aber er meldete sich nicht, das hatte ich nun davon, ich hatte ihn stehengelassen in London, ich hatte genug von ihm gehabt, war in den Wald geflüchtet, und jetzt war er verschwunden. Ich glaube in Alaska. Wie ich darauf kam? Warum nicht in Alaska, er treibt sich schließlich überall herum. Von mir aus auch in Kamtschatka, irgendwo ganz hinten im Trinkerterritorium, irgendeinen Anhaltspunkt für meine Vorstellung von ihm mußte ich schließlich haben.

Er war im Norden, doch, ich war ganz sicher. Im Norden: so sollte es sein, so hatte ich es nun beschlossen.

Eisberge also. Blau und weiß in gleißendem Licht. Oder eine triste graue Landschaft mit abgestorbenen Grasfetzen, über die wilde Hunde rennen. Und Mücken, unendlich viele Mücken. Aber sie sind zu klein, als daß ich sie wirklich sehen könnte. Und auch Ihn kann ich noch immer nicht sehen. Kein Gesicht, keinen Körper, keinen Gang, keine Bewegungen. Aber die Eisberge. Und das Steppengras.

Ich brauchte ein Bild! Ein Bild, das mir gehörte!

Also ließ ich ihn in eine Gletscherspalte fallen.

Nur noch ein Fetzen lugte aus der Tiefe. Ein Stück Stoff, eidechsengrün. Merkwürdige Farbe, ich wußte nicht, warum ich sie dem Anorak gegeben hatte, und ich hatte mich gewundert und mich erschreckt, daß der Fetzen in der Gletscherspalte eidechsengrün war. Es war der Anorak des Herrn Er. Wo der Anorak war, mußte auch ein Körper sein, er war dort unten in dieser Gletscherspalte, und auch wenn ich ihn nicht sehen konnte, war er anwesend, das *ist* der Herr Er, so kann ich ihn mir vorstellen. Und habe ihn für eine Sekunde im Griff.

Oder ich ließ den Mann, den ich liebte, von den Hunden zerreißen. Ich tu dir nichts! Hab keine Angst! Besser die Hunde zerrissen meine Vorstellung und meine Erinnerung an all die Erscheinungen, als die Zeit und der Raum und die Wirklichkeit. Getötet wird sie sowieso. Mit jeder Minute, mit jedem Kilometer. Die Nase verschwindet, das Kinn, die Ohren, die Augen, die Züge verschwimmen, nichts paßt mehr zusammen, ich kann mich konzentrieren, soviel ich will, er will einfach nicht erscheinen. Ich glaube, nein, ich bin ganz sicher, daß ihm Härchen aus der Nase und auf den Ohrmuscheln wachsen. Ich glaube, denke, meine, daß sein Kinn eckig ist. Na und? Wer kann mit solchen Informationen schon etwas anfangen? Die Eskimo-Polizei vielleicht, wenn sie ihn aufgreifen sollte. Aha, das ist der Mann mit dem eckigen Kinn und den Härchen, die aus der Nase und auf den Ohren wachsen, das wird dann wohl der Herr Er sein, also kommen Sie bitte mit und machen Sie keine Schwierigkeiten. Aber ich, ich habe ihn nicht mitgenommen, habe ihn gehen lassen und kann mit den Informationen über ihn nichts anfangen.

Denn ein Bild entsteht daraus noch lange nicht. Ein Bild, das ich lieben könnte, weil es mir etwas zeigt, was noch kein anderer gesehen hat. Und die Hunde laufen los, meinen Erinnerungen hinterher, sie zerfleischen eine Gestalt, sie zerfleischen die Informationen über ihn, sie zerbeißen die Nase, die Ohren und das eckige Kinn. Es bleibt ein Stück rohes, rotes Fleisch, besondere Kennzeichen: keine, fürs Fahndungsfoto nicht geeignet. Endlich ist die Erinnerung rein und roh. Eine amorphe Masse, in der nur ich ihn erkenne.

Ich: die Wolfsfrau aus der Steppe. Die vielleicht genausowenig Mensch ist wie Er.

Und ich höre eine Stimme, ganz ohne Fleisch, ohne Körper, ohne Bild, die zu mir spricht, eine Stimme aus meinen Eingeweiden, aus meinen Gletscherspalten, aus meinen Himmeln, was ist da der Unterschied, ich weiß nicht, wo die Geister wohnen, die reinen, und die Erinnerungen, die rohen, und auch nicht, wo der Herr Er eigentlich herkommt.

Ob es seine Stimme ist, die ich höre?

Ich weiß nur, daß es irgendwo ein weißes, weites Land ohne Bilder gibt, und ein gleichmäßiges weißes Rauschen, zu dem alle Stimmen und alle Frequenzen, die je erzeugt wurden, mit gleicher Amplitude beitragen, ein Rauschen, das alles sagt und nichts.

Und dort gibt es Liebe, die nichts will.

Aber bevor es schneien wird im Himmel und auf Erden, in den Menschen und auf den Monitoren, werden die wilden Hunde über die Steppe rasen, Geifer wird ihnen aus den Lefzen laufen, und ihre gefletschten Zähne werden jede Hoffnung auf Trost für immer zerstören.

Wie schrecklich, wie furchtbar, entsetzlich, geschmacklos, oh Heilige Hildegard von Bingen, teure Freundin, ungewisse Verwandte, verbergen Sie nur Ihr Gesicht unter dem Wundmaltuch des Herrn oder wenigstens unter dem Geschirrhandtuch, ich weiß, Sie haben ja so recht, ich schäme mich vor Ihnen, die Sie mich aus Respekt siezen seit Jahren und sofort vergessen, falls Sie mich einmal nackt sehen, soviel Respekt haben Sie vor mir, denn respektieren heißt Nacktheit vergessen, sagen Sie, und natürlich habe ich

Seine Nacktheit vergessen, aber leider auch alles andere, und jetzt steht Er da in meiner Erinnerung sogar ganz ohne Körper, den ich zerstört habe, und das ist vielleicht auch nicht in Ordnung, das sehe ich ein, ich schäme mich, Frau Hildegard, weil Sie jetzt gerade in der Küche stehen zu unserem Wohle und sich ärgern und sich in den Finger schneiden, und Blut in unser Abendessen tropft, wo doch auch jemand anderes kochen könnte, Carola zum Beispiel, oder ich, die ich mich auch vor Ihrem treuen Stoffschaf schäme, das Sie wie Hildegard von Bingen mit Dinkelschalen gefüllt haben und jeden Abend an Ihre Seite betten, ich schäme mich vor Ihrem braven, reinen Lamm, dem kuscheligen, mit Ihren eigenen Händen haben Sie es den Amazonas hinauf und später auch im Rucksack durch den Dschungel von Borneo getragen, ganz zu schweigen von jener Schildkröte, gierigen Menschenschlünden weggekauft auf einem vietnamesischen Markt und zurück ins Meer begleitet von Ihnen und Ihren Helfern, und ich weiß, daß Sie jetzt auch Ihn retten möchten vor den reißenden Hunden, denn Er ist doch nicht so schlecht, auch wenn Sie finden, er bringt mir Unglück, nichts als Unglück, schon deshalb, weil er mich nie so geliebt hat, wie er mich lieben sollte, dessen sind Sie sich sicher, denn er wird mich verraten, kaum, daß ich schlafe, und alles, was ich Ihnen je von Ihm erzählt habe, hat Ihnen Gänsehaut, Kopfschmerzen, Erbrechen verursacht, und vor Ihrer Idee der ewigen, unschuldigen Liebe, auch vor der schäme ich mich und bitte Sie hiermit, werfen

Sie alle Turiner Grabtücher über mich, die echten und die gefälschten, die blutigen und die verschwitzten, schütten Sie Wein über mir aus, streuen Sie Hostien, schenken Sie mir das blutende Herz Jesu, ich denke, ich könnte damit sogar noch viel mehr anfangen als mit der Gletscherspalte und würde dieses blutende Herz für Sie aufbewahren bis zu dem Tag, an dem Sie aus Ihrer hochgeschlossenen protestantischen Einöde im saftigen Katholizismus angekommen sind, oder servieren Sie, von mir aus, endlich das Abendessen, damit ich wieder auf andere Gedanken komme, auf hübschere, nettere, waldlichtungstauglichere, und wir setzen uns zusammen vor Carola und Freddy an den Tisch und beobachten ein wenig, wie wirkliche Liebe funktioniert. Elf verständnisvolle Jahre, viertausend tolerante Tage, und auch heute wieder ein Abend voller Zuneigung und Respekt, auch wenn Freddy sich soeben als Fisch präsentiert hat, aber das wird schon wieder werden, und wenn Sie wollen, werde ich zusehen. Dann sind wenigstens Sie glücklich.

Allerdings war Hilde mit dem Abendessen noch nicht fertig, die Idylle somit noch nicht auf den Punkt optimiert, die Liebesvorführung unserer Adoptiveltern, des perfekten Paares, das uns so großzügig aufgenommen hatte, und von dem ich, fand Hilde, durchaus etwas hätte lernen können, zum Beispiel wie man einander respektiert, mußte warten, und so saß ich ein wenig abseits auf der Lichtung, meinen unpassenden Vorstellungen vom Herrn Er mutwillig ausgeliefert.

FASCHISTEN

Der Herr Er hatte, trotz allem, versprochen, sich zu melden. Aus irgendeinem Iglu. Und aus irgendeinem Grund. Aber aus welchem? Aus Sehnsucht?

Wir waren ja dereinst glücklich gewesen und einander nah. Und am glücklichsten waren wir in Südafrika.

Dort hatten wir Löwen beobachtet und die Verzweiflung der weißen Verlierer. Und eines Nachts hatte der Herr Er mir in Kapstadt einen Freund des russischen Konsuls ins Bett legen wollen, einen veritablen burischen Faschisten mit dem leicht teigig gewordenen Körper eines SS-Offiziers im Ruhestand.

Der Faschist war zu meiner Rechten gesessen im Wohnzimmer der Residenz des Konsuls. Palmen im Sturmwind vor den Fenstern, Tiefkühlkälte im Raum, meine Hand unter dem Tisch, ich kraulte den Faschisten durch die Hose, gleichzeitig die Fragen des

Herrn Er zu meiner Linken und die treuherzigen Antworten des Faschisten. Alles wie erwartet, alles wie bestellt. Wir grinsten uns an, der Herr Er und ich.

Ob der Faschist sich von schwarzen Frauen angezogen fühlte? Blankes Entsetzen von faschistischer Seite, schon die Frage, nein, bitte, wir lachten, ein Glück, ein Vergnügen, der Herr Er streichelte mir über die Wange, freundliche Blicke des stalinistischen Konsuls und der harte faschistische Schwanz.

Ich mochte den Faschisten. Er flüsterte zärtlich meinen Vornamen in mein Ohr. Merkwürdig offene Vokale, die mich an meine nordfriesische Jugendliebe erinnerten. Der Herr Er saß entzückt daneben, müde, mit grauem Gesicht, aber frischem Adrenalin im Blut. Ich kümmere mich um dich, hatte der Faschist plötzlich gesagt. Ich war gerührt. Ich hätte beinahe geweint. Denn seit meiner Kindheit hatte ich diese Worte, die der Herr Er in keiner Sprache kannte, nicht mehr gehört. Ich kümmere mich um dich.

Aber aus der Sache wurde nichts, der Faschist hat sich dann doch nicht um mich gekümmert, was den Herrn Er sehr enttäuschte. Die ganze Geschichte hatte sich viel zu langsam entwickelt, und irgendwann war ich zu betrunken.

Genauer gesagt war es so, daß mir zuerst der Faschist ein oder zwei Flaschen Sekt und dann der Konsul etwa einen halben Liter Wodka einflößten, während seine Frau, die Konsulin, mehrere Toasts auf meine überaus tiefe deutsche Seele ausbrachte und der Herr Er auf meine Schönheit trank, was mich überraschte und amüsierte, dann allerdings fütterte mich die Hand des Konsuls mit betrügerischen Pelmeni, deren verheimlichte Fleischfüllung ich nicht vertrug, weshalb ich den Rest der Nacht mit Kotzen verbrachte, statt mich vom burischen Faschisten vögeln zu lassen, was selbstverständlich in Anwesenheit des Herrn Er hätte stattfinden sollen. Es hatte nicht sollen sein. Und auch am nächsten Tag mußte ich, geschwächt und bettlägerig, den Herrn Er alleine zu den Pinguinen am Kap der Guten Hoffnung schicken. Dafür sang er mir mit der weichen Stimme von Salvatore Adamo am Abend die Melodie des Tanzes der kleinen Schwäne aus Schwanensee vor. Schade wegen des Faschisten, seufzte er, kurz bevor er einschlief.

Dort, wo mittags die Sonne hoch im Norden stand. Wo, laß mich sterben, laß mich leben, alles verdreht war, denn lang war ich hingegeben, diesem gottgegebnen Manne, und ich völlig vergessen hatte und auch gar nicht mehr wissen wollte, was gut war und was böse, was zärtlich war und was brutal.

Wo die Freiheit der Bodenlosigkeit durch mein Herz fegte. Wo ich, hören Sie nur Frau Hildegard drüben in Ihrer Küche, hören Sie meinen klaren Sopran, hören Sie die zarte Geige, hören Sie das silbrige Spinett, Bach-Kantaten trällerte in den eiskalten Junimorgen am südlichsten Punkt des falschen Kontinents.

Ich traue seiner Gnaden,
Die mich vor allem Schaden,
Vor allem Übel schützt.

Leb ich nach seinen Gesetzen,
so wird mich nichts verletzen,
Nichts wird mir fehlen, was mir nützt.

Und ich hätte auch an diesem Abend im Wald ins Dunkel singen mögen, der Herr Er hätte mich bestimmt gehört, doch ehe ich in all meiner Tugendhaftigkeit endgültig verlorengehen konnte in burischen Betten, und bevor die Löwen und der Herr Er mich noch einmal ergriffen, fortgerissen, verraten, und für drei Liter warmen Wodka und fünf Flaschen süßen Sekt verkauft hätten an irgendeinen Verzweifelten, bevor ich schreien wollte vor Glück, jauchzen vor Unglück, zittern vor Abenteuerlust und vor Sehnsucht nach den Zumutungen des Herrn Er, der nicht da war und der mich nicht füttern wollte mit Gold, Steinen und verdorbenem Fleisch, ehe ich zu Fuß und mit Schneeschuhen ins Trinkerterritorium hinein über Büchen, Schwerin, Stettin, Minsk, Moskau, Perm, Tobolsk, Krasnojarsk, Tschumikan und, wegen der Abkürzung, über die Rücken der Seekühe des Ochotskischen Meeres nach Kamtschatka laufen konnte, dem Beginn des neuen Tages und der Datumsgrenze entgegen, um den Herrn Er an seinem eidechsengrünen Anorak wieder aus seiner Gletscherspalte zu ziehen, in der er sich vor mir versteckt hielt und mit irgendeiner usbekischen, venezolanischen oder portugiesischen Provinzschlampe und Heimatlosenmuse mit Mutterboden in der Möse eisgekühlten Champagner trank, was ich geflissentlich übersehen hätte, denn mit

Eifersucht konnte ich mich nicht aufhalten, jetzt, wo es darum gegangen wäre, daß mich Salvatore Adamo rettete vor der Harmlosigkeit des Lebens und vor dem Waldidyll und seinen warmen Decken aus Kaschmir, Angora und Mohair, ehe ich mich also von der Mitteleuropäischen Zeit, von Greenpeace, dem deutschen Reinheitsgebot, dem Feminismus, dem Strukturalismus und all unseren restlichen Kirchen und wohlfeilen Werten verabschiedet hatte, erschien Hildegard mit Tellern, mit Gabeln, mit Schüsseln auf der Terrasse.

Es sollte nun ein antifaschistisches Gemüsecurry aufgetragen werden.

GEISTERFAHRER

Wir liebten die gemeinsamen Abendessen auf der Terrasse, das Gefühl von Familie, die Heilkraft des Rituals, wir liebten die banalen Gerichte, das Essen aus gußeisernen Töpfen, wir liebten das Gekochte und verabscheuten das Rohe, Eintöpfe statt Sushi, tumbe Bastarde statt aufgeblasener Samurais, und mindestens einmal an jedem Wochenende aßen wir Gemüsecurry.

Hilde deckte den Tisch. Ich eilte ihr zu Hilfe, Familie gab es nicht umsonst, und wer ihren Gesetzen nicht gehorchte, erntete Ärger, mindestens aber miese Laune, wer wollte so etwas schon riskieren in der Heimat, in der Heimat, und wenn ich Hilde jemals die Geschichte von dem burischen Faschisten erzählt hätte, oder davon, was im Winter in London mit dem Herrn Er und den beiden Georgiern passiert war oder eben auch nicht, dann hätte sie mich aus aufrechter und vielleicht sogar berechtigter Sorge um unser aller Körper und Geist im Namen des Vaters und des

Sohnes ohne Abendessen und ohne Fernsehen ins Bett geschickt, auch wenn es hier im Wald keinen Fernseher gab, dafür aber um so mehr altbewährte familiäre Reflexe.

So schob ich vorsichtshalber Topfuntersetzer in die Mitte des runden Tisches, arrangierte das Besteck in ordentlichen Winkeln zu den Tellern, holte ein paar Gläser aus der Küche, die ich gegen das Licht hielt, ob sie auch nicht fettig seien, sollte hier ja nicht zugehen wie im Busch. Carola rief nach Freddy, kannst du mich mal bitte aus dem Liegestuhl hochziehen, doch Freddy hörte nicht, denn er machte sich gerade am Schuppen zu schaffen, na gut, dann nicht, mußte sie eben alleine aufstehen, wo bleibt er denn nun eigentlich, das Essen steht doch schon seit Stunden auf dem Tisch.

Ein duftendes Gemüsecurry, das, kaum daß Hilde den Topfdeckel gehoben hatte, eine erdig-süßliche Wolke von dem, was einmal Koriander, Zimt, Gelbwurz, Cumin, Nelke, Muskatblüte und Bockshornkleesamen waren, in die fast dunkle Lichtung ausdampfte. Der Duft stieg uns ins Kleinhirn, ein ferner Geruch, eine naßkalte Erinnerung an den Winter und seine schmutzigen kleinen indischen Imbiß-Restaurants in unseren Städten.

Dort hatten wir uns im Dezember und im Januar immer wieder hinter den vom Küchendunst beschlagenen Scheiben an den hölzernen Tresen gestellt und gewartet. Bis der indische Garkoch den Blick hob, und uns gleichmütig und ohne jedes Interesse nach unseren Wünschen fragte, und Carola, die ich noch kaum kannte, in der einen Stadt, Hilde in der anderen und ich in der dritten murmelten im Chor unsere Bestellung, obwohl wir nichts voneinander ahnten, einmal Gemüsecurry mit Reis zum Mitnehmen bitte, und dann setzten wir uns auf die Holzbank an der Scheibe, drei Frauen, jeweils alleine, weil Carola und Hilde den Weg ins Waldhaus scheuten und ich ohnehin noch lange nicht dorthin eingeladen war.

Und wir hätten das Waldhaus auch nicht glücklich erreichen können, denn Glatteis machte die Wege im Winter unsicher, so daß wir nicht gewußt hätten, wohin mit den Händen an unseren Lenkrädern, wir wären machtlos gewesen, wir hätten sie festhalten können, aber unsere Autos wären gefahren, wohin sie wollten.

Nur Freddy machte der winterliche Eigenwille der Autos nichts aus, im Gegenteil, er liebte die Straßen, wenn sie vereist waren, und fuhr dann alleine ins Waldhaus, Carola und Hilde wußten nicht, was er dort machte, Freddy allein im Wald im Winter, merkwürdig eigentlich, Carola vermutete, daß er vor irgend etwas davonlief, im Zweifelsfall vor ihr, Hilde wiederum dachte, er würde dort Frauen verführen, aber vielleicht gab es eine viel simplere Erklärung, vielleicht wollte Freddy nur ein wenig über die Straßen rutschen. Mädels, nehmt einfach die Hände vom Lenkrad, hatte er einmal gesagt, irgendwie werdet ihr schon ankommen, und wenn nicht, dann landet ihr im Graben, na und, no risk, no fun, irgendwer wird früher oder später vorbeikommen und euch herausziehen: So lernt man Leute kennen.

Aber ich zumindest wollte keine Leute kennenlernen, sondern hatte schreckliche Träume von führerlosen Autos, ich saß auf der Rückbank, der Fahrersitz war leer, meine Arme zu kurz, um bis ans Lenkrad zu reichen, ich konnte mich anstrengen, soviel ich wollte, und starb tausend Tode, bevor noch irgend etwas passierte, die Furcht vor dem Graben ist schlimmer als der Graben selbst, nie wäre ich im Winter zu Freddy ins Auto gestiegen, es war besser, im Winter überhaupt nicht Auto zu fahren, allerdings war ich einmal, ein einziges Mal, mit dem Herrn Er durch irgendeine Taiga oder Tundra gefahren, er saß am Steuer, Eis unter den Rädern, Eis in meinen Gliedern, aber der Herr Er war der Herr Er über Taiga, Tundra und über meine Glieder, und er lenkte mich hinein in Gräben, aus denen ich nicht mehr herauskam, sosehr ich mich auch abstrampelte, dafür lernte ich den Herrn Er so richtig kennen, er machte sich davon und ließ mich zurück in den Gräben der Steppe, ich mochte Wolfsfrau sein oder nicht, und erst später hatte ich festgestellt, daß er keinen Führerschein hatte, also gar nicht berechtigt war, mich auch nur in einen einzigen Graben zu fahren.

Wir jedoch hatten die amtliche Erlaubnis, vor jedem Graben dieser Welt rechtzeitig auszuweichen und das Autofahren im Winter sogar gänzlich zu verweigern, und davon machten wir ohne Rücksicht auf unsere einsamen Herzen Gebrauch, während wir, fern vom

Winterwald und von einander, den Inder hinter dem Tresen fest im Blick, jede für sich in ihrem schwitzenden kleinen Imbiß auf unser Gemüsecurry warteten, das der Koch endlich in einer Plastikschüssel auf den Tresen stellte, die er zuerst in Alufolie, dann in eine Plastiktüte verpackte und uns schließlich an den Henkeln in die Hand gab, damit wir sie durch die eisige Winternacht zu unseren Wohnungen tragen konnten, in denen mir der Herr Er fehlte, Hilde der Heilige Geist, den sie sich übrigens mit großen Händen wünschte, und Carola in diesem Moment Freddy, der ohne sie im Wald war. So stellten wir die Plastikschüsseln auf unsere Schreibtische neben die Computer, an denen wir gerade noch gearbeitet hatten, Carola an etwas Wahrem, Hilde an etwas Gutem, und ich an etwas Schönem. Dann entfernten wir die Alufolien und fingen an zu essen, während wir durch unsere Bildschirme hindurch ins Nichts blickten, gemeinsam, aber in getrennten Städten.

Aber jetzt war Sommer und wir waren zusammen, Gott sei Dank, und der Geruch unserer winterlichen Einsamkeit verflog schnell in der leichten Brise, die auch die beiden Windlichter, die Carola auf den Tisch gestellt hatte, hinter den halboffenen Gläsern zum Flackern brachte, und Carola, unsere gute Mutter, häufte zuerst Hilde und mir mit einem großen Löffel Reis auf die Teller, dann Freddy und zuletzt sich selbst, während Freddy sich schon von dem Gemüse nahm.

FREIER

Nicht schlecht, Hilde, sagte Freddy, der Reis allerdings schmeckt ein wenig angebrannt, ach Blödsinn, Hilde, hör bloß nicht auf Freddy und laß dir nichts einreden, das Curry ist köstlich, ganz köstlich, das konnte Carola ihr schriftlich geben, aber Hilde war verlegen und außerdem wie immer unsicher, ob es eigentlich richtig gewesen war, gekocht zu haben, oder ob sie das vielmehr hätte sein lassen sollen, weshalb sie jetzt lieber über etwas anderes sprechen wollte.

Denn neulich ist sie in New York in Queens gewesen, nachts auf Streife in so einem Polizeiwagen mit riesigem, flackerndem Leuchtbalken auf dem Dach, sie mit den Fragebögen und die Cops mit Knarren, eine Studie zur Seuchenprävention in einem Viertel mit 94 verschiedenen Nationalitäten.

Tuberkulose hatte sich ausgebreitet und Diphtherie, alte Krankheiten von neuen Einwanderern aus Osteuropa, wir hatten diese Seuchen schon besiegt, und plötzlich waren sie wieder auf dem Vormarsch, die Leute wollen sich nicht mehr impfen lassen, sagte Hilde, sie fühlen sich zu sicher und sind unvorsichtig geworden, als könnte ihnen nichts mehr passieren, sieht man ja auch an Ihnen, Frau Riedle, die Malaria im Kongo hätten Sie sich sparen können, wie kann man nur so blöd sein und ohne Prophylaxe in den Kongo fahren.

Was?, warf Carola ein, Malaria?, du Arme! Was?, rief Freddy, Malaria?, du Glückliche! Hattest du Halluzinationen? Spektakuläre Visionen? Erlebnisse am Rande des Todes? Und Carola und Hilde verdrehten die Augen.

Doch noch bevor ich erzählen konnte, daß ich mich an nichts, außer an Durchfall, Kotzen und Fieber erinnern konnte, die Sache so romantisch nicht gewesen und einzig und allein der Tatsache geschuldet war, daß sich der Herr Er geweigert hatte, unter einem Moskitonetz zu schlafen, weil er sich darin wie im Gefängnis gefühlt hätte, und auch ich meine Freiheit hatte bewahren wollen, nämlich die Freiheit vor der Panik zu erkranken, indem ich keine Prophylaxe nahm, sagte Hilde etwas von Dummheit und Carola von Selbstzerstörung, und daß sie dergleichen gar nicht gutheißen konnten.

Hilde würde so etwas niemals passieren, denn man mußte sich schützen, jederzeit und überall, sie war geimpft und immun gegen alles, jedenfalls gegen fast alles, und Carola beschloß augenblicklich, daß sie sich ebenfalls schützen mußte, falls sie vielleicht doch einmal mit uns verreisen würde, auch wenn sie sich das nicht vorstellen wollte, denn sie haßte Reisen, aber man konnte nie wissen, der Winter würde lang werden, und sie ahnte, daß weder Freddy noch Hilde, noch ich, noch sie selbst für immer im Wald bleiben konnten, so daß wir uns also fast zwangsläufig in wärmere Gegenden absetzen mußten, wollten wir beieinander bleiben, und Freddy, sie kannte ihn doch, führte bestimmt schon etwas im Schilde, weshalb sie also eine Malaria-Prophylaxe machen würde, am besten ich fange schon frühzeitig, also demnächst, damit an, sagte sie, ob Hilde ihr wohl die geeigneten Mittel besorgen könnte, ich will auf keinen Fall etwas riskieren, auch wenn Freddy behauptete, daß sie garantiert niemals in ein Malaria-Gebiet geraten würde, na dann brauche ich vielleicht Impfungen gegen Tuberkulose und Diphtherie, falls wir in New York zwischenlanden und zufällig nach Queens kommen, und Hilde, kannst du bitte mal erklären, auf welchen Wegen genau sich diese Seuchen eigentlich ausbreiten und übertragen.

Aber auch über die Seuchen wollte Hilde jetzt lieber nichts sagen, zu unerfreulich, zu unappetitlich, kein Thema fürs Abendessen. Sie wollte vielmehr berichten von etwas Positivem, ja geradezu von einem kleinen Wunder, nämlich davon, daß das Zusammenleben dort in Queens letztlich ganz gut funktioniert.

War alles einigermaßen friedlich, sagte Hilde, ich habe mich dort sehr wohl gefühlt, Puertoricaner heiratet Senegalesin, Russin unterrichtet Chinesen, Peruaner arbeiten für Kenianer, ein Stadtidyll auf Weltniveau, Cumin, Gelbwurz, bleifreies Benzin, 94 Gerüche,

94 Klänge und kaum einmal eine Kugel in irgendeiner Brust.

Denn die Cops waren überall, 94 Augenpaare, 94 Leuchtbalken, und jetzt noch die Augen und die Fragebögen von Hilde, und selbst die Freier haben die Cops kassiert unter Hildes flackernden Blicken. Während die Huren aus Belize und Bangladesch wütend am Straßenrand standen und ihre Persönlichkeit frei entfalteten gemäß der amerikanischen Verfassung, und die Cops ihre Kundschaft mit gespreizten Beinen und Nulltoleranz gegen den Polizeiwagen drückten gemäß den Moralgesetzen des amerikanischen Protestantismus. Denn versuchte Verführung ist, wenn man von einer eventuell damit einhergehenden Verseuchung einmal absieht, erlaubt, sich verführen zu lassen aber verboten. Ich finde das ja richtig, sagte Hilde, in Schweden machen sie das genauso und demnächst auch bei uns, das hatte die schwäbische Justizministerin und protestantische Kirchenchorsängerin schon angekündigt. So landeten wir unversehens beim Thema Prostitution.

Aber auch darüber hätten wir nicht sprechen sollen. Heute nicht. Morgen nicht. Niemals. Schon weil Carola sich mit Prostitution auskannte. Zu Hildes größtem Schmerz. Der blinde Fleck in ihrem Märchen von Carola, die doch einst entführt worden war von Freddy aus den Fängen der strengen Schönen, und nicht etwa aus den Spelunken der stinkenden Wilden. Wie also hätten wir je über dieses Thema sprechen sollen? Wir hätten Rücksicht nehmen können und schweigen. Aber wozu?

Interessant, sagte ich also, die europäischen Katholiken bestrafen die Verführerinnen, die amerikanischen Protestanten jedoch die Verführten, sie haben keine Angst vor dem Teufel in den Frauen, sondern nur vor dem in sich selbst, und wer nicht stark genug ist, dem eigenen inneren Satan zu widersagen, ist ein Versager vor Gott und der Welt und wird vor Verführung in Schutzhaft genommen.

Hilde verdrehte die Augen, akademische Spitzfindigkeiten, Frau Riedle wieder auf der Meta-Ebene, mir egal, laßt mich in Ruhe.

Carola wiederum holte tief Luft, gleich wird sie loslegen, und zwar ganz unakademisch, das endet doch wieder schrecklich, stöhnte Freddy, demnächst wird uns Hilde wahrscheinlich einfach die halbvollen Teller wegziehen und wütend in die Küche laufen, iß schneller, Riedle, gleich macht Hilde einen Abgang.

Und Freddy und ich sahen schon, wie Hilde mit Verzweiflung im Gesicht Carola anbrüllen würde, noch bevor diese überhaupt etwas gesagt hatte, denn der Körper ist heilig, und es ist doch ganz richtig, daß sie die Freier abführen, alles unter der Gürtellinie ist tabu, und Hilde wird die Strickjacke, die sie stets um die Hüften gebunden hatte, an den Ärmeln enger ziehen, wenn Carola das nicht endlich kapiert, dann kann ich ihr auch nicht mehr helfen, Huren sind arme Schweine, ich habe die Frauen in den Hinterzimmern der Kneipen im sozialistischen Saigon verschwinden sehen, dieses Lächeln, diese Demut, als machte ihnen nichts etwas aus, furchtbar.

Hilde wird vom Tisch aufspringen, Gläserklirren, fallendes Besteck, während Carola sich zurücklehnen und ausholen wird, jetzt hör mal zu, wenn hier jemand Bescheid weiß, dann bin ich das, ich habe wirklich gerne angeschafft, ich hatte meine Gründe, natürlich hätte ich auch hinter dem Tresen arbeiten können, aber bevor ich den ganzen Abend von irgendwelchen Kerlen vollgequatscht werde und mir von dem Gesülze das Hirn verkleben lasse, lasse ich mich lieber schnell mal wortlos ficken, und von hinten merkt man das doch kaum, du siehst die Männer nicht einmal, und meinen Namen habe ich auch geändert, war ich nachts eben Tatjana oder Chantal, jedenfalls nicht Carola, und die Kerle haben dann eigentlich auch Tatjana und Chantal gefickt und nicht mich, ich aber hatte die Miete gleich beisammen, war immer noch besser als die meisten anderen Studentinnenjobs, schöner Club übrigens, in dem ich da gearbeitet habe, ausgebeutet wirst du überall, Hauptsache, du treibst die Preise möglichst hoch, und wer dann wen ausbeutet, ist längst nicht gesagt, im Gegenteil, sind doch die Kerle, die zahlen, als gerechte Strafe für ihre Geilheit.

Und Hilde hat Tränen in den Augen, und weiß nicht mehr, was sie sagen soll, steht am Tisch, größer als wir alle und breiter, aber mit eingefallenen Schultern und vollkommen schutzlos. Schutzlos gegen Freddys Blicke, die nicht ihr galten, sondern Carola, weil er sie bewunderte in diesem Moment, schutzlos gegen sein Zischen, daß Hilde mit ihren bescheuerten Dogmen keinen Schritt weiterkäme. Wohin hätte sie weiterkommen sollen, jetzt, wo sie sich langsam auflöste, es war schon geschehen, wir hatten es gewußt, die Mundwinkel fielen nach unten, das Gesicht voller roter Flecken, die Strickjacke um die Hüfte nützte ihr nichts mehr.

Jemand hat ihr in den Bauch getreten. Jemand hat ihr ins Gesicht geschlagen. Jemand hatte sie angespuckt.

Das haben *wir* getan.

Carola, die sagte, daß das Problem doch nur die Zuhälter seien, wenn man selbstbestimmt anschaffe, ginge das doch in Ordnung, manche Männer waren entgegen ihren ursprünglichen Erwartungen sogar ganz nett, hätte ich früher nicht gedacht, zu einem meiner Freier, einem Professor der Ägyptologie, habe ich bis heute Kontakt, und daß ich an all dem wirklich nichts finde, lasse ich mir nicht nehmen, schon gar nicht von Hilde.

Freddy, der fand, Hilde sollte langsam wieder ein bißchen lockerlassen, immer hängst du die Moralische raus, so verklemmt kann doch kein Mensch sein, das ist wohl dein Problem: daß für dich Sex offenbar nur in Kombination mit Kitsch vorkommt, dabei ist man im Sex doch immerhin mal lebendig, unsittlich dagegen ist alles andere, die Gesellschaft, die Verhältnisse, der ganze tote Scheiß, der uns umgibt.

Ich, die ich behauptete, Vögeln mit Kondom gelte praktisch nicht, die schönsten Betrügereien habe ich erlebt mit Kondom, junge Männer sonder Zahl, ohne das geringste schlechte Gewissen, und Vögeln ohne Küssen gilt auch nicht, weil der Mund etwas viel Intimeres ist als die Möse, andererseits ist Blasen im Puff billiger als Bumsen, und Monica Lewinski hatte Sex mit Bill Clinton, er aber nicht mit ihr, und viel widerlicher, als was eigentlich?, finde ich diese Chefs, die, wenn man mit ihnen spricht, einem stets zehn Zentimeter zu nahe kommen, ein Schritt zurück, sie einen Schritt vor, noch ein Schritt zurück, schon sind sie wieder da, zu nah, immer zu nah, egal wie weit man zurücktritt, nicht, weil sie wirklich etwas von einem wollen, sondern weil sie einfach keine Ahnung haben, was ein respektvoller Abstand ist oder eine Körperaura, das hat mich schon bei meinem Schuldirektor im Gymnasium wahnsinnig gemacht.

Und langsam kamen mir sowieso alle Körperteile durcheinander, berühre niemals den Kopf eines Buddhisten, aber warum nicht die Eier eines burischen Faschisten, verstecke deine Knöchel im Iran, schneuze dich nicht in Japan, und wann war ich überhaupt jemals gevögelt *und* geküßt worden, aber das hatte ich nicht ausgesprochen, denn ich hätte mich dafür geschämt, daß mich der Herr Er nicht küssen wollte, immerhin sah er dafür zu, wie ich andere küßte und dann doch nur ihn vögelte, mit weit aufgerissenen Augen und feuchtem Mund.

Wir haben Hilde gequält mit unseren Finessen, wir haben gelacht, wir haben gegessen, sie wollte das alles nicht, sie lehnte es ab, sie konnte es nicht hören. Ihr mit eurer sozialdemokratischen Scheißtoleranz, Krähen stürzten herab auf ihren Körper, aber über mich stimmt ihr nicht ab, das lasse ich nicht zu, und auch daß die Krähen Hilde ins Fleisch pickten, erlaubte sie nicht, weg, weg mit allem, mit eurer öden Aufklärung, mit eurer langweiligen Prinzipienlosigkeit.

Sie hielt sich fest am Tisch mit gebeugtem Rücken, bäumte sich auf, warf den Kopf in den Nacken, bog die Wirbelsäule durch, ein geschundener Koloß, der plötzlich, mit einem letzten Schwung, mit der einen Hand nach der Weinflasche griff, mit der anderen nach den Zigaretten, sich dann mit großen Schritten über die Terrasse schob und im Häuschen verschwand. Ein dunkler Schatten im weichen Licht hinter der Terrassentür.

Wir saßen am Tisch, benommen, belustigt, die hat doch eine Macke, einen kompletten Dachschaden, wir flüsterten, wir schüttelten den Kopf, nur, wie wir da wieder herauskommen sollten, wußten wir nicht, als wir die Windlichter löschten.

Andererseits: Wir könnten doch, das würde ja niemandem schaden, und alles, was niemandem schadete, außer vielleicht dem Sinn für den guten Geschmack, war erlaubt, das hatte sich bis in die letzte Nachmittags-Talk-Show herumgesprochen, jeder sexuelle Sonderweg, jeder erotische Eigensinn, jede individuelle Individualindividualität, wir könnten also auch in aller Freiheit und ohne folgenschwere Beeinträchtigung unserer Nächsten morgen einfach so tun, als sei dies ein schöner Abend gewesen. Pourquoi pas, warum nicht, na und, was war schon dabei?

RUMÄNIN

Aber nachts hatten Hilde, Carola und ich schreckliche Visionen. Denn es erschienen Stechmücken und düstere Gestalten an unseren Betten. Und ich schrie durch den Wald, lautlos zwar, weil der Schlaf und die Nacht alle Schreie verschlucken, aber wenigstens der Rumäne hätte mir zur Hilfe eilen müssen, wenn er nur existiert und ein echtes rumänisches Herz gehabt hätte. Doch wenn man ihn brauchte, war der Rumäne nicht da, oder vielleicht hing er auch gerade am Telefon, womöglich an unserem drüben in der dunklen Küche, und möglicherweise würde er wenigstens gleich in die Mausefallen treten, die Freddy dort aufgestellt hatte zu Hildes größtem Ekel und Verdruß, was wir dringend demnächst einmal ausführlich diskutieren mußten.

Fest stand aber, daß der Herr Er wieder aufgetaucht war, zurück aus den transsilvanischen Hinterwäldern, verwiesen der Steppen Kamtschatkas, vorzeitig entlassen von den zwitterhaften Hybriden-Inseln, und vor meinen Augen stürzte er sich auf die Frau des Rumänen, dieser Bastard der fremden Waldlichtungen, fiktiven Einöden und trügerischen Eilande.

Und ich wußte nicht, was ich tun sollte.

Solidarität mit der Rumänin, die nicht wußte, wie ihr geschah? Mitleid mit der Liebenden, die dem Herrn Er verfiel, als sie fiel?

Mich küßt er nie, warum küßte und herzte er sie, seine Lippen an ihrem Busen, seine Hand zwischen ihren Schenkeln, sein Blick nicht in ihren, sondern in meinen Augen, schau her, rief er, ich tu's, nun freue dich für mich, wenn du mich liebst.

Freuen?! Lieben?! Wie denn?! Mein war der Haß, der blanke, der reine, der schnelle, der umstandslose, ich haßte die Gespielin, ich haßte den Herrn Er, seine Hände, die die Rumänin streichelten, seinen Blick in meinen Augen, seine Stimme, die immer wieder rief: du liebst mich, du liebst mich, und wenn du dich nicht für mich freust, dann hast du gelogen, denn to love is to accept, und ich brüllte: nein, to love is to respect, sieh dir Hilde an, sie weiß, was Respekt bedeutet, wir haben oft darüber geredet, aber der Herr Er war nicht beeindruckt, wollte nichts hören, wollte nichts wissen, nun komm, sieh lieber du, sagte er, I'm ready to respect you und so weiter und so weiter, und jetzt Schluß mit dieser Szene, ich kann und kann doch unmöglich erzählen, was geschah, accept and respect, ich will einfach nicht mehr.

Aber es war nicht Schluß, und die Rumänin quiekte und schrie vor Vergnügen, und ihr Mann, der Rumäne, hörte sie nicht, und eilte nicht herbei, um den Herrn Er zu töten, weil auch der finstere Rumäne in Wirklichkeit ein Feigling war und nicht sein eigener rumänischer König Michael mit dem Schwert gegen das Böse, der von den Kommunisten aus dem Trinkerterritorium zur Abdankung gezwungen worden war und schon seit 52 Jahren im Exil weilte bei den feigen Georgiern in London.

So nahm ich meine Turnschuhe, die neben meinem Bett lagen, und ich fing an, den Herrn Er eigenhändig zu verprügeln und mit ihm seine nichtswürdige rumänische Gespielin, die doch nichts wußte von der siebzehnten Primzahlnacht, vom dreihundertdreizehnten Morgengrauen, vom Nachmittag eines Fauns.

Und während ich ihn noch verprügelte, sein Haar sich sträubte, seine Brille zersprang, seine Haut zerplatzte, sein Blut spritzte, ehe ich die Turnschuhe wegwerfen konnte, um sein Fleisch zu zerreißen mit den Zähnen und sein Blut zu trinken in gieriger Hast, ehe ich zuerst Wölfin und dann Vampirin wurde, ehe ich Täterin geworden wäre und der Herr Er mein Opfer, ehe ich dann die schmutzige und nichtswürdige Rumänin ohne jeden Respekt hätte verführen können, sie bis zum Morgengrauen gequiekt hätte vor Vergnügen, und der Herr Er geschrien hätte vor Schmerz, so wie ich er mich vorhin hatte schreien lassen hinein in den Wald und in die Nacht, ehe also unsere ganze Geschichte nun hätte eine neue Wendung nehmen können, machte der Herr Er sich davon, verschwand, trat ab, ließ die Rumänin, ließ mich, wanderte weiter, irgendwohin, überallhin.

Also war er sofort wieder da, erschien nicht weit von mir, gleich nebenan, erschien Hilde, unser aller Stellvertreterin, der Nachtschwester Hildegard unserer Träume, im Nachbarzimmer. Der Herr Er, jetzt, dieses Mal, herabgestiegen aus dem Sternschnuppenschwarm der Leoniden im Sternbild des Löwen.

Hybriden, Leoniden, egal, es war zu Hilde herniedergekommen der doppelgesichtige Herr der Wünsche, der Streuner der Liebe, der Vagabund der Eifersucht, der Hausierer des Hasses, der Händler der Gewalt.

Hilde begrüßte ihn, überrascht, erfreut, und auch ein wenig verlegen, willkommen, da sind Sie ja endlich, verehrtester Herr Er. Und er erstrahlte, weil die Götter die Menschen brauchen, um hell zu erstrahlen, erstrahlte im Sternenglanz, im Glitzern von Hildes Freude und in den Scheinwerfern eines Zirkuszeltes, wo er gerade aus dem roten Samtvorhang hervorgetreten war, ein fahrender Geselle, gefolgt von einer aufgedonnerten rumänischen Assistentin, die sich eben noch die derangierten Kleider zurechtrückte und an ihrer Schärpe zupfte, auf der, leicht fehlerhaft, wie bei den meisten gefälschten Markennamen, Miss Gloub stand.

Der Herr Er trat dort im Zirkus auf als Löwenbändiger, und Hilde warf ihm Kußhände zu, kommen Sie näher, rief sie, denn ihr Hohes Lied ward nun erhört: Des Nachts auf meinem Lager suchte ich, den meine Seele liebet. Das ist die Stimme meines Freundes! Siehe, er kommt, und hüpfet auf den Bergen, und springet auf den Hügeln. Darf ich Sie nun also auch in *mein* Leben bitten, es ist noch Platz hier, Frau Riedle schläft, Freddy ist gerade gegangen, Carola hatte ihn zu mir geschickt, ich war einsam, er sollte mich trösten, wirklich sehr nett von Carola, Freddy ist so ein guter Mann, hat Carola gesagt, und jetzt hat Freddy tatsächlich die ganze Nacht meine Hand gehalten, wir haben lange über Carola gesprochen, und die seltensten Vögel sind an uns vorbeigeflogen, aber nach einer Weile hat mich das, ehrlich gesagt, doch etwas gelangweilt, bitte, verehrter Herr Er, verstehen Sie das nicht falsch, ich will nicht undankbar sein gegenüber Freddy und vor allem gegenüber Carola, wo sie doch schon so großzügig war, mir Freddy gewissermaßen auszuleihen, und übrigens nehme ich auch an, Frau Riedle weiß, daß Sie hier sind, oder hat sie Sie vielleicht sogar zu mir geschickt?

Aber der Herr Er antwortete ihr nicht, sondern griff nach einem Mikrophon, er war sehr dick geworden, trug einen weißen Seidenanzug mit breitem Revers und Hosen mit riesigem Schlag, der Anzug war über und über mit Gold und bunten Steinen bestickt, und sein Funkeln stach in Hildes Augen, während die Stimme des Herrn Er ins Mikrophon zu schnurren begann.

Love me tender,
love me true,
all my dreams fulfilled.

For my darlin' I love you,
and I always will.
When at last my dreams come true,
darling, this I know,
happiness will follow you,
everywhere you go.

Über Hildes Wangen rannen Tränen, sie wand sich schwer in ihrem Bett, dann streckte sie die Hand aus, kommen Sie, so kommen Sie doch, ich bitte Sie, aber der Herr Er gab ihr mit seiner Hand voller Ringe ein Zeichen. Einen Augenblick, noch nicht, säuselte er, erst sind, Sie werden schon gestatten, die Löwen dran, während die Rumänin ihm etwas ins Ohr flüsterte, und ihm ein Notizbuch reichte, in das er schnell etwas kritzelte.

Sie sehen, hier in diesem Zirkus, meine Teuerste, sagte nun der Herr Er in feierlichem Ton, hier bekommen Sie alles, was Sie brauchen. Liebe! Abenteuer! Musik! Wilde Tiere! Oder womit kann ich Ihnen sonst noch dienen?

Und während Hilde noch hauchte: ja, nur zu, ich bin die Ihre, sprangen unter den donnernden Klängen eines Orchesters schon ein paar Löwen durch brennende Reifen, und Hilde sah ihnen, schaudernd, zitternd, in die rot-glänzenden Schlünde, sah ihre Zungen, sah ihre Zähne, sah alle Bedrohung der Welt in diesen Tieren.

Da trat die Rumänin auf Hilde zu, faßte ihren Puls, prüfte ihre Augäpfel, alles ganz normal, gewöhnliche

Reaktion, stellte sie zum Herrn Er gewandt fest, die übliche Erregung, die Tränen, nun ja, vielleicht etwas sentimentaler als die vorige Kandidatin, dafür im Moment noch weniger eifersüchtig, gab ja auch noch keinen Grund zur Eifersucht, ha, ha, und wieder machte sich der Herr Er Notizen. Sind Sie also bereit, meine Liebe, sagte er mit gewichtiger Stimme, für die nächste Runde, für das ganz große Abenteuer, für das wüste Leben, für die Aufgabe Ihrer selbst?

Das wüste Leben? Jetzt quiekte Hilde vor Vergnügen, und je vergnügter sie wurde, desto salbungsvoller wurde der Herr Er.

Dann kommen Sie nun, lieben Sie mich, und erschießen Sie sich.

Wollen Sie etwa nicht archaische Kräfte spüren, Schmerzen auskosten, die Freuden der Gewalt genießen, Zerstörung, Selbstzerstörung, das ganze Panorama? Sie leiden doch gern, nicht wahr, also machen Sie endlich etwas daraus, denn wirklich lieben heißt leiden, fragen Sie Ihre Frau Riedle, dieses Goldstück, dieses schmalbrüstige Hühnchen, das neugierig ist, wieviel ein Mensch auszuhalten vermag, Sie werden sich selbst zum Schauspiel werden, zum größten in ihrem kleinen Leben, auch wenn die Sache vielleicht etwas blutig wird, aber es wird Ihnen gefallen, und jedes Übel ist gerechtfertigt, an dessen Anblick ein Gott sich erbaut, sagte doch schon euer Nietzsche, means: me, damals, vor einer Weile, nun gut, das ist jetzt auch schon wieder hundert Jahre her, aber Fin de siècle ist Fin de siècle, wir sind doch schon wieder soweit und dennoch keinen Schritt weiter. Und dem historischen Fortschritt zu Ehren mache ich nun, auch wenn es mir schwerfällt, denn ich habe ein klein wenig zugenommen, einen kleinen Luftsprung auf der Stelle.

Als der Herr Er wieder aufschlug, erzitterte der Boden, so daß Hilde wie von einem Erdbeben durchgeschüttelt hin und her geworfen wurde in ihrem Bett, sie griff in die Kissen, sie griff in die Laken, nirgendwo war Halt, wahrscheinlich wollte sie um Hilfe rufen, aber aus ihrer zusammengeschnürten Kehle drang nur ein gequetschtes Stöhnen, indessen sprach der Herr Er schon wieder weiter, also wahrlich, sagte er, Sie haben es gut, Sie dürfen sich freuen, denn durch mich erfahren Sie nichts weniger als die gesteigerte Existenz.

Daraufhin legte er eine kleine Kunstpause ein, die Rumänin fühlte erneut Hildes Puls, rief in trockenem Tonfall auf rumänisch eine Zahl, und der Herr Er hob die Brauen, machte sich wieder Notizen, fixierte dann Hilde mit seinem Blick, hören Sie auf, sich herumzuwerfen, Sie brauchen eine ruhige Hand und ein festes Herz, und Sie wollen es doch auch.

Also schießen Sie nun auf sich, schießen Sie auf mich, schießen Sie auf die Rumänin, die Sie küssen wird tenderly and truely, während Sie mir Gewalt antun und ich Ihnen, und when at last my dreams come true werden Sie abdrücken, eine Kugel für jeden von uns, Kugeln aus dem verblaßten Gold der alten Kronen, Sie werden abdrücken, und happiness will follow you, denn es wird kein altes Gold mehr geben, und wir drei werden vereint sein für immer, aufgelöst ineinander, die letzte Nähe, die innigste Begegnung, darling this I know.

Hilde lag da mit aufgerissenen Augen, alles voller Schweiß, das Bett zerwühlt wie nach einer mittleren Orgie, Stechmücken umkreisten sie, es juckte sie am ganzen Körper, weshalb sie sich hektisch überall kratzte und die Rumänin sachlich konstatierte, es flösse bereits Blut, was der Herr Er wiederum zufrieden notierte, um dann einen Revolver aus der Hosentasche zu ziehen und ihn Hilde mit lockendem Grinsen entgegenzustrecken.

Und Hilde fuhr auf, das ist nicht mein Traum, das ist der Traum von Frau Riedle, die Sie offenbar verraten, kaum daß sie schläft, ich habe es doch gewußt, und ich bin weder Ihr Versuchsobjekt noch neugierig, wieviel ein Mensch auszuhalten vermag, und dieses Mitgekritzel lehne ich sowieso ab, also ich warne Sie, wagen Sie es nicht, bleiben Sie mir vom Leib, Sie und Ihre gefälschte Assistentin, sonst rufe ich Freddy!

Nun schrie auch sie durch den Wald, schrie nach Freddy, sprang aus dem Bett, rannte aus ihrem Zimmer, ich hörte sie poltern, weil sie im Vorraum in der Dunkelheit über meine Taschen stolperte, während der Herr Er ihr, denn das Motiv des göttlichen Gelächters mußte auch noch vorkommen, jubelnd nachrief, daß er gar kein Löwenbändiger und kein Sänger sei, sondern nur einmal sehen wollte, wie globalisierte Körper und Seelen heutzutage so reagieren, wenn ihnen ein Fremder, oder von mir aus auch ein Vertrauter, wirklich nahe kommt. Empfehle mich also als Ihr ambulanter, aber um so persönlicherer Inspektor, ich hatte eigentlich einmal gedacht, daß Frau Riedle diesen Job übernehmen könnte, ich meine das mit der Seeleninspektion, aber die schläft ja immer, wenn es interessant wird, und zum Mitschreiben ist sie wahrscheinlich sowieso zu feige, das können Sie Ihr ruhig ausrichten. Und schöne Grüße übrigens auch an Ihre allerwerteste Carola, meine geschätzte Kollegin, die es leider ebenfalls zu nichts bringen wird mit ihrer Seeleninspektion in den deutschen Provinzen auf ihren Sesseln und Liegestühlen, darf ich also Ihnen zu Gefallen, Frau Hildegard, nach Freddy rufen, Freddy, Freheddy, wo blieb er nur?

Aber Freddy kam nicht. Er lag im Bett bei Carola, die ihn fest hielt von hinten und mit den Nägeln ihrer verkrampften Finger seinen Rücken blutig kratzte, aus Furcht vor dem Moment, da er aufwachen und weggehen würde, verschwinden im Gebüsch bei den Herumtreibern, bei den Vagabunden: bei den Rumänen und ihren Frauen.

BLAUFUSSTÖLPEL

Als Freddy an einem jener Hochsommer-morgen, an denen uns schon bei unseren ersten gebremsten Bewegungen der Schweiß auf die Stirn trat, mit einem kleinen Stapel Bücher an den Frühstückstisch trat, war alles entschieden. Noch ehe etwas geschehen war und Freddy etwas gesagt hatte, waren die Termine festgelegt, das Reisebüro alarmiert, die Rucksäcke gepackt, ab nach Galapagos Ende Dezember.

Und auch wenn wir uns nicht vorstellen konnten, daß unsere schweren, morgendlichen Körper sich jemals wieder vom Fleck würden rühren können, war uns klar, was uns bevorstand. Wir Damen mußten Freddy hinterher, ob wir wollten oder nicht, so wie ich dem Herrn Er stets hinterhereilen mußte, Freddy war einer dieser Verführer, wir hatten es heimlich erkannt, auch wenn wir es nicht wirklich wissen wollten, einer dieser Verführer, die nicht mehr warten, wie sie einst gewartet haben unter den Fenstern, wo sie Serenaden gesungen haben wie Don Giovanni, deh vieni a la finestra, oh mio tesoro, aber außerhalb von Transsilvanien gibt es keine Verführer mehr, nur noch Männer, die damit einverstanden sind, daß Frauen denken, sie würden von ihnen verführt werden, weil sie sie verführen, indem sie sich entziehen. Die besten Jäger lassen sich jagen.

Freddy durfte uns nicht entrinnen, wäre doch schrecklich, wenn wir zurückblieben, Hilde, Carola und ich im Wald oder gar in unseren winterlichen Wohnungen in der Stadt, getrennt, alleine, ohne Freddy, ohne Hildes Tochter, die Prinzessin aus Kamerun, und auch ohne den Herrn Er, der ebenfalls längst vergessen hatte, daß er Serenaden singen konnte und aus Transsilvanien kam, höchstens für Hilde sang er noch, aber nur in ihren wüstesten Träumen, und wer wollte solche Gesänge schon hören, all unsere Lieben würden wir jedoch wiederfinden können, dort auf Galapagos, und deshalb mußten wir Freddy hinterher, und dann würden wir tanzen in der Silvesternacht. Ins neue Jahrtausend mit den Soundso-Vögeln, die auf Galapagos Blaufußtölpel heißen und die geschicktesten aller tanzenden Verführer sind, weil kein Lebewesen so wunderbar das Gefieder blähen, den Kopf in den Nacken werfen und von einem Bein auf das andere treten kann wie sie.

Mädels, wißt ihr überhaupt, was die Stunde geschlagen hat?, sagte Freddy, der Winter steht vor der Tür, der Jahreswechsel naht, ganz Deutschland rüstet zur Jahrtausendwende. Was sitzt ihr noch herum?! Ihr müßt handeln!

Dann warf Freddy voller Schwung ein paar Reiseführer und Bildbände auf den Terrassentisch. Hilde, Carola und ich saßen unter dem großen Sonnenschirm, die Butter auf den Tellern war schon geschmolzen, es sollte einer der heißesten Tage des Jahres werden, nichts war so weit entfernt wie der Winter, und das Jahrtausend, in dem wir gerade waren, hatten wir im Wald ohnehin vergessen, ganz zu schweigen von allen Jahrtausenden davor oder danach.

Doch da lag das Pleistozän vor uns auf dem Frühstückstisch, die Welt vor einer Million Jahren, soeben fing unter dem Sonnenschirm die Vereisung der Nordhalbkugel an, Menschen waren noch nirgendwo in Sicht, schon gar nicht jene, die sich in ein paar Monaten massenhaft an irgendwelchen Monumenten zusammenballen würden, um irgendein neues Erdzeitalter und möglicherweise ihren eigenen Untergang hysterisch zu begrüßen, weil dann die Computer zusammenbrächen, die Flugzeuge abstürzten, die Atomkraftwerke in die Luft flögen, und danach alles wieder so werden würde wie im Pleistozän, und die Butter auf unserem Tisch verfestigte sich, und zwischen den Müslischalen, Eierbechern, Teetassen hockten, regungslos und wie in Kältestarre, Urtiere mit harten, unbeweglichen Augen und grünen und roten Schuppen auf den Buchdeckeln der Reiseführer, während Freddy verkündete, daß er sich noch vor Weihnachten auf den Weg machen würde. Zuerst nach Südamerika aufs Festland, das ist nicht sonderlich aufregend und muß euch nicht weiter kümmern, sagte er, ich muß eben nur einmal raus, aber nach Weihnachten, da geht es richtig los, da geht es mitten hinein. Ins Pleistozän. Zu den Ursprüngen der Evolution, zu den Echsen, den Riesenschildkröten, Blaufußtölpeln und den Darwin-Finken. Ins Kinderzimmer des Darwinismus. Und wer von euch widerstandsfähig genug ist, sagte Freddy, kann ja ebenfalls nach Galapagos kommen, er hatte nichts dagegen, Mädels, rief er, einfach immer den Äquator entlang nach Westen, die Fittesten werden durchkommen.

Hilde war entzückt, Carola empört, ich verwirrt. Wie hatte Freddy das einfach so beschließen können, Carola würde sich bewegen müssen, sofort krank werden, ja möglicherweise sterben, nun gut, wenn es denn sein müßte, dann würde sie natürlich mitkommen, damit sie bei ihm sein konnte, bei Freddy, dem Süßen, dem sie dort auf Galapagos sicher wieder näherkommen würde, es war so schwierig geworden mit ihm in letzter Zeit, sie wußte nicht warum, sie wußte nicht weshalb, könnt ihr das erklären, habt ihr eine Vermutung?, das hatte sie Hilde und mich in diesen Wochen immer wieder gefragt.

Und auch Hilde wollte bei Freddy sein, bei ihm, und bei der Prinzessin aus Kamerun, sie würde ihre Tochter mitnehmen, erlösen aus ihrem Vogelkäfig aus handgeschmiedetem Gold, auch wenn alle Könige und Häuptlinge Afrikas dagegen sein würden. Mit ihrer Tochter und mit einem, nein, mit genau diesem

Biologen, nämlich mit Freddy! nach Galapagos reisen und das Kinderbuch der Natur studieren, was konnte ihr Besseres, Interessanteres, Angenehmeres passieren.

Nur ich, ich habe nicht gewußt, was es bedeuten, warum ich nach Galapagos fahren sollte. Aber ich habe es wohl geahnt. Und deshalb hatte auch ich mich entschlossen, wieder zu reisen.

DREI

III

FERNSEHER

Ein Uhr morgens. Dicke Schneeklumpen hinter den Dachfenstern, außerdem der übliche Großstadtmond. Ich mußte eingeschlafen gewesen sein.

Nichts regte sich. Nur die Bilder aus dem Fernseher am Fußende meiner Matratze. Blaues Licht von vorne, schwaches, gelbes Licht von der Stehlampe auf der Seite. Weiße Wände, leichte Dachschrägen, keine Bilder, keine Möbel, nur die Matratze, daneben mein Notebook, noch eingeschaltet, aber mit dunklem Display, und in der Ecke eine Kleiderstange mit nachtblauen Hosen und schwarzen Seidenkleidern. Was für ein ödes Zimmer. Meine blöde Untermietwohnung.

Es sah hier aus wie im Obdachlosenasyl oder wie im Studentenheim. Jedenfalls nicht wie im Schlafgemach einer Dame mittleren Alters. Und schon gar nicht wie an einem der einschlägigen Orte nächtlicher Niederschriften oder verzweifelter Monologe. Ich mag keine Möbel und keine festen Mietverhältnisse, aber vielleicht hätte ich mich wenigstens für die Monologe adäquat einrichten sollen. Nacht, Studierzimmer, Sessel am Pulte, ich, unruhig hin und her rutschend, nasser Schneefall, kurz vor Ostern, habe nun ach.

Aber es war erst Anfang Dezember, noch nicht einmal Weihnachten, demnächst wollte ich nach Galapagos reisen, ich wußte noch immer nicht genau, warum das so sein sollte, und auch nicht, daß ich bereits den ganzen Sommer über den geheimen Plänen des Herrn Er gefolgt war. Immerhin hatte ich nun schon angefangen zu schreiben. Nachts, mit dem Notebook auf den Knien im Bett vor laufendem Fernseher.

Leg los, hatte der Herr Er schon vor langer Zeit gesagt, als es noch längst nichts loszulegen gab, und ich gerade noch am Amazonas mit Hilde vor der Hütte gesessen hatte, vergiß die Bank, vergiß den globalen Kreislauf von Geld und Sinn, laß fahren die Stiftung, sie werden blind vor deinen Kunstwerken stehen und vor deinem kleinen, schmutzigen Leben, man wird dich nicht mehr wollen, du wirst schon sehen, der Herr Er hatte es gewußt, ich weiß nicht woher, und vielleicht steckte er sogar dahinter, ihm traue ich alles zu, sie mußten mir meinen Auftrag entziehen, es blieb ihnen nichts anderes übrig, denn der Herr Er hatte gesagt: nimm dies, oder nimm das, wer sollte seine Kunstwerke schon wollen können, diese Zumutungen durch die Geister aus dem Müll der alten Reiche, vor denen ich mich fürchtete und in die die Stiftung nicht mehr investieren mochte, aber der Herr Er hatte auch gesagt, ich solle nicht schreien in der Nacht, sondern mich umdrehen und etwas Besseres träumen, deine Dämonen sind nicht die Dämonen deiner deutschen Bank, sieh hin, sie stehen vor dir, schreib auf, wie sie dich jagen, und dann bleib stehen und gehe mit ihnen, hab keine Angst, mein Kind, hab keine Angst, und jetzt leg los, sofort, und keine ästhetischen Experimente. Man muß jetzt einfache Geschichten schreiben, also schreib eine einfache Geschichte im Stile unserer Zeit, und bitte vergiß die postmodernen Mätzchen, die koketten Kompliziertheiten, aber vergiß auch Goethe, vergiß Flaubert, Goethe ist vor meinen Augen implodiert wie ein alter Fernseher, und vor zwei Tagen, als ich gerade die *Education sentimentale,* er näselte schrecklich, als er das sagte, wieder zur Hand genommen hatte, es muß kurz nach 23 Uhr gewesen sein, hatte auch Flaubert sein Verfallsdatum erreicht, es war aus mit ihm, jetzt muß etwas Neues kommen, ich denke schon länger darüber nach.

Er lachte und zeigte mir seine Goldkronen aus der Weltliteratur. Ich hustete verlegen, weil mir im Moment nicht einfiel, aus welchem Werk er sie hatte. Denn der Herr Er hatte nicht einfach Goldkronen wegen zerstörtem Schmelz und löchriger Zähne. Er hatte Goldkronen, weil auch in der Literatur Goldkronen vorkommen, Goldkronen wie – na, ja, wie der Dingsda aus dem Roman, auf den ich nicht kam. Aber dann fiel mir ein, daß es die Goldkronen aus dem *Meister und Margarita* waren, wobei Voland, der geheimnisvolle Ausländer und Professor der Schwarzen

Magie, allerdings nur rechts Gold trägt, links ist es Platin. Egal. Der Herr Er hatte jedenfalls literarische Goldkronen, und nur darauf kam es an.

Alles für das Buch und alles aus dem Buch.

Und natürlich hätte er, wie Voland, auch gerne rechts ein schwarzes und links ein grünes Auge gehabt. Hatte er aber nicht. Abgesehen davon, daß Bulgakow vermutlich ebenfalls ungültig geworden war. Vom Herrn Er am Amazonas in den internationalen Autoren-Entwerter gesteckt. Voland – der Name gefiel ihm allerdings immer noch sehr gut. Also, falls du jemals einen Namen für mich suchst, bitte, warum nicht Voland?

Mal sehen, ich werd's mir überlegen. Immerhin hatte der Herr Er wie Voland starke Brauen, die eine saß etwas höher als die andere. Und wie Freddy, aber den kannte ich damals am Amazonas noch nicht, und der Herr Er hätte sich auch jeden Vergleich mit ihm verbeten.

Gerne hätte ich loslegen mögen, damals am Amazonas, allein, ich bildete mir nicht ein, was Rechtes zu wissen, bildete mir nicht ein, ich könnte was lehren, die Menschen zu bessern und zu bekehren. Aber der Herr Er sagte, er sei mein Geselle, und mache mir's recht, er sei mein Diener, er sei mein Knecht, und schleppe mich durch das wüste Leben, durch flache Unbedeutenheit, ich solle zappeln, starren, kleben vor lauter Unersättlichkeit.

Und dann bin ich gelandet im Wald und suchte dort einen festeren Halt. Und der Herr Er war weg, und ich habe Freddys starke Brauen und seine ebenmäßigen Zähne gesehen, aber jetzt war der Sommer vorbei, und ich drehte mich zur Seite in meinem Bett, griff das Notebook, setzte es auf meine Knie, drückte eine Taste, dann wurde das Display wieder hell, und Buchstaben erschienen.

Seit Wochen war ich nicht mehr draußen im Häuschen gewesen. Den Spätherbst und den frühen Winter hatten wir in unseren Städten verbracht, und nur noch an wenigen Wochenenden waren wir hinausgefahren. Am Ende des Sommers war Feuchtigkeit aus dem Wald in das Häuschen gekrochen und hatte unsere Betten, die Handtücher, unsere Trainingsanzüge, unsere Haare und auch unsere Herzen und unsere Gespräche klamm gemacht.

Noch öfters hatten wir über Galapagos geredet. Über die richtigen Schuhe. Über das Gepäck, mit dem wir reisen konnten ohne allzuviel Mühe. Carola hatte uns ihren neuen Reisekoffer vorgeführt, der gleichzeitig ein Rucksack war. Rollen *und* Schultergurte gleichzeitig. Damit konnte nichts schiefgehen. Schiefgehen. Das durfte auf keinen Fall passieren. Nichts sollte auf dieser Reise schiefgehen. Alles war genau geplant.

Ankunft in Quito, Hauptstadt von Ecuador, unter Vermeidung eines Zwischenstops in den Diphtherie-Gebieten von New York, Weiterflug von Quito nach Galapagos, Baltra Airport, Abholung durch einen einheimischen Meeresbiologen am Meeting-Point, Hotel auf Santa Cruz, der Hauptinsel des Archipels am Abend, zwei Doppelzimmer, eines für Carola und Freddy, eines für Hilde und mich wegen der Kostenersparnis, Silvestertanz mit Blaufußtölpeln und Leguanen in akzeptabler gastronomischer Einrichtung, Motoryacht mit Rettungseinheiten in Form von Schwimmringen, Einschiffung am Neujahrstag, Törn durch den gesamten Archipel, evolutionsbiologische Fortbildung für Hilde, familiäres Treffen mit ihrer Tochter und mit dem Herrn Er, endgültige Versöhnung von Carola und Freddy, falls es überhaupt jemals einen Konflikt oder gar ein Zerwürfnis gegeben haben mochte.

Und jetzt war Freddy ohnehin schon weg, verschwunden in Südamerika, ich fahre schon mal vor, ich brauche Zeit für mich, hatte er im November noch einmal gesagt, und Carola hatte geantwortet, ja, du brauchst Zeit für dich, das braucht jeder, und dann hatte sie geweint, und natürlich war sie böse gewesen, aber das hatte sie erst am nächsten Tag gestanden, nicht mir, sondern Hilde.

Um 1 Uhr 15 tippte ich ein paar Sätze in mein Notebook: Carola, die Psychoanalytikerin in mittleren Jahren, und Freddy, der sehr viel jüngere Biologe, sind, obwohl sehr unterschiedlich hinsichtlich Beruf, Neigungen und Lebensjahren, seit langer Zeit ein Paar. Eine wunderbare Verbindung! Das sagen alle. Die schönste, die angenehmste, die freundlichste, die ich kenne! Sagt Hilde.

Noch immer redete der Fernseher auf mich ein und spielte Musik, immer war jemand im Zimmer,

Besuch in meinem Obdachlosenasyl. Ich sah auf mein Computer-Display und hin und wieder auf den Fernseh-Bildschirm, ab und zu, wenn die Bilder mich zu langweilen begannen, griff ich zur Fernbedienung. Den Ton hatte ich ziemlich leise gestellt, aber natürlich mußte ich zuhören, ob ich wollte oder nicht.

So sprachen Leute aus dem Fernseher in mein Waldidyll hinein. Ich schrieb von Fichten und von Buntspechten, und dabei hörte ich Stimmen und einmal sogar Schreie. Manchmal war plötzlich Schweigen in meinem Zimmer, weil sich zwei küßten. Ich mußte nicht hinsehen, ich konnte mir auch so vorstellen, wie es aussah, als sich die Nasen schräg zueinander stellten. Ich hörte Pferdegetrappel, ein Streichorchester, Regentrommeln, Vogelgezwitscher und vielleicht sogar ein Lied von Schubert oder von Brahms. Komm mit mir zum Tanze, mein Liebster.

Einmal fuhr eine Kamera durch eine Eislandschaft. Viele schossen mit schweren Waffen um sich, als Carola, Hilde, Freddy und ich uns zum Abendessen an den Tisch gesetzt haben. Danach wurde es still. Eine Frau, die ein bißchen so aussah wie Hilde, das dachte ich zumindest, obwohl es solche überdimensionierten Frauen in amerikanischen Fernsehserien grundsätzlich nicht gibt, lag blutig in einem Waldstück. Mord? Selbstmord? Ich sah nicht lange hin und schrieb weiter.

Gegen 3 Uhr 15 sprach ein Bariton mit einer Frau. Ihre Stimme zitterte leicht, seine war fest und warm. In jedem seiner Töne schwang Beistand. Ich hörte, spürte, wie sich der ganze Wohlklang an ihr festsaugte. Und auch an mir.

Applaus brandete auf. Meine Damen und Herren, sagte der Bariton bereits zum zweiten Mal innerhalb der letzten vierundzwanzig Stunden, denn dies war die Wiederholung des Nachmittagsprogramms, meine Damen und Herren, Carola, Hilde und meine anderen Gäste sind heute zu uns gekommen, weil wir uns unterhalten wollen über das Thema *Ich bereue nichts.* Carola, Sie haben Ihren Mann verlassen nach elf Jahren Ehe, als Sie ihn mit Ihrer besten Freundin im Bett erwischt haben, und Sie sagen, Sie haben das bis heute nicht bereut. Wie war das, wie haben Sie sich gefühlt? Wie haben Sie es geschafft, einfach zu sagen: Jetzt ist Schluß?

Carola, diese Carola im Fernseher, trug eine geblümte Bluse, sie war ein wenig dicklich, eher zu klein als zu groß, eher zurückhaltend als gewandt, aber so zurückhaltend konnte sie nicht sein, denn sonst wäre sie jetzt nicht im Fernsehen gewesen, andererseits: wo hätte sie sonst erscheinen sollen, jeder mußte doch irgendwo erscheinen, egal, ich wollte ja nur sagen, daß diese Carola trotz der erstaunlichen Namensgleichheit nicht die geringste Ähnlichkeit hatte mit der wohlgestalteten und stimmgewaltigen Carola aus dem Wald. Und die Stimme der Fernseh-Carola war immer noch ein wenig brüchig, vielleicht war sie es tatsächlich nicht gewohnt, in der Öffentlichkeit zu reden, was ich mir allerdings nicht vorstellen konnte, denn ein Statement in einer Talk-Show abzugeben, ist ein Menschenrecht und eine kulturelle Fertigkeit, die mittlerweile jeder beherrscht wie essen, trinken, ficken, fernsehn. Carola hielt das Mikrophon in der rechten Hand, sie saß in einem blauen Studio-Sessel, die Beine waren leicht gespreizt, die linke Hand umfaßte die Innenseite des rechten Oberschenkels, der Mann mit der Bariton-Stimme sah sie an.

Ja, sagte Carola, ich habe ihn natürlich sofort zum Teufel geschickt, diesen Teufel. Na ja, vielleicht nicht gerade zum Teufel, gab der Bariton lächelnd zu bedenken, denn er war ein Mann Gottes gewesen, bevor er ein Fernseh-Star geworden war. Deshalb machte er von Zeit zu Zeit noch immer Werbung für Jesus, den alten Ganoven, wie er ihn kumpelhaft nannte, denn so ein gerissener Kleinkrimineller um der guten Sache willen würde dem Publikum sicher gefallen. Dem Satan hingegen, auch das hatte der Ex-Pfarrer beschlossen, wollte er in seiner Sendung grundsätzlich keine Plattform geben.

Nun gut, antwortete Carola, die in ihrem Gatten dennoch dem Widersacher in seiner persönlichen Existenz begegnet war, ich bin jedenfalls für die radikale Lösung, wenn der Mann fremdgeht, und – jetzt mit einem triumphierenden Ton in der Stimme –, lieber ein Ende mit Schrecken als ein Schrecken ohne Ende.

Carola mit der geblümten Bluse sah ins Publikum. Ihr Blick war fest, die Zuschauer begeistert, jawohl, hört, hört, wie recht sie hat, gut gemacht, weiter so, non, tu ne regrettes rien, dabada, dabada, dabada,

dabada … Da stand Edith Piaf, der Spatz von Paris. Und der war schuld an unserem Elend.

Denn seither bereuen wir nicht mehr und sündigen nicht. Wir machen immer alles richtig und gehen nicht mehr in die Knie. Seither haben wir alles im Griff. Wir brauchen keine zweite Chance, denn wir haben gleich die erste genutzt. Seither singen wir inbrünstige Lieder nur noch auf uns selbst, denn wir sind stolz auf unsere Dummheit, die wir Selbstbewußtsein nennen, auf unsere Kurzschlüsse, auf die schnellen Lösungen, auf unsere engen Horizonte, auf saubere Schnitte. Auf unsere Konsequenz.

Seither lassen wir uns nur noch bestätigen und nie mehr verunsichern, denn wir haben die Wahrheit mit Löffeln gefressen. Seither leiden wir nicht mehr, werden nicht mehr verrückt, glauben, lieben, hoffen nicht mehr, und die Priester, Schamanen, Magier, Dämonen, die Engel und die Teufel, die bösen Geister und die guten Götter, ihr Lächeln, ihr Schreien, ihre gebleckten Zähne, ihre weißen Kittel, ihre tröstenden Hände, ihre fürchterlichen Strafen, ihre köstlichen Verheißungen, sie alle sind exkommuniziert worden, verbannt aus unserem Leben, und ihre kümmerlichen und ins Groteske verzerrten Reste sind im Fernsehen gelandet, wie dieser biedere Bariton und protestantische Ex-Pfarrer, der mit zusammengekniffenen Knien neben der Blumen-Blusen-Carola saß, vor zwei Tagen hatte der Ex-Pfarrer aus lauter Verzweiflung und in unüberbietbarer Schleimigkeit schon O. W. Fischer, den abgewracktesten aller abgewrackten Operettendarsteller, der sogar noch schlimmer beieinander war als der Herr Er in seinen allerschlechtesten Tagen, zum Schamanen und Seher erklärt, und auch diese Carola war jetzt keine triviale Carola mehr, sondern mindestens eine zweideutige Sibylle, auch wenn sie sich absolut eindeutig verhielt, und der größte und vielleicht einzige Erfolg in ihrem Leben ist, daß sie nichts bereut und ihren Mann davongejagt hat, was ein Wert an sich geworden war und wofür sie jetzt nicht einmal für fünfzehn, aber wenigstens für fünf Minuten ein Star werden sollte.

Gegen 3 Uhr 45 schrieb ich, wie Carola mit einer geblümten Bluse eines Freitagmorgens um halb acht vor Freddys Wohnung in der Stadt stand, sie war auf dem Weg ins Gefängnis zu ihrem Mörder und begann mit einer Bratpfanne die Tür einzuschlagen, weil sie vermutete, daß ich dort schlief, und deshalb der Sache ein Ende mit Schrecken bereiten mußte, aber dann merkte ich, daß mir die Szene entglitt, und ich hörte auf zu schreiben.

Ich war zu müde, um noch zwischen meinen Freunden und den Figuren aus dem Fernseher unterscheiden zu können. Und in zwei Wochen wollten Hilde, Carola, Freddy und ich zusammen nach Galapagos fahren.

WEIHRAUCH

Aber am letzten Sonntag vor Weihnachten kniete ich nachmittags mit geneigtem Haupt, niedergeschlagenen Augen und schmerzenden Gelenken in einer riesigen Kirche in Rom und wartete, hoffte, wünschte, daß sich mein Herz erfüllen würde, auch wenn ich nicht wußte, womit, daß ich erschauerte, daß mir schwindelte, Nachbarin! Euer Fläschchen!, daß mein Kopf zerbarst, daß Blitze niederfuhren, und ein Kinderglaube mir entgegensprang und mich rüttelte, daß der mächtige Raum sich um mich drehte, die goldenen Kandelaber, die marmornen Skulpturen, die roten Mützen der schwarzhäutigen Kardinäle, ihre Worte in Portugiesisch, ihre Lieder in Lateinisch, ich knie und warte und wünsche und hoffe, obwohl ich weiß, daß ich nicht hierher hätte kommen sollen, ich kenne niemanden, der in die Kirche geht, man tut so etwas nicht, ich kenne nur die kühlen, gebildeten Blicke von professionellen oder von Freizeitkunsthistorikern, die auch meine eigenen waren, bevor ich dem Herrn Er begegnet bin, diese unerschütterlichen Blicke, die nur Genialität, Kunstfertigkeit und vielleicht noch ein wenig Sozialgeschichte sehen wollen, nicht aber Inbrunst, Wahn, Glück und den Versuch der Versöhnung zwischen Gott und den Menschen, aus dem die Malerei entstanden ist, und übriggeblieben ist dieses Abschätzen des geschichtlichen und materiellen Wertes, und gegen den furchtbaren, den schrecklichen Rest in all diesen Bildern sind wir immun wie gegen die Diphtherie in Queens.

Dort in Queens, weit diesseits des Amazonas und der Kohlegruben von Woronesch, hatte einmal ein Künstler schaudernd vor riesigen Farbflächen gestanden und gefragt: Wer hat Angst vor rot-gelb-blau? Und wir riefen: wir doch nicht, wir doch nicht!

Warum sollten wir Angst haben, wovor sollten wir uns fürchten, doch nicht vor Bildern, im Gegenteil, sind doch wirklich sehr, sehr hübsch, diese Glasfenster mit der Vertreibung aus dem Paradies, sagte Carola, als wir eines Samstags auf dem Weg zum Supermarkt aus Neugierde die alte Kirche in der Kleinstadt besuchten, und am liebsten, fügte sie lachend hinzu, hätte ich solche Glasfenster auch bei uns im Häuschen, aber am selben Nachmittag bekam sie, wie sie sich ausdrückte, die Krise, als ich, zur Unzeit, denn es war mitten im Sommer, eine Kassette der Matthäus-Passion in Freddys Ghettoblaster im Wald einlegte. Nun lag Carola stöhnend auf ihrem Liegestuhl, es sei nicht wegen der Musik, sie ist wunderbar, satter

Orchesterklang, großartige Stimmen, aber bei aller Liebe, diesen Text, den halte ich nicht aus, diese freiwilligen Opfer!, diese stumpfsinnigen Lämmer!, kannst du das nicht lieber wieder abschalten, worauf die klassischen wohlfeilen Einwände gegen das Christentum fielen, Stichwort Unterdrückung, besonders der Frauen, das Übliche eben, dem wollte auch die heilige und ansonsten nur gelegenheitschristliche Hilde im Prinzip folgen, auch wenn ein bißchen protestantische Moral noch niemandem geschadet habe, aber dieses Am-Stamm-des-Kreuzes-geschlachtet-allzeit-erfund'n-geduldig-wiewohl-du-warest-verachtet, das ginge, schnaubte Hilde, vielleicht doch zu weit, der Mensch muß lernen, sich zu wehren, und nicht, sich zu opfern, aber von mir aus könnten Sie die Kassette ruhig noch weiterlaufen lassen, allerdings sollten Sie Rücksicht nehmen auf Carola, außerdem ist Ostern lange vorbei, denn daß die Matthäus-Passion etwas mit Ostern zu tun hatte, daran erinnerte sich Hilde noch.

Aber eigentlich war ja das ganze Jahr Unzeit, und irgendwann dachte ich, es wäre wohl besser, diese ganzen Bildwerke und Musikstücke, die flach und dumm geworden waren in den Augen und in den Ohren ihrer Hörer und Betrachter zu möglichst hohen Preisen nach Amerika an Bill Gates zu verkaufen, der ist wenigstens natural-born-Nichtsversteher, aber wir, wir könnten verstehen, aber wir wollen nicht, und deshalb haben wir noch nie etwas gehört oder gesehen und halten uns fern von den Kirchen außerhalb der offiziellen Besichtigungszeiten der örtlichen

Fremdenverkehrsämter, denn alles andere wäre unangebracht, und sogar ganz außerordentlich blamabel, wobei die peinlichste der Persönlichkeiten heute ich bin, weil ich wirklich nicht hätte herkommen sollen, diese riesige Kirche, in der ich knie, heißt Petersdom, und ich erkläre feierlich, daß auch ich sie noch nie gesehen habe, außer auf einer Postkarte, die Hilde mir einmal geschickt hatte in einem Anfall von Sentimentalität, als sie dort war in Rom zur Koordination der weltweiten ärztlichen Grenzenlosigkeiten.

Ich hatte es nicht ausgehalten in meinem städtischen Schlafzimmer, und so war ich nach Rom geraten, wohin mich niemand gerufen hatte, aber auf irgendeine Weise mußte ich, bevor ich nach Galapagos fuhr, endlich wieder Kontakt aufnehmen mit dem Herrn Er, warum nicht dort, warum nicht in Rom in dieser Kirche, du wirst den Bösen nur im Guten finden, das ist nun einmal das Gesetz der Metaphysik, und jetzt, da ich angefangen habe zu schreiben, brauche ich den Herrn Er noch dringender als zuvor, ich habe schrecklich viel gesehen und gelesen, wie mach ich's nur, daß ich erkenne, was die Welt im Innersten zusammenhält, und daß dann alles frisch und neu und mit Bedeutung auch gefällig sei.

Schließlich hatte der Herr Er in Gestalt des Papstes, oder vielleicht war es auch umgekehrt, der Papst in Gestalt des Herrn Er, jedenfalls hatten die beiden gerade neulich erst in einem Hirtenbrief aus ihrer Heimat jenseits der Oder auf die Verwandtschaft zwischen stwórca und twórca, dem Schöpfer und dem Künstler hingewiesen, die sich allerdings ausgerechnet und ausschließlich im polnischen Teil des Trinkerterritoriums so aufdringlich zeigt, und es sich deshalb dabei höchstwahrscheinlich um ein linguistisches Ablenkungsmanöver handelt von der allgemeinen Zerstörungswut, die im Trinkerterritorium spätestens seit der Abreise des Papstes und der Ankunft des Herrn Er um sich gegriffen hat. Oder um einen geheimen Hinweis darauf, daß ich den Herrn Er hier in dieser Kirche antreffen würde.

Fast konnte ich schon nicht mehr knien, aber der Raum wollte und wollte sich nicht drehen, mein Herz sich nicht füllen, mein Kopf nicht zerbersten, die schwarzhäutigen Kardinäle mit den roten Mützen schritten, gefolgt von einer langen Doppelreihe von unzähligen Ministranten mit weißen Spitzenhemden, in geordneten Reihen durch den Altarraum unter der gigantischen Kuppel, die Choreographie war präzise bis zur letzten Regung, routinierte Rituale, gekonnte Inszenierung, alles sehr schön, alles sehr feierlich, aber wo blieb die Erleuchtung, wo blieb das Geheimnis, und dabei verspreche ich doch, ich werde nichts verraten, ich werde niemandem etwas sagen, es ist schrecklich, es ist obszön, hier zu knien mit gesenktem Kopf und gefalteten Händen, ich schäme mich, ja, es ist wahr, ich sterbe vor Scham, aber vielleicht ist das ein schöner Tod, ein schönerer als der, in Würde zu sterben, soll ich etwa auch noch so sterben, wie ich den ganzen Tag leben muß, Würde, Würde, vom Aufstehen bis zum Einschlafen nichts als Würde, Hilde spricht von Würde, Carola spricht von Würde, Würde, was gibt es Wichtigeres im Leben, und wie Carola von Freddy behandelt wird, das ist doch schlicht unwürdig, sich einfach abzuwenden, sag du doch mal etwas dazu, sag Freddy, daß das nicht geht, oder sag es lieber nicht, denn es würde nichts nützen, dieser Kerl weiß nichts von Würde, nur in der Nacht ist es endlich aus mit der Würde, da dürfen wir endlich kleinlich sein, gemein, triebhaft, eifersüchtig und gewalttätig, welche Erleichterung, gerade, wenn wir am Tag schon kleinlich, gemein, triebhaft, gewalttätig und eifersüchtig waren und das geschickt verborgen haben.

Und auch hier in dieser Kirche sind andere würdig, die roten Mützen, die weißen Spitzen, die donnernde Orgel, die mächtigen Gemälde, ja selbst die dunklen, hölzernen Bänke, würdig ist alles, bloß nicht ich selbst, aber der Tod aus Scham wird mich nicht ereilen, denn hier kennt mich doch niemand, ich gelobe es, es ist nur wegen meiner selbst, und ich schäme mich ganz für mich alleine und werde wirklich nichts sagen, um mich herum nur die zweitausenddreihundertvierzehn Portugiesen, Polen und Paraguayer, die auch niemand kennt, und die auch nichts verraten werden, die nicht erzählen werden, daß ich hier knie, und auch nicht, daß der Herr Er mich eines Nachts geschlagen hat mit den bloßen, schlanken Händen eines gefeierten Cellisten, und ich ihn angefleht habe, er solle mich gehen lassen, und ich niemandem etwas verraten würde, ich schwor, nichts zu offenbaren davon, wie ich mich habe schlagen lassen, wie ich zu Boden gegangen bin schon nach dem ersten angedeuteten Treffer, aber er sagte: schreib das, schreib, daß du dich hast schlagen lassen, schreib, daß dir Gewalt angetan wurde, schreib, daß du schockiert bist, weil die Liebe immer schockierend ist, willst du etwa auf politisch-korrekte Weise verführt werden, alle wirklichen Begegnungen sind gewaltsam, also schreib, daß du kniest, knien ist gut für dich, weil kein Mensch mehr in die Knie geht außer den paar Portugiesen, Polen und Paraguayern, und ich habe gerufen okay, okay, okay, und habe meine nackten Handflächen beschwichtigend vor den Körper gehalten, wie Jesus, der seine Wundmale zeigt, denn ich wußte aus amerikanischen Filmen, wie man Delinquenten und Gewalttäter beruhigt, wir werden das Problem lösen, Amerikaner lieben es, irgendein Problem zu haben, das man wie eine sportliche Aufgabe nur frisch anpacken muß, um anschließend glanzvoll zu obsiegen, also das Problem, rief ich, wir werden es bewältigen, ich kann viel für dich tun, beim Jüngsten Gericht und selbst bei meinen feministischen Freundinnen, das habe ich ihm zugerufen.

Aber der Herr Er sagte, wenn hier jemand etwas für jemanden tun kann, dann ich für dich. Also laß den Quatsch, hör auf mit dieser selbstverliebten Opfertour, du willst noch viel zu viel und bist längst noch nicht demütig genug. Dann ging er. Während ich noch immer kniete.

Die Schmerzen wurden immer heftiger. In den Knien, im Nacken, im gebeugten Hals. Der Gottesdienst war zu Ende, das Publikum, oder soll ich sagen:

die Gemeinde?, nein, das Publikum trat zur Seite, um die Kardinäle mit ihrem Gefolge ziehen zu lassen, aber im selben Moment, als der Zug in einer unauffälligen Tür auf der linken Seite des Querschiffs verschwunden war, setzte sich von dort ein neuer in Bewegung, wieder Kardinäle, dieses Mal mit rosigen Häuten, wieder Mützen, wieder Ministranten.

Noch immer regte ich mich nicht von der Stelle, obwohl immer neue gläubige oder ungläubige Veranstaltungsteilnehmer kamen, um ihre Häupter und Knie zu beugen und den Worten der Kardinäle, die jetzt französisch klangen, zu folgen, und der Andrang der Franzosen, Finnen und Filipinos wurde, schließlich nahte Weihnachten und mit ihm der Anfang eines neuen Heiligen Jahres, so stark, daß ich vermeinte, französische, finnische oder filipinische Ellbogen in meiner Seite zu spüren wie beim letzten Konzert der Rolling Stones, und das, fand ich, konnte so nicht gemeint gewesen sein, und langsam begann ich zu ahnen, daß ich hier doch nicht weiterkommen würde mit mir und mit meiner Demut.

Und ich fühlte mich bedrängt, bedrängt von allen Seiten, auch wenn, merkwürdigerweise, ausgerechnet die Rumänen und die Georgier heute fehlten, das rauhe Gewebe meiner Kleider kratzte auf meiner Haut und der Weihrauch in meiner Nase.

Aber diesen Geruch kannte ich. Aus dem Jemen, ja ich bin sicher, ich war im Jemen, weit im Osten im Hadramaut, es hatte dort nach Weihrauch gerochen, aber irgendein Sozialismus hatte den Leuten ihren

Glauben genommen, und dann sind sie Fundamentalisten geworden, und ich glaube, daß der Herr Er mich dort in der Wüste entführt und für sieben Wochen festgehalten hatte als Geisel, um von der Regierung Opium für das Volk zu erpressen, denn es ist noch nie jemand aus dem Jemen zurückgekommen, ohne vorher entführt worden zu sein, er hatte mich gut behandelt, auch wenn mich der Krummdolch in seinem Gürtel nachts gequält hatte, dafür hatte er mich zuletzt mit seiner Kalaschnikow schießen lassen, das war toll, aber wie war sein fundamentalistischer Weihrauch nach Rom gekommen, vielleicht hatte der Herr Er ihn mitgebracht auf seinen kapriziösen Kamelen, dann mußte der Herr Er jetzt doch noch irgendwo sein, ich erhob mich langsam von der harten Kniebank, Schmerzen, Schmerzen überall, und ich drängelte mich durch die geschlossenen Reihen der Guten und der Bösen und versuchte, dem Geruch zu folgen mit vorsichtigem Schritt, denn der Marmorboden war glatt, so glitt ich dahin unter den gestrengen Augen steinerner Päpste, von denen einer, es muß der zwielichtige Pius XII. gewesen sein, sogar eine Brille trug, glitt wie eine Kunsteislauftochter bei ihrem ersten Auftritt vor den unbestechlichen Preisrichtern mit ihren unbestechlichen Brillen, weite und unsichere Kurven drehend um die Mitläufer mit den Reiseführern in den Händen, kreuz und quer durch das unendliche Kirchenschiff, das nicht schwanken und nicht trunken sein mochte.

Ich glitt in Richtung der Beichtstühle, das strenge Herz, es fühlt sich mild und weich, was ich besitze, seh ich wie im Weiten, und was verschwand, wird mir zu Wirklichkeiten, denn der Weihrauchgeruch kam von dort.

Von den Beichtstühlen, auch wenn das wenig wahrscheinlich war. Ich näherte mich langsam den schmucklosen, braunen Kästen, sie waren aneinandergereiht wie die Telefonzellen in einem Postamt der sechziger Jahre, nur daß sie, nach entsprechender Voranmeldung, nicht den horizontalen Anschluß nach Rumänien und den Rest der Welt, sondern den vertikalen direkt nach oben versprachen, und kleine Messingschilder verrieten, daß in manchen Einzelzellen Gott ein Spanier war, in anderen wiederum ein Italiener, und in dritten ein Serbokroate, und also schon seit der Reformation Babylon überall war, nicht nur in Queens, sondern auch im christlichen Himmel.

Ich stellte mir vor, wie es sein würde. Etwas zu beichten. Etwas zu bereuen. Bereuen. Die große Geste. Die reinigende Kraft. Damit das Leben anders werden würde. In Demut und Reue bekenne ich.

Ich würde dort knien und wie Carola durch ein Gitter in das Gefängnis eines womöglich völkermörderischen serbokroatischen Priesters sprechen, aber nicht der Mörder würde mir gestehen und bereuen, sondern ich ihm. Vielleicht war es das, was ich wollte, und jetzt ist mir sowieso alles egal, die finale Chance in dieser Kirche, laß fahren alle Scham, ich bin so frei, let's be radical for a change.

Da stand ich mit meinem milden, weichen Herzen vor der Zelle des serbokroatischen Mördergottes, wider besseres Wissen bereit zu allem, nach eintausendneunhundertneunundneunzig Jahren an diesem Adventssonntagnachmittag die endgültig Letzte in der langen Schlange derer, die hofften, etwas zu bekommen, indem sie ihr Selbst hergaben.

Nimm dir die Freiheit, dich zu unterwerfen! Am besten unter das Unzeitige. Je weiter entfernt eine Moral von der Normalität des täglichen Lebens ist, desto authentischer ist die Erfahrung, die die Unterwerfung darunter erzeugt, und die besten Selbstunterwerfungsbedingungen bietet immer noch die katholische Kirche. Auch das hatte der Herr Er gesagt, und zwar in Avignon, der Stadt der Gegenpäpste, an jenem trüben und modrig-warmen Spätwintertag, der mir schon morgens entgegengeschlagen war wie Mundgeruch, und an dem der Herr Er zwar nicht ein serbokroatischer, aber wenigstens ein slowenischer Denker gewesen war.

Allerdings fiel mir ein, daß der schöne Satz mit der Demut ja noch weiterging. In Demut und Reue bekenne ich meine Sünden. Aber, so würde mein Hilfs-Nietzsche sagen, das Verlangen nach einem starken Glauben ist nicht der Beweis eines starken Glaubens, vielmehr das Gegenteil, hat man ihn, so darf man sich den schönen Luxus der Skepsis gestatten, und das machte die Sache kompliziert, denn was waren eigentlich noch mal Sünden?

Sünden. Merkwürdiges Wort. Wogegen? Gegen die Gesetze des Katholizismus? Feminismus? Sozialismus? Kapitalismus? Strukturalismus? Naturalismus?

Psychologismus? Gegen die Gesetze von Hilde? Von Carola? Von Freddy? Vom Herrn Er? Das sollte ich mir, dachte ich, erst noch überlegen, und zu allem Überfluß hatte sich auch der Weihrauchgeruch verflüchtigt, und ich sah ein, daß ich den Herrn Er wohl anderswo würde suchen müssen.

So hatte ich zwangsläufig beschließen müssen, das Beichten zu verschieben. Ein andermal vielleicht. War trotzdem nett hier. Werde Sie bei Gelegenheit weiterempfehlen. Wirklich schöner, glatter Boden übrigens. Erinnert mich ein bißchen an den im Mausoleum von Khomeini in den Suburbs von Teheran, wo die Kinder zum Schlittschuhlaufen hingeführt werden, weil sie sonst keine Vergnügungen haben. Und damit Khoda hafez, Gott schütze dich, wie der Iraner sagt, tschüs, Amen, see you in paradise.

Dann stürzte ich hinaus.

VIER

IV

ASCHE

Es wäre mir dieser Ort genauso lieb gewesen wie alle anderen auf der Welt. Wenn nicht ein Grollen in der Luft gelegen hätte. Wenn nicht Alarmstufe Orange geherrscht hätte. Wenn nicht ein Vulkan kurz vor dem Ausbruch gestanden hätte.

Wir hatten es so gewollt, wir waren gelandet. Und auf fast dreitausend Metern Höhe in Quito, der Hauptstadt von Ecuador, übers Rollfeld gestolpert.

Asche überall, graue Gebäude, graue Gesichter, Atemmasken der Flughafenbediensteten, schweflige Gase in der dünnen Luft, und jetzt stand, inmitten lauter Indios mit schwarzen Hüten, Carola mit verquollenen Augen und vulkanischer Asche im Haar am Gepäckband, am strategisch günstigsten Punkt zur Entgegennahme des Rucksackes mit Rollen. Hilde und ich hatten unsere Habe sogleich wiedergefunden, aber für Carola, da war sie sicher, würde alles vergeblich sein. Das Warten am Gepäckband. Die Reise.

Und auch ihre Liebe zu Freddy. Er würde nicht kommen, und auch nicht ihr Gepäck. Akut gestörte Objektbeziehung, hätte Carola in besseren Tagen gesagt, allerdings nur in Hinblick auf ihr Liebesobjekt Freddy. Was wiederum den Rucksack mit Rollen betraf, so war zumindest *dessen* endgültige Trennung von Carola durchaus möglich, sogar wahrscheinlich, ich habe einmal die These aufgeschnappt, daß das 20. Jahrhundert das Jahrhundert der Gegenstände gewesen sein soll, sie hatte mir eingeleuchtet, ohne daß ich länger darüber nachgedacht hatte, aber mit dem 20. Jahrhundert sollte es in genau drei Tagen vorbei sein, jedenfalls nach landläufiger Meinung, und mit Carolas Gegenständen vielleicht schon jetzt, zumindest sah es so aus.

Schließlich hatten wir eine bescheidene, aber objekttechnisch verheerende Odyssee hinter uns. Der fliegende Holländer aus Amsterdam hatte uns, gegen unseren Willen und wegen der vulkanischen Aktivitäten in Quito, kurzerhand nach Guayaquil jenseits der Anden an die Pazifikküste expediert, wer will dort schon sein, eine dieser grauenvollen Drittwelt-Hafenstädte, schlimmer als Lagos, und Hilde und ich wußten, was Lagos bedeutet, der Gestank von Zentralafrika und siebzehn Morde auf zwei Kilometern. So hatten wir es nicht gewagt, einen Fuß in die Stadt zu setzen. Statt dessen hatten wir, nachdem wir am frühen Morgen gezwungen worden waren, unseren fliegenden Holländer zu verlassen, entschieden, uns in eine Ecke dieses Flughafens zu quetschen, auf dem wir gestrandet waren und der mindestens so überfüllt war wie ein zentralafrikanisches Flüchtlingslager. Hier wollten wir, falls wir nicht weiterkämen, das Ende des Jahrtausends mit dazugehörigem Weltuntergang erwarten. Hilde, Carola, ich, drei kauernde Kreaturen, schwitzend, stöhnend, hungrig, verloren zwischen lauter bunten Stoffbündeln, in denen traditionsbewußte und ebenfalls hier gestrandete Hochlandbewohner auf ihrem Rückweg aus Europa ihre Plastiktüten voller High-Tech-Spielzeug eingewickelt hatten.

Und bis wir am Ende dieses Tages im Wartesaal des globalen Dorfes es dann doch vermocht hatten, unter extensivem Einsatz unserer Ellenbogen in ein einheimisches Flugzeug zu gelangen, das bereit war, trotz des Ascheregens nach Quito zu fliegen, hatte Hilde Carola die Hand gehalten. Wie schon die ganze Nacht hindurch seit unserem Abflug aus Amsterdam.

Denn Carola hatte Angst gehabt. Vorm Fliegen. Vor Krankheiten. Vor dem Ausbruch des Vulkans. Vor allem aber vor dem Wiedersehen mit Freddy, diesem Schuft, der schon seit über vier Wochen verschwunden war, irgendwo in diesem merkwürdigen Südamerika, vielleicht in den Anden in einer Gletscherspalte, in der er sich vor Carola versteckt hielt und mit irgendeiner usbekischen, venezolanischen oder portugiesischen Provinzschlampe eisgekühlten Champagner trank und deren ambulante Heimaterde fickte. Aber bitte, *sollte er doch,* solange er sie, Carola, liebte, ging das in Ordnung, wir führen eine offene Beziehung, nicht wie diese Spießer, Eifersucht ist doch das Allerletzte, und was bedeutet schon Vögeln, ich habe viel zu viel gevögelt in meinen Leben, um dem noch eine Bedeutung beizumessen, hatte sie Hilde und mir erklärt, als wir gegen Mitternacht in einem dieser nach den ausgeklügelten Gesetzen des Minimale-Verweildauer-maximaler-Konsum-Quotienten beleuchteten Flughafenrestaurants in Amsterdam gesessen hatten, wo unsere frisch gebügelten Khakihosen mit den vielen Taschen fast nachtblau wirkten, und die Pommes frites, die wir aßen, wie blaßblaue Würmer aussahen. Hilde hatte mißgelaunt im schlammfarbenen Ketchup gerührt, allerdings wußte Carola nicht mehr, ob Freddy sie liebte, und deshalb *sollte er eben nicht* und sich also gefälligst von den Provinzschlampen fernhalten, solange er sich fernhielt von ihr. Aber auch dieses schlagende Argument wird ihm nicht einleuchten, immer, immer hat er nur an sich gedacht in letzter Zeit, sie beide gehen einkaufen, um ein Fahrrad für Carola zu besorgen, und nach Hause kommen sie mit Stiefeln für Freddy, dann hat er ihr wieder Blumen vor die Tür gestellt, die hat sie selbstverständlich sofort auf den Müll geworfen, vielleicht sei es ja ohnehin besser, wenn sie die Sache einfach beendete, man sollte nicht festhalten an Geschichten, die vorbei und zu Asche zerfallen sind, und da hatte Hilde überhaupt keine Lust mehr auf Pommes und Ketchup, egal, welche Farbe sie hatten. Denn wo sollte das alles hinführen, der letzte Rest Heimat, unser Idyll im Wald, was sollte daraus werden, wenn Freddy sich so schrecklich gegenüber Carola benahm, das war schlecht und nicht gut, wie der Vorsitzende Mao gesagt hätte, der war einst immerhin einer der letzten, der wußte, wo's langging, und hatte, wie alle Diktatoren, ein Herz für die Familie, weil die von allen gesellschaftlichen Einheiten am leichtesten zu kontrollieren ist, und vielleicht hätte er auch ein Herz für unsere zwar etwas unorthodoxe, bisher aber noch leicht kontrollierbare und nun durch Dekadenzerscheinungen akut gefährdete Kleinfamilie im Waldgebiet der nordöstlichen Provinzen gehabt und Freddy im Parteiauftrag zu Ordnung und Disziplin gerufen. Aber auch der Vorsitzende Mao war längst so tot wie Hildegard von Bingen, und wir hatten das Amsterdamer Flughafenrestaurant verlassen, noch bevor das nach dem Minimale-Verweildauer-maximaler-Konsum-Quotienten statistisch zu erwarten gewesen wäre. Dann hatte Hilde nicht mehr tun können, als Carola im Flugzeug die ganze Nacht die Hand zu halten, bis die fast zerquetscht war, und immer wieder vor sich hinzusagen: wart's nur ab, wird schon werden. Ein schwacher Versuch, unsere Kleinfamilie und unsere Heimat zu retten.

Nun, nach unserer Ankunft in Quito, lief Carola noch immer auf und ab am Gepäckband, was soll ich tun, was kann ich machen, es wird schrecklich werden, Freddy nicht da sein, meine Sachen verschwunden, der Vulkan wird ausbrechen, wir werden ersticken wegen der Gase oder ein Hirnödem bekommen wegen der dünnen Luft in dieser Höhe, und am liebsten würde sie sofort einen Verantwortlichen der örtlichen Fluggesellschaft, einen Lungen-, einen Zerebralspezialisten sowie ihre Lehranalytikerin sprechen, na ja, doch noch ein kleiner Scherz, wir sollten nicht denken, daß es wirklich schon soweit mit ihr war, auch wenn die Lage alles andere als lustig war und ihr durchaus zum Heulen, aber vorerst mußte Carola ohnehin mit Hilde vorliebnehmen, und die hatte nach den bedrohlichen Nachrichten der Nacht und nach der Unbill des Tages nunmehr eine stoische Haltung angenommen und stand einfach nur da, scheinbar ungerührt, unerschütterlich, ein Monument alteuropäischen Durchhaltewillens in der von Carola soeben besiegelten südamerikanischen Perspektivlosigkeit: wird schon werden, wart's nur ab.

Auch ich wartete ab, wartete auf irgend etwas, wahrscheinlich auf mich selbst, denn mein Rucksack war ja schon da, nur ich noch nicht, ich war bei meinem Text, den ich angefangen zurückgelassen hatte, ich wußte nicht, wie er weitergehen sollte und ob überhaupt, ich war bei den fremden Leuten aus dem Fernseher, bei dem schmierigen Ex-Pfarrer und bei Carola mit der geblümten Bluse und der Bratpfanne in der Hand, ich war bei den Plastiktüten der Indios im Niemandsland von Guayaquil, ich war in Amsterdam, ich war in Rom, im Jemen, in Teheran, im Wald, ich war zu Hause,

unterwegs, ich kreiste umher wie die Koffer auf dem Gepäckband, und niemand war da, um mich anzuhalten, um mich abzuholen, kein Freddy, kein Herr Er, kein Indio mit Hut, aber die wären ohnehin nicht für mich zuständig gewesen, und ich hatte auch nicht gewußt, wer sonst für mich zuständig hätte sein können, nachdem auch mir auf meinen Irrfahrten die Objekte längst verlorengegangen waren, ach egal, dann eben nicht, Hauptsache Carola findet bald ihr Gepäck, ist ja nicht mit anzusehen, wie sie ewig auf und ab geht, wo bleibt Freddy, dieser Sack, dieser Fisch, warum bringt er ihr nicht endlich ihren Rucksack mit den Rollen, ich wollte, daß Carola sich wieder auf einen Sessel setzen, eine Herrscherin werden würde, eine Trösterin, eine Mutter, und wir ankämen, von mir aus auch in diesem Quito, wer wußte, wofür das gut sein würde.

Ob Freddy dann tatsächlich erschienen ist? Ob er mit süßestem Lächeln vor Carola gestanden, ihr zur Begrüßung kleine Küßchen auf die Wange gedrückt, ihr dann ihr Gepäck in die Hand gegeben, um es ihr dienstfertig sofort wieder abzunehmen, und uns schließlich alle miteinander in ein Taxi geschoben hat? Ja, muß wohl so gewesen sein, die Dinge laufen gemeinhin so, wenn sich wohlanständige Menschen an einem Flughafen wiedersehen.

Aber kann man so etwas überhaupt ein Wiedersehen nennen?

Ashes to Ashes
Schiß zu Schi-hi-ß
Wir wissen, daß Major Tom ein Junky i-hi-s.

Dennoch hatten wir, als David Bowie zu singen begann, die Kontrolle über Major Tom noch längst nicht völlig verloren.

SCHWEFEL

Denn die Zeit bis zu unserem Weiterflug nach Galapagos verbrachten wir mit dem Verhören von Freddy, sieh, es ist Tag, und wir sitzen zu Gericht, Tage in Quito, nutzlos wie Staub, falsche Fragen, bestochene Zeugen, Freddy mit Anorak, Carola an seinem Ärmelzipfel, Groundcontrol to Major Tom, can you hear me, aber schon war Freddy wieder weg, verschwunden für Stunden in seiner eigenen Umlaufbahn.

Er hatte Carola sitzen lassen mit Hilde und mir im Hotel, denn uns Damen war Quito egal, der Weg die Treppe hinunter ins Restaurant weit genug, hinaus gingen wir kaum, was hätten wir in dieser Stadt wollen können, Wolken, die bis hinunter auf die Straßen hingen, kleinwüchsige Indios, bunt gekleidet, aber verzweifelt, großspurige Gringos mit dicken Autos und goldenen Halsketten, minderjährige Schuhputzer an jeder Ecke, es trieften ihnen die Augen, und dann die Märkte voller Plastikmüll, in unserem Häuschen im Wald hatte uns doch auch nichts gefehlt, allerdings konnte man unser schäbiges Hotel nicht gerade ein Idyll nennen, aber wir spielten jetzt Seßhaftigkeit selbst auf der Durchreise,. Die Innenwelt hatte über die Außenwelt gesiegt.

Draußen knallten Schüsse, die ortsüblichen Banditen, mit Polizeiuniform oder ohne, und auch ein paar Revolutionäre, die Indios probten den Aufstand, schafft eins, zwei, drei, viele Vulkanausbrüche, ja, so etwas gab es dort noch, während wir, ich sage wir, weil auch ich nichts mehr von der Außenwelt wollte, während wir also drinnen unsere Kämpfe mit unseren Trugbildern ausfochten.

Aber Abenteuer warten ja überall, sagte Hilde, meine Reisen in China haben wahrhaftig wenig Bedeutung verglichen mit den tastenden Schritten im Dunkeln vom Bett zur Küche auf der Suche nach einem Glas Wasser, auch wenn Hilde zufälligerweise nie in China und das nur zitiert war.

Nur Freddy hatte diesen Drang nach draußen, und wenn er wieder auftauchte, roch er faulig, der Schwefelgeruch der vulkanischen Gase hing ihm in den Kleidern. Ich ekle mich vor dir, fauchte Carola, denn sie liebte das Theater und alle schönen Künste, Carola als Donna Elvira, bleib nur, Barbar, im stinkenden Schmutz, schreckliches Beispiel der Ruchlosigkeit, und Don Giovanni mit den schönen Schultern in vergilbten Strümpfen, abgetretenen Schnallenschuhen und staubiger Perücke saß da ungerührt, du bist zu spät gekommen, wo warst du heute, wo warst du in den letzten Wochen, was hast du gemacht, warum, mit wem, war's schön, war's interessant, Befriedigung, Genuß, Erkenntnisgewinn, war das nötig, mußte das sein, cor perfido, Herz voller Niedertracht, warum kümmerst du dich nicht um mich, sagte Carola, warum kümmerst du dich nicht um sie, sagte Hilde.

Carola mit roten Augen im Bett, Hilde auf der Kante, sie hatten die Plätze gewechselt, im Wald waren sie noch umgekehrt vergeben, Freddy auf einem Stuhl vor den beiden, ich als Leporello schon wieder auf dem Boden in der Ecke wie am Tag zuvor im Niemandsland des Flughafens von Guayaquil, se non si muove del suo dolore, di sasso ha il core, o cor non ha, und auch ich fragte Freddy mit dem steinernen Herzen, der sich nicht durch Carolas Schmerzen bewegen ließ, warum er sich nicht kümmerte, und der sah mich an, überrascht, entsetzt, auch du, meine Freundin?!, seine Freundin?, ich?, aber es interessierte mich, ob es einen Zusammenhang gibt, zwischen Lieben und Kümmern.

Die wilden Jahre sind vorbei, sagte Carola, die fliegende Hitze, ihr wißt das doch, es ist nicht mehr wie früher, als wir wüst lebten bei Nacht und auch bei Tag. Ich fragte Carola, ob sie sicher war, daß sie noch immer einen Liebhaber wollte und keinen Krankenpfleger, damit hatte ich sie trösten wollen, und auch versucht, meiner Stimme einen sanften Ton zu geben. Vielleicht war Freddy einfach der falsche Mann für die falsche Aufgabe, das hätte doch eine tröstliche Einsicht sein können, vielleicht hätte sie das nehmen sollen, was er ihr gab, und nicht irgendwelche Forderungen stellen, die er nicht erfüllen konnte, und wenn man schon familienbetriebswirtschaftlich denkt und Geben und Nehmen gegeneinanderrechnet, muß man auch über Arbeitsteilung und Outsourcing nachdenken, der Sozialstaat hat ohnehin schon fast alle familiären Dienstleistungen outgesourct, Krankenpflege, Altersversorgung, Kinderbetreuung, selbst den Schutz geschlagener Frauen, und für das, was dann noch übrigblieb, hat die Verbraucherzentrale Hamburg gerade den Ratgeber Ehe mit Musterbriefen herausgegeben. Nur lieben und hassen müssen wir noch selber.

Und es war unklar, wie es stand mit der Liebe und dem Haß zwischen Freddy und Carola, aber so weit war ich nicht gekommen in meinen Gedanken, denn es schien, als sei ich zum Trösten nicht geboren, so wie Freddy nicht geboren war zum Kümmern.

Kaum hatte ich nämlich den Krankenpfleger erwähnt, da war ich für drei Sekunden klinisch tot, weil mich Carolas Blick ermordet hatte.

Und als ich tot war, fiel mir der burische Faschist aus Südafrika ein, der wollte sich doch um mich kümmern, obwohl er mich nicht liebte, sieh an, die Herren Faschisten, vorbildlich und nett, aber auch die faschistische Treue reicht offensichtlich nicht über den Tod hinaus, denn wo war der Bure jetzt, nicht da, aha, und dann sah ich meinen geliebten Herrn Er, der sich noch nie um mich gekümmert hat, er stand in Cordhosen mit seinen Koffern und einem Golden Retriever aus der Familienversicherungswerbung an der kurzen

Leine in meiner Tür und wollte bei mir einziehen, Riedle, mach Platz, jetzt, wo du klinisch tot bist, will ich mein Leben mit dir teilen, und ich habe auch ein paar Verträge im Koffer, hier zum Beispiel, unser RelationshipClassix-Paket, Beziehung als gegenseitiges Angestelltenverhältnis zur Erfüllung wechselseitiger Bedürfnisse. Du als Beziehungsnehmerin bescheidest dich, und verzichtest auf alle weiteren Forderungen, Vergnügungen und Ekstasen, dafür biete ich als Beziehungsgeber dir eine Vertragslaufzeit bis ans Lebensende sowie über achtzigprozentige Anwesenheitsgarantie bei nur durchschnittlicher emotionaler Ausbeutung, nun komm, das wirst du schon aushalten, ich werde mich dafür jederzeit um dich kümmern, da sparst du auch gleich die Pflegeversicherung. Aber ich flüchtete an ihm vorbei über die Türschwelle ins Treppenhaus, einer von uns beiden muß die Zelle meiden, rannte die fünf Stockwerke, Nachbarin Schwerdtlein, aus dem Weg!, hinunter auf die Straße, um nie wieder zurückzukehren, höchstens um das Haus in Brand zu stecken, denn wenn ich geblieben, und das Haus stehen gelassen hätte, dann würde sich der Herr womöglich wirklich um mich kümmern, und ich müßte tot bleiben, und was hätte ich dann von ihm und auch von mir selbst.

Aber nach drei Sekunden war ich ohnehin reanimiert, weil Carola in einem erneuten Akt theatralischer Selbstentfaltung mit einem Aschenbecher geworfen hatte, der klirrend zwischen Freddy und mir auf dem Boden zerbarst, tut mir leid, sagte sie, war nicht so gemeint, schon gut, wir waren ja trotz allem verständnisvoll und tolerant. Und verloren in unserem Niemandsland zwischen Verbraucherzentrale und Großer Oper.

So hingen wir vom frühen Morgen bis spät am Nachmittag im Zimmer von Carola und Freddy herum, glotzten auf die Tapeten, glotzten auf unsere Füße, drehten unsere Ringe, zwirbelten unsere Haare, legten die Köpfe in den Nacken, Hilfe an der Zimmerdecke suchend, folgten den Veränderungen des Lichts von Grau zu Grau, von Kiesel zu Basalt, irgendwann war es schon wieder fast dunkel geworden, wir sollten hinuntergehen ins Restaurant, um etwas zu essen, ja, wir sollten hier langsam einmal raus, und im selben Augenblick war Freddy aus dem Zimmer entwischt in die Stadt, er sollte schon sehen, was er davon haben würde.

Wir gingen also ohne ihn hinunter und setzten uns an den viel zu langen Tisch im Restaurant, wo vier Kellner mit glänzenden schwarzen Haaren uns Komplimente machten, Bier brachten, Teigtaschen, Suppen, Kapaune, und uns jederzeit als Background-Chor zur Verfügung standen. Denn wir verhandelten weiter, jetzt in Abwesenheit des Hauptangeklagten, verhandelten über die venezolanische Schlampe mit dem Mutterboden in der Möse.

Was war das nur für eine Frau, wie hatte sie es mit Freddy aushalten können, was hatte er ihr angetan. Auch sie war, wenn wir es recht bedachten, während wir tranken, und, alle vegetarischen Gepflogenheiten beiseite lassend, die Knöchelchen der kastrierten und überaus schmackhaften Hähne abnagten, dann die Finger an unseren Hosen abwischten, noch mehr Bier bestellten, und bitte auch noch scharfe Saucen, auch sie war nur ein armes Opfer, diese Venezolanerin, da war sich Carola sicher, weil Freddy unsere venezolanische Schwester genausowenig lieben konnte, wie er sie lieben konnte, Carola, oder irgendeine andere Frau auf der Welt inklusive seiner Mutter, die sich, das mußte, voller Mund hin oder her, leider gesagt werden, nicht ordentlich um ihn gekümmert hat, weshalb er nun, wie ja eigentlich der allergrößte Teil der Männer, grundsätzlich unfähig war, zu lieben, und dies war das vorläufige amtliche Endergebnis.

Jawohl riefen die Kellner, hijo de puta, er kann es nicht, der Hurensohn, no es capaz, los hombres alemanes jamas son capaces, und sie jonglierten mit ihren Bierflaschen, machten ein paar Tanzschritte und grinsten ihr schmutzigstes Grinsen.

Si señores, Sie haben recht, unfähig, unfähig, wir wissen das schon lange, Männer und Frauen passen einfach nicht zusammen, eine klassische Erkenntnis der Frauenbewegung, nicht wahr, meine Herren Südamerikaner, stimmt, lachten die Kellner, außer an einer einzigen Stelle, da passen Männer und Frauen zusammen, und auch Carola lachte, verzweifelt und schrill, tolle Unternehmung, diese Reise in unseren Inneren Kongo, aber jetzt war sie müde, wo sie doch, fanden die Kellner, so schön war, schöner als ein Morgen in den Anden.

Carola erhob sich, drückte, noch einmal Herrscherin für eine Sekunde, den Rücken durch, wir treffen uns später, sagten die Kellner, denn wir haben beträchtliche Fähigkeiten, schon gut, antwortete Carola und gab ihnen ein großzügiges Trinkgeld. Dann stiegen wir wieder die Treppe hinauf zum Zimmer des unglücklichen Paares, um dort Freddy zu erwarten, japsend wie Bergsteigerinnen an der Eiger-Nordwand, obwohl wir nicht gerade auf dem Weg zu den Höhen der Erkenntnis waren, aber die dünne Luft der Anden, die sicher niemals wieder einen schönen Morgen sehen würden, machte uns zu schaffen und auch das Bier in unseren Beinen.

Zwei Stunden später war die Stadt dort draußen schwarz geworden. Wir saßen in einem Hohlraum im Inneren eines Felsbrockens, dessen Wände sich jeden Augenblick zusammenschieben konnten. Und Freddy war immer noch nicht zurückgekehrt. Da fand der Portier Carola weinend auf der schummrigen Treppe. Ob er etwas für sie tun könne, fragte der Portier, ob die Banditen sie bestohlen hätten in dieser überaus gefährlichen Stadt. Oh ja, schluchzte Carola, man hatte sie bestohlen, aber nicht in der Stadt. Wie?, sagte der Portier, etwa hier in unserem Hotel? Ja, hier im Hotel, aber was können Sie schon wissen.

Und was konnten wir erfahren? Von einem, der weg wollte. Aus dem Labyrinth der verflixten Fragen.

Dann ereilte Carola das Fieber. Während in dieser Nacht vor unserem Weiterflug nach Galapagos sich auch das Jahrtausend zu verabschieden begann.

TRINKERIN

Westwärts war Aufschub. In Kamtschatka war das Jahrtausend schon morgens um sieben ecuadorianischer Zeit zu Ende gewesen, und ob es Kamtschatka jetzt noch gab, war ungewiß, wir hatten nichts mehr von der Halbinsel gehört, dort, in unserem Südamerika, und man bekommt ja allgemein immer sehr wenige Nachrichten aus Kamtschatka.

Der Rest des Trinkerterritoriums rüstete sich soeben zum Delirium. Verfrüht Verzückte fielen zuerst in den Jenissej, der allerdings zugefroren war, dann, etwas später, würden sie auch in die noch fließende Oder stürzen, alle tot, erfroren, ertrunken, fortgespült oder alles zusammen, das Machtwort Papst Gregors XIII. zur Änderung der Zeitrechnung, die dem zweiten Jahrtausend heute ein Ende setzte, wird sie getötet haben, morgen oder übermorgen wären sie einfach so gestorben, aber heute starben sie wegen Papst Gregors Kalender. Und wegen dieser Sehnsucht.

Den Lauf der Zeit einzuteilen in Epochen. An irgend etwas muß sich der Mensch, bevor er in den Jenissej fällt, doch festhalten in der grausamen Unendlichkeit, auf daß wir ein Plätzchen fänden in den Furchen irgendeines klar begrenzten Zeitabschnitts.

Aber an diesem Tag, dem 31. Dezember 1999, sollten wir aus unserem gehaßten und geliebten 20. Jahrhundert hinauskatapultiert werden, und deshalb saßen Hilde, Carola, Freddy und ich im Flugzeug Richtung Galapagos nach Westen, als es später Vormittag war in Südamerika und sich der Zeitenwechsel von Osten her unaufhaltsam näherte.

Jetzt stand er schon kurz vor Mitteleuropa, denn dort war es bereits dunkel und früher Abend, aber wir, wir hatten sieben Stunden gewonnen. Es ist noch nicht lange her, nur etwa achthundert Jahre, daß die Menschen die Unendlichkeit erfanden und deshalb plötzlich wissen wollten, wie spät es ist, dann hemmte und trieb die Unruh, das Frouwen gemuete, und nun war es spät, sehr spät, ich hatte im vergangenen Sommer nach Kamtschatka gehen wollen zu Fuß, der Datumsgrenze entgegen, aber ich floh vor ihr durch Zeit und Raum, so wie ich auch den Herrn Er floh, obwohl ich nach wie vor hoffte, ihn doch noch zu finden, irgendwo, vielleicht auf Galapagos, und wir flogen westwärts, am Äquator entlang um den Bauch der Erde, über die Anden in Richtung Ozean, und so entgingen wir der Mitteleuropäischen Zeit und ihrem Ende.

Ich sah aus dem Fenster, entgegen unseren nächtlichen Erwartungen war dies ein wolkenloser Vormittag geworden, weiter Blick, Flugzeugbrummen, Hilde an meiner Seite, schläfrig und erschöpft von den familiären Verhandlungen. Einige Reihen vor uns saßen Carola und Freddy, sie hatten kein Wort gesagt, als sie morgens aus dem Hotelzimmer gekommen waren, und auch geschwiegen, als Freddy Carola später ins Taxi gesetzt hatte, und zuerst Hilde und ich und dann auch Freddy ihr hinterhergekrochen waren, aber ich war froh gewesen, daß ich so früh am Tag nichts weiter hatte hören müssen als den morgendlichen Lärm der Stadt, die wir gerade verließen. Und jetzt auf diesem Flug hörte ich nur noch Motorengeräusche, dieses angenehme Dröhnen, das die Menschen auf ihrem Weg durch den Himmel solange begleitet, bis sie freiwillig zur Erde zurückkehren, oder bis sie abstürzen.

Allerdings mischten sich in das gleichmäßige Grollen hin und wieder merkwürdige Frequenzen. Falsche Töne, störende Laute, ob jemand sie wahrnahm, ob jemand sich bereits sorgte, sie wurden schwächer und dann wieder deutlicher, und endlich formten sie sich sogar zu Sätzen. Und da glaubte ich, ausgerechnet hier die Stimme des Herrn Er zu vernehmen. Ich wußte nicht, warum er mir höchst seltsame Fragen stellte, ob ich nackt wäre, naked as always, ob ich bereit sei für eine kleine Orgie zu Ehren des Weltuntergangs oder des kommenden Jahrtausends, ganz wie ich wollte, und ich könnte mir wahrscheinlich denken, daß in dieser Nacht, wenn das allgemeine Rauschen der Geschichte anschwellen würde zu einem ungeheuren Lärm, praktisch alles möglich sei, das hat er gesagt und er hätte wohl noch weitergesprochen, wenn ich ihm nicht ins Wort gefallen wäre, denn obwohl ich seine Stimme lange vermißt hatte, wollte ich sie gerade jetzt nicht hören, noch nicht.

Schließlich hatte sich der Herr Er in der Zeit vertan, wir sind, so rief ich, noch gar nicht dran, weder mit Höhepunkten noch mit Einbrüchen und Abstürzen, ich sitze im Flugzeug nach Galapagos, wir haben Triebaufschub gebucht und Katastrophenverzug, es rauschen hier vorerst nur die Flugzeugmotoren, und ich, ich bin nicht nackt, noch nicht einmal betrunken, auf diesem Längengrad ist es kaum zwölf Uhr mittags, also hör auf mit dem Quatsch, wenn du durchaus Voland sein willst, genehmige dir ein paar Margaritas, nackt oder angezogen, mit Eis oder ohne, dann fahr Schlittschuh auf dem zugefrorenen Moskauer Patriarchenteich, oder von mir aus im Petersdom oder im Mausoleum von Khomeini, mal sehen, ob du erfrierst oder ertrinkst, oder beides, und dann den Orgienlärm der Ewigkeit hörst, aber aus deinen Orgien wird ja auch um Mitternacht wieder nichts werden, dafür sitzt, zwei Reihen vor mir, Freddy, er ist zurückgekommen und hält Carola die Hand, nur damit du's weißt, auch sie haben Verhängnis oder Versöhnung verschoben, Carola hat Fieber, ihr Kopf glüht wie eine Silvesterrakete, aber Freddy ist ja bei ihr, und du, du bist nicht da, ich weiß es genau, du kannst gar nicht da sein, weil ein Flugzeug kein Ort für dich ist, und damit Ruhe, laß mich!

Vor dem Fenster sah ich grau, sah ich weiß, sah ich grün, sah ich braun, gekräuselte Linien, spitz zulaufende Farbflächen, das mußten Berge sein mit Kämmen, Tälern und Flüssen, aber wirklich erkennen konnte ich sie nicht. Pech gehabt, rief der Herr Er mir hinterher, wobei ich ihn schon kaum mehr hörte, ich sagte, ja, stimmt schon, ein Flug über die Anden ist genauso langweilig wie deine Orgien, die nicht stattfinden, und ich trug diesen Flug ein in das Buch der Unruhe und in das der Enttäuschungen, denn wie konnte jemals jemand behaupten, sie sei über die Anden geflogen, und es sei eine großartige Erfahrung gewesen? Was ist Erfahrung und was großartig an zweidimensionalen Mustern vor den Flugzeugfenstern? Nur das Wissen, daß sich weit unten dramatische Landschaften entfalten, aber wo war die Verbindung zwischen den Mustern und den Erfahrungen, die mit diesen Landschaften hätten verbunden gewesen sein können, und während ich überlegte, ob ich nicht doch lieber anfangen sollte, zu trinken, beschlich mich der Verdacht, daß ich im Innersten womöglich doch eine erdverhaftete Schwäbin bin.

Also Frau Stewardeß, bitte ein Kaltgetränk, Wodka, besser: Bloody Mary, noch besser gleich zwei, was man hat, das hat man, wie man bei uns in Schwaben sagt, solange die Getränke hier kostenlos sind!, und ein Toast auf die frei flottierenden Trinker in den Flüssen dort unten, darauf, wie sie langsam und in weiten Schleifen, geleitet vom Wasser, über die Erde gleiten, man kann der Erde nur entfliehen, wenn man ihr nahe bleibt, keine Metaphysik ohne Physis, nichts gegen den Weltraum, von mir aus sollen sie dort herumfliegen, alles mögliche messen, Millionstelsekunden, Milliardstelmeter, und dann die tollsten Gleichungen ausrechnen, was wäre unsere Zivilisation ohne die Abfallprodukte der Raumfahrt.

Aber sie haben keine Erfahrung in die Welt gebracht, Major Tom hat nichts gesehen und nichts gefühlt, als er losgelöst durch das All schwebte, die Verlorenheit ist auch nicht mehr, was sie einmal war. Die Erde von oben, eine Fiktion, eine Zumutung, ein Betrug, das 20. Jahrhundert hat etwas von außerhalb ins Diesseits geholt, aber etwas, das kein saftiges Jenseits ist, kein Gegenentwurf, sondern simple und keimfreie Abstraktion, und schon deshalb hatte der Herr Er hier oben wirklich nichts zu suchen, und wenn ich seine Stimme gehört haben mochte, dann nur, weil wir im Flugzeug westwärts in Raum und Zeit natürlich etwas durcheinanderglobalisiert waren, das war zwar irritierend, jedoch nicht sonderlich originell, dergleichen brachte das 20. Jahrhundert mit sich, aber daß wir in wenigen Stunden vielleicht alle untergehen könnten, ausgerechnet, weil die vor 800 Jahren keine Lust mehr hatten, sich in der Ewigkeit zu verlieren, und jetzt der gregorianisch programmierte Weltraumforschungsabfall durchzudrehen drohte und uns doch noch in eine brodelnde Hölle oder in ein liebliches Paradies befördern konnte, fand ich, bei aller wohlfeilen zeitgenössischen Untergangslust, doch nicht so angenehm, weshalb ich lieber noch schnell eine weitere blutige Maria bestellte, und das nicht nur, weil sie hier umsonst war.

Ich trank hastig, in großen Schlücken, während der Lärm der Triebwerke allmählich anschwoll zur Landung auf Galapagos kurz vor dem, ausnahmsweise allgemein gültigen, Weltuntergang. Nicht daß es nicht täglich Weltuntergänge gäbe, aber sie sind doch sehr speziell geworden, dieser jedoch war eine Apokalypse für alle, vielleicht war heute eine der letzten Gelegenheiten, den Lauf der Welt wenigstens an seinem letzten Tag zu synchronisieren.

Wäre es nicht eine große Erlösung, wenn alle gleichzeitig absöffen, wäre das nicht endlich Gerechtigkeit, hatte Hilde schon vor Monaten gesagt, aber vielleicht erinnerte ich das auch falsch, vielleicht hatte das nicht Hilde gesagt, sondern ich hatte das in einem historischen Text aus der Zeit unmittelbar vor der ersten Jahrtausendwende gelesen, aber der Alkohol tat endlich seine Wirkung, weshalb ich solche romantischen Gemeinsamkeiten dann doch wieder für unwahrscheinlich hielt, natürlich einmal abgesehen davon, daß wir trotzdem gemeinsam in den Untergang rennen, zumindest in den ökologischen und den sozialen, aber der findet nicht an einem Tag statt und trifft manche früher und andere später, und für ökologische sowie soziale Untergänge war Hilde zuständig und nicht ich, denn auch in diesem Punkt sind die Interessen und die Kompetenzen klar verteilt, jetzt, wo wir noch nicht einmal mehr gemeinsame Weltuntergänge haben, muß sich auch hier jeder seinen eigenen aussuchen. Für uns jedenfalls würde heute, am Tag unserer Ankunft auf Galapagos, wahrscheinlich doch keiner stattfinden, aber ob ich hier überhaupt von *uns* sprechen konnte, bezweifelte ich ebenfalls gleich wieder, denn vielleicht würde wenigstens für eine von uns die Welt untergehen.

STEINE

Wieder eine Terrasse, diesmal am Wasser auf der Insel zum Heiligen Kreuz, Hilde hat ihren Weltempfänger ausgepackt, ein kleines, schwarzes Kästchen, an dessen Knöpfen sie hektisch drehte. Sie drehte nach links: nichts. Sie drehte nach rechts: nichts. Sie ging ein paar Schritte, vorsichtig tastend wie in ihrer nächtlichen Küche, dann drehte sie wieder nach rechts und nach links: nichts. Schließlich steckte sie ein langes, dünnes Kabel in eine Öffnung des Kästchens: nichts. Keine Meldung, kein Empfang, die Welt war weg, diesmal vielleicht für immer. Hilde, Carola und ich waren allein auf dieser Terrasse vor unserem schäbigen, kleinen Hotel auf der Hauptinsel des Galapagos-Archipels, selbst der einheimische Meeresbiologe, der uns hätte vom Flughafen abholen sollen, war nicht zum Meeting-Point gekommen, nicht zu reden vom Herrn Er oder gar von Hildes Tochter aus Kamerun, und um uns herum war alles schwarz geworden, nur noch Steine, Kümmernis und Dornen. Verheertes Land am Rande eines Meeres aus grünem, leuchtendem Gift.

Es konnte nicht lange hergewesen sein, daß eine Feuersbrunst hier gewütet hatte, daß die Büsche und Bäume silbrig verglommen und die Steine flüssig geworden waren, daß sich der feste Grund in Bewegung gesetzt hatte, when the going gets tough, the tough get going, und vielleicht war das sogar eine Wohltat gewesen, ich weiß allerdings nicht für wen. Jedenfalls muß dann von einer Sekunde zur nächsten alles wieder vorbeigewesen sein, mitten in seiner unaufhaltsamen Bewegung, und ohne sich noch in eine neue, eine gültigere Form gefügt zu haben, war der Grund in Starre verfallen. Jetzt lag er da, noch immer aufgetürmt zu schwarzen Wellen, die sich selbst und alles lockere Gestein, das sie erfaßt hatten, in Richtung Meer schoben, und dennoch nicht vorwärtskamen, ein klägliches, ein bedauernswertes Bild stillgestellter und nutzloser Dynamik. Aber vielleicht würde auch die Starre nur kurz währen, denn irgendwo, nicht weit von hier, brannten die Feuer noch immer.

Und wir versuchten, zu verstehen, wo wir waren. Am Ende. Am Anfang. Wozu riefst du mich auf dies Gefilde? Ist es die Hölle? Der Fieberwahn Carolas? Oder doch das Paradies?

Denn es erschienen anmutige Kreaturen der aus der Tiefe dämmernden Naturen, die zwischen Licht und Nächten des Himmels Abglanz sich erobern möchten, Tiere, zahm und traulich, friedlich frohlockend vor unseren Füßen.

Seitwärts schlichen geisterhafte Krebse, rote Scheren, gelbe Köpfe, es strichen um unsere Knöchel die Leguane mit fliehendem Kinn und geblähtem Hals, auf unseren Stiefeln Grashüpfer in Liebe umschlungen, vor unseren Augen Seehunde, Purzelbäume schlagend. Und um unsere Köpfe kreisten weite Schwingen. Pelikane, Fregattvögel. Sie warfen flüchtige Schatten in unsere Gesichter. Welch Wohltat der Flügelschlag und der Moment der plötzlichen Verdunklung.

Denn auch *über* uns brannten die Feuer, wir wußten nichts anzufangen mit diesem Licht, mit dieser schmerzhaften Kraft, die der Himmel über uns ausschüttete, so daß wir uns duckten, das Licht, so grausam, Stechen, Klagen, Carola, ach, dem Tode nah, auf diesem wackligen Stuhl auf der Terrasse am Wasser, es ist die Hölle, ich bin verloren, ich will hier weg, sie hatte sich entschieden.

Ihr Paradies war untergegangen. Es sei im Wald gewesen, stöhnte, wimmerte, klagte sie. Da hatte die Hölle begonnen. An dem Tag, als Freddy sich nachts über die eigene Schulter gerollt, und diese Bewegung von ihr weg gemacht hatte. Blödsinn, dachte ich, es war schon viel früher, sehr viel früher sogar, es war an dem Tag, als sie sich zum ersten Mal auf einen Sessel gesetzt hatte, damit die Welt sie umkreise, und das wiederum war noch lange bevor sie das Sitzen zu ihrem Beruf gemacht hatte. Aber das habe ich natürlich nicht gesagt. Und wir schwiegen jetzt ja ohnehin.

Also fing ich an zu summen, ein bißchen wie ein autistisches Kind, was hätte ich hier denn sonst tun sollen?!, ich habe schon überall gesummt, im Senegal, in Kambodscha, im Donez-Becken und auch am Amazonas, ich hätte auftreten können als internationale Summes-Größe, und hier auf Galapagos summte ich natürlich so, daß es Carola und Hilde nicht hörten, und nur mein Gaumen ein wenig vibrierte, es gibt ja nichts Schrecklicheres, als neben Leuten sitzen zu müssen, die vor sich hinsummen, man möchte eigentlich immer sofort einen Eimer kaltes Wasser über ihnen ausschütten, damit sie wieder zu sich kommen, wobei mir das in dieser Hitze angenehm gewesen wäre, ich summte also die Zueignung, eines der Orchesterlieder aus den Letzten Blättern von Richard Strauss mit dem Text eines ziemlich pathetischen Vormärz-Lyrikers, aber auch das Pathos ist eine schwankende Sache, to be pathetic ou être pathétique, jämmerlich oder salbungsvoll sein, auch das ist ortsabhängig, und ob wir hier auf Galapagos im Jammer-Gebiet weilten oder an einem Ort der Emphase, wußte ich nicht, als ich nun schon die spätromantischen Streicherklänge zu hören meinte, die langsam in meiner Hirnschale zerflossen, und ich vielleicht auch ein wenig mit dem Oberkörper vor und zurück wippte.

Ja, du weißt es, teure Seele,
daß ich fern von dir mich quäle,
Liebe macht die Herzen krank,
habe Dank!

Einst hielt ich, der Freiheit Zecher,
hoch den Amethysten-Becher

und du segnetest den Trank,
habe Dank!

Und beschwörst darin die Bösen,
bis ich, was ich nie gewesen,
heilig, heilig ans Herz dir sank,
habe Dank!

Aber während die Synkopen am Anfang der Liedzeilen mein Herz für Bruchteile von Sekunden stocken ließen, ich nun ganz aufgehört hatte zu summen, dafür die Stimme von Elisabeth Schwarzkopf immer hingebungsvoller und inbrünstiger wurde, und sich endlich der volle Orchesterklang über mich ergoß, sah ich wieder, wie die Seehunde Purzelbäume schlugen, Seehunde, wollt ihr etwa ewig leben!? Aber vielleicht hatten sie recht, sich über mich lustig zu machen, denn ich konnte ja lange summen und singen und notfalls auch singen lassen, ich gebe mich hin, ich gebe mich hin, aber meine Zueignung hatte keinen Adressaten.

FIEBER

Carolas Entscheidung für die Hölle war jedenfalls eine klare und respektable Sache und eine durchaus logische Schlußfolgerung aus diesem merkwürdigen Tag und dieser seltsamen Umgebung, feel free to choose your own hell, Carolas ganz persönliche Hölle inmitten dieses Paradieses traulicher Tiere.

Sie glaubte zwar nicht an die Hölle und auch nicht an den Weltuntergang, aber sie glaubte an die Schuld von Freddy, und die war schlimm genug und außerordentlich realistisch im Gegensatz zu all dem surrealen Gekrabbele und Gekrieche, gepaart mit dem Gesummse vom Ende der Geschichte und dem gebremsten vulkanischen Geschiebe, wo bleibt Freddy überhaupt so lange, stöhnte Carola, ich bin krank, ich halte das nicht aus, was für eine dumme Idee, hierherzukommen, ich habe es ja gewußt.

Und Hilde nahm ihre Kopfbedeckung ab, so ein praktisches schmalkrempiges Hütchen aus beiger Popeline, zusammenrollbar und für Profi-Weltreisende ein unverzichtbares Accessoire, sie setzte es Carola auf, die aber zog es sofort wieder herunter, eine Ex-Königin mit einem Popeline-Hütchen, das ging entschieden zu weit, trotz Fieber und trotz Höllensonne, und schließlich lag das Problem letztlich sowieso woanders, bei Freddys Schuld an Carolas Krankheit, alles psychosomatisch, sagte sie, natürlich, was denn sonst, ja, ja, die Krankheit als Metapher, organische Krankheiten sind ja komplett aus der Mode gekommen, und an simples Schicksal oder gar an Himmelsstrafen glaubt nun schon gleich gar niemand mehr ober- oder unterhalb der amerikanischen Bibelgürtellinie, da kam ja praktisch nur noch Freddy als Täter in Frage, und zugegebenermaßen gähnte ich innerlich ein wenig, auch wenn das mitleidlos klingt, stimmt aber nicht, Carola tat mir leid, wirklich.

Diese triefenden Augen, dieser verzweifelte Blick, auch ich mußte einen solchen Blick oft genug gehabt haben, als ich wieder und wieder versucht hatte, dem Herrn Er in sein grünes und sein schwarzes Auge zu sehen, er hatte sich solche Augen gewünscht, und deshalb hatte ich mich bemüht, allerdings färbten sich jedes Mal beide blau, bevor sie ganz wegrutschten und nur noch leere Höhlen übrig blieben, aber ich konnte für Carola genausowenig tun wie Hilde mit ihrem Hütchen.

Denn zuständig für Carola war Freddy, und nicht nur das, er war verantwortlich, und zwar für alles, und zwar letztinstanzlich, denn wenn es keine Hölle und kein Paradies gibt, dann gibt es nur die Verantwortung auf Erden, und wenn es keinen Gott gibt, dann gibt es nur Freddy, an den man sich noch wenden kann, aber wie sollte sich Carola an ihn wenden, wo er gerade wieder einmal weg war, oh mein Gott, rief Carola, auch wenn sich Freddy im Moment um die Zimmer kümmerte, nebenan in diesem schäbigen kleinen Hotel, zu dem die Terrasse am Meer gehörte.

Aber da war Freddy ja schon wieder und zog Carola, die völlig entkräftet war und ohne weitere Hilfe wahrscheinlich bis zur nächsten Jahrtausendwende in diesem Höllenlicht geschmort hätte, etwas zu schwungvoll von ihrem Stuhl hoch, so daß sie beinahe miteinander umgekippt und wenigstens aus Gründen der Schwerkraft, wenn schon nicht wegen der Triebe, doch noch übereinander hergefallen wären, was Freddy mit einem Schritt rückwärts allerdings geschickt zu verhindern wußte und Carola mit einem dankbaren Blick quittierte. Dann schleppte Freddy sie, während Hilde und ich unentschlossen hinterherliefen, im Zickzack über die freundlichen Linien der Leguane hinweg in ihr gemeinsames Zimmer, dessen nackte Wände übersät waren von Salamandern.

Kaum fünf Minuten später lag Carola unter einer speckigen Decke und unter den schmalen Lichtstreifen, die die von Haus aus mitleidlose Sonne noch durch die geschlossenen Fensterläden auf die bedauernswerte Gestalt warf, in dem durchgelegenen Bett, Schweißperlen auf der Stirn, Kälte in den Gliedern.

Dort, so sagte Carola, hatte sie die Absicht, bereits lange vor Mitternacht vor sich hinzusterben, und zwar ohne Hilde und ohne mich, laßt mich einfach liegen, ich komme schon zurecht, nur wenn unsere Motoryacht mit den Rettungseinheiten in Form von Schwimmringen, deren sich Freddy hoffentlich noch einmal vergewissern würde, am Neujahrstag losführe, falls es überhaupt noch soweit kommen sollte, jetzt, wo auch der Meeresbiologe uns im Stich gelassen hatte, dann sollten wir Carola beim Anziehen und beim Zusammenpacken helfen.

Freddy jedoch hätte bleiben können und sollen, aber der schützte die dringende Notwendigkeit biologischer Besorgungen vor, was immer damit gemeint sein konnte, so daß Carola schließlich nur noch unter der teilnahmsvollen Beobachtung von siebenundsiebzig sanftmütigen Zimmersalamandern starb, deren Feuer im Laufe der Evolution erloschen war, wer weiß, wann, und wer weiß, warum, vielleicht hatten sich Sanftmut und Pflegebereitschaft als eine Vorstufe zu dem, was manche heute Liebe nennen, schon vor zweikommadreimillionen Jahren als vorteilhaft zur Aufzucht von Jungtieren und damit zur Erhaltung der Art erwiesen.

Oder es waren vor siebenhundert Jahren die Georgier mit ihren Flammenschwertern gekommen, Feuer zu Feuer, Asche zu Asche. Oder die Zimmersalamander waren vor vierzig Jahren umerzogen worden unter dem familienfreundlichen Vorsitzenden Mao, der auch nichts hielt von inneren Feuern, außer, wenn sie revolutionär waren, und hinsichtlich der Beherrschung der Naturgewalten viel gelernt hatte von seinem Freund, dem gegenüber Menschen, Tieren und Pflanzen stets gleichermaßen sanftmütigen Genossen Stalin, der hatte in der hintersten Ecke des Trinkerterritoriums bereits vor sechzig Jahren auch für Pflanzen Lager zur rasanten Beschleunigung der evolutionären Prozesse anlegen lassen, wobei sich dort allerdings sanftmütiger Sommerweizen durch Einsicht wieder in widerstandsfähigen Winterweizen verwandeln sollte, und zwar innerhalb einer einzigen Generation.

Denn auch die Idee der Evolution und diese ganze damit einhergehende schleimige Schneckentempohaftigkeit, bei der man auf jede Verbesserung immer erst mindestens zwei bis drei Millionen Jahre warten mußte, waren nur perfide Täuschungsmanöver der Bourgeoisie, und auch Carola selbst hatte ja den Prozeß der Evolution rasant beschleunigt, als sie vor fünfundzwanzig Jahren am späten Abend des 21. März mit einem Transparent in der Hand und mit einer Trillerpfeife im Mund durch die Straßen einer revolutionären norddeutschen Großstadt gezogen war. Die gesamte weibliche Avantgarde unter Führung der konsequentesten Theoretikerin der damaligen Zeit war ihr mit forschem Tritt vorausgeschritten, sie waren Hexen, und sie fürchteten sich vor nichts und niemandem mehr, als sie sich die dunklen Straßen zurückeroberten in dieser ersten Walpurgisnacht nach der Abschaffung Gottes.

Die Theoretikerin trug einen Besen, denn Theorie und Besen sollten nun endlich vereint werden, und

Carola hielt das Transparent, auf dem sie, weiß auf lila Grund, kurzfristige Kampfkraft für das gesamte weibliche und sofortige Sanftmut für das gesamte männliche Geschlecht forderte. Dafür wurde sie von der Theoretikerin, ihrer furchtlosen Vorkämpferin und nachmaligen Geliebten, zuerst stürmisch geküßt und dann leidenschaftlich geliebt, in dieser Nacht und dann in allen folgenden, welch ein Glück, welch ein menschheitsgeschichtlicher Fortschritt inmitten dieser feindlichen Männerwelt, sie lebten wild und gefährlich, und die Zukunft war weiblich, oder sie war gar nicht, und dann war Carola in die Nachtclubs gegangen und hatte, ach du liebes Klischee!, die Männer für ihre antiquierte Triebhaftigkeit bezahlen lassen, denn die Einführung der Geldwirtschaft ist der erste Schritt zur Zivilisation und so weiter und so weiter, ja, ja, ich höre ja schon auf damit.

Aber habe vielleicht ich Carola zuerst in die Arme der Theoretikerin und dann in den Edelpuff zum Anschaffen geschickt, bin ich etwa schuld an den klischeehaften 70er und 80er Jahren, oder an Stalin, oder an Mao, oder an den Seifenopern im Fernsehen, oder an allen sonstigen verblödeten Welt- und Lebensmodellen?! Eben, das will ich doch meinen. Und die Damen hatten sich in ihren Klischees ja auch bestens eingerichtet bis zu dem Tag, als Freddy Carola einfach geraubt hatte in jugendlichem Ungestüm. Sich rauben zu lassen, das war, historisch und ökonomisch gesehen, ein Rückschritt, Carola konnte ihn nicht erklären, und sie hatte sich geschämt. Aber in den darauffolgenden Jahren, als schließlich auch der räuberische Freddy durch Einsicht freiwillig im Sitzen zu pinkeln begonnen hatte, da hatte Carola gedacht, daß sich eine halbe Männergeneration später die Sanftmut nun schon endgültig durchgesetzt hatte.

Dem war ja dann, wie sich im Laufe der letzten Wochen und Monate herausgestellt hatte, offensichtlich leider doch nicht so, die Gewalttätigkeit, egal wie subtil sie daherkam, steckte allem, was männlich war, noch immer in den Genen, und vielleicht fürchtete sich Carola in ihrem Fieber deshalb auch vor den Zimmersalamandern, vielleicht konnten auch sie sich innerhalb einer halben Eintagsfliegengeneration zu widerstandsfähigen georgischen Winterdrachen zurückentwickeln.

Das jedoch war, zugegebenermaßen, nun wirklich pure Spekulation meinerseits, weil ich an diesem letzten oder ersten aller Nachmittage müde, so müde und mit Nägeln im Kopf wieder draußen auf der höllischen Terrasse saß. Zwischen den Geisterkrebsen und fieberfarbenen Leguanen.

Links die Evolution, rechts die Evolution, Darwinismus vorne, Darwinismus hinten, überall die Anpassungsleistung der Arten an eine feindliche Umwelt. Und ich, angepaßt, ausgemendelt, abgebrüht, dazwischen. Eine von vier verdienten Vertreterinnen und Vertretern der norddeutschen Zivilisation.

Meine Damen und Herren: So weit hatten wir es also gebracht.

Seit wir nicht mehr wußten, ob wir aus dem Paradies oder aus dem Trinkerterritorium kamen.

NEANDERTALER

Denn es ist noch nicht lange her, noch nicht einmal zweihundert Jahre, genauer gesagt war es im Jahre des Herrn 1814, da stob ein Kosakenheer über den Rhein, um Frankreich, unser liebes, unser geistreiches Frankreich zu überfallen, einer der Kosaken war abgehauen, desertiert, der feige Hund, ein häßlicher Mensch, gebogene Unterschenkel, gewölbte Stirn, wulstige Brauen, eine etwas höher als die andere, und dann war er im Neanderthal in eine Gletscherspalte gefallen, oder man hatte ihn hinuntergestürzt, auf jeden Fall war er betrunken gewesen, was sonst, und im Arm hatte er eine usbekische oder venezolanische Provinzschlampe gehalten, einige Jahrzehnte später hatte man ihn gefunden, das war im August 1856, es waren nur noch ein paar Knochen von ihm übrig, aber man war trotzdem empört über seine Häßlichkeit, durch die man ihn identifiziert hatte als einen aus dem Trinkerterritorium, und natürlich auch über seine Feigheit vor den durch Feinsinn verdorbenen Franzosen, unseren furchtbaren Feinden, aber so kleinlich wollen wir heute nicht mehr sein, denn es kam damals noch sehr viel schlimmer.

Jemand, um noch einmal genau zu sein: ein höchst gewissenhafter Anatom der Universität Bonn, der keinen Ekel und keine Empörung kannte, hatte nämlich plötzlich gesagt: der kommt gar nicht aus dem Trinkerterritorium!, der ist einer von uns! Die gebogenen Unterschenkel, die gewölbte Stirn, so sind doch wir, das ist der Homo sapiens sapiens, kein Trinker und kein Kosak von 1814, sondern ein weiser und verständiger Mensch wie wir.

Aber wir schauten, angeekelt, ungläubig, auf diese wulstigen Brauen, so sollen *wir* sein, so wie die häßlichen Trinker, die feigen Deserteure?!, Verwandte, Nachfahren, Ebenbilder eines affenartigen Kosaken, der gar kein Kosak war, sondern der berühmte Herr Neandertaler, mein Gott, hoffen wir, daß das nicht wahr ist, sollte es aber doch wahr sein, so laßt uns beten, daß es nicht bekannt wird!

Denn was sollte nun aus uns werden, wenn Eva nicht aus der Rippe von Salvatore Adamo geschaffen worden ist, und ich nicht aus der Denkerstirn des Herrn Er, oder der Herr Er aus meinen zarten Schreibmaschinenfingern, denn wer wen erschaffen hat, das ist ja noch gar nicht entschieden.

Bin ich sein Geschöpf?
Ist er mein Geschöpf?

Haben wir Gott erfunden oder er uns?

Und wer war überhaupt berechtigt, das festzulegen?

Aber festgestanden hatte noch genau einhundertdreiundvierzig Jahre vor diesem Silvesternachmittag, an dem ich mit schiefem Rücken auf der Insel zum Heiligen Kreuz auf der Terrasse saß, der wacklige Stuhl unter mir knirschte und ich die vorletzte Stufe der Verlorenheit erreicht hatte, daß wir überhaupt erschaffen worden waren, und zwar gleich als vollendete Geschöpfe, die vollendete Carola, die vollendete Hilde und ich, Riedle, der der Herr Er ihren Namen gegeben hatte, wir Menschen aus dem Buch, dem ersten, das es gab, wir literarischen Figuren von Anfang an, fertig gestaltet und versehen mit allen Adjektiven schon in der Bibel.

Und Freddy, der vollendete kleine Verführer, hatte dagestanden und einen Apfel in der Hand gehalten, den ihm der Herr Er zugespielt hatte, Er, und nur Er, wußte zu welchem Zweck, denn er hatte noch Pläne und Schicksale für uns vorgesehen, damals, vor einhundertdreiundvierzig Jahren, bevor der häßliche Herr Neandertaler die Schöpfungsgeschichte und unser Gottvertrauen gestört hatte, und wir nicht mehr wußten, wer wir waren, woher wir kamen, worauf wir hoffen durften, und wohin wir als nächstes flüchten sollten, wir rannten und rannten, und zwischendurch haben wir uns an jedem letzten Tag des Jahres vorgenommen, unser Leben endlich richtig zu machen und irgendeine Wahrheit und Wirklichkeit zu finden, und heute waren wir nun ausgerechnet auf Galapagos gelandet, stellen Sie sich dieses Stilleben vor, die Leguane und die Geisterkrebse und meinen gekrümmten Rücken auf dem wackligen Holzstuhl. Sehen Sie meine Umrisse? Sehen Sie das schwarze Gestein und das giftige Grün des Meeres im Hintergrund? Soll das vielleicht die Wahrheit und die Wirklichkeit sein?

Und gleich wird der Stuhl endgültig zusammenbrechen, so wie wir endgültig zusammengebrochen waren, als, drei Jahre nachdem uns der Herr Neandertaler erschienen war, also vor einhundertvierzig Jahren, auch noch Charles Darwin ankam, er war gerade zurück von den Galapagos-Inseln, wo ihm die Höllensonne Nägel in den Kopf getrieben hatte, und er schrieb über die Schnäbel von Finken und über die Entstehung der Arten, aber über uns nur einen einzigen Satz: Licht wird auch fallen auf die Entwicklung des Menschen.

Und daß wir uns, zumindest physisch, in den letzten hunderttausend Jahren eigentlich gar nicht mehr entwickelt hatten, kam dann leider auch bald heraus, aber dafür hatten wir ja seit über viertausend Jahren die großartigsten Zivilisationen, allerdings waren wir aus der gegenwärtig großartigsten von allen, falls sie in diesem Moment überhaupt noch existierte, soeben nach Galapagos entkommen, und auch ich fing an zu überlegen, ob Carola nicht recht hatte und wir überaus zivilisierten Kinder aus dem Trinkerterritorium nicht in unserem schönen Norddeutschland hätten bleiben sollen, um notfalls mit ihm unterzugehen.

An der Entwicklung des Menschen, speziell an der von Hilde, Carola, Freddy und mir, war, so befürchtete ich inzwischen, ohnehin nichts mehr zu korrigieren, wir waren, um ein großes Wort gelassen auszusprechen, eben Verlorene in unseren jeweiligen Gespinsten und damit fertig, und das Licht, das hier auf Galapagos auf uns fiel, war einfach völlig unerträglich.

SCHNÄBEL

Was also halfen da noch die Kosaken von 1814, die Schnäbel der Darwin-Finken und unsere mit Dollars bezahlte Revision der Evolution, auch die Entwicklung dieser Reise, soweit man in diesem Zusammenhang überhaupt noch von Entwicklung sprechen konnte, war unvermeidlich, ich hatte sie genauestens vor Augen, ab morgen würden wir, egal, ob die Welt untergegangen sein würde oder nicht, auf irgendeiner Motoryacht durch den Archipel pflügen, unter der Äquatorsonne kreuz und quer über den eiskalten Humboldtstrom.

Von allen Seiten wird sich das Schwarz der Lava ins Meer schieben, aber die mächtigen Oberhäupter der Seehundtruppen werden der Lava und auch den Fluchtbewegungen der Seehündinnen Einhalt gebieten, indem sie auf und ab schwimmen und sich alle paar Meter bedrohlich gen Eiland hin aufbäumen werden, hart am Rande werden die Blaufußtölpel mit aufgeplustertem Federkleid ihre Balztänze tanzen, und auf jeder der Inseln werden die Finken andere Schnäbel haben, und die der Vampir-Finken sind so spitz, daß sie damit das Blut anderer Vögel saugen können.

Wir werden das mit allem gebührlichen Interesse und, im Falle von Hilde, sogar mit letztmöglicher Begeisterung zur Kenntnis nehmen, bevor wir nach unseren täglichen Landausflügen unsere Schuhsohlen abwaschen werden, damit wir später auch nicht den allerwinzigsten Fremdkeimling in das benachbarte Ökosystem tragen. Dann werden wir wieder an Bord gehen, zurück zu Carola, die die Landausflüge boykottieren wird, weil es jetzt Wichtigeres gibt als Finkenschnäbel, Blaufußtölpel und heimtückische Fremdkeimlinge, und sie außerdem ja krank ist. Deshalb wohnt sie, es ist euch doch sicher recht, in der besten Kabine auf dem Oberdeck, während Freddy, Hilde und ich unten neben dem Motor einquartiert sind, und wir hören, wie wir uns mit Gestampfe voranarbeiten durch diesen giftig grünen Ozean, wir schwimmen durch die ungewisse Gegenwelt aus Zwielicht, Abgründen, gierigen Tentakeln und schreiend bunten Farben, alle sind da, ein schreckliches Getümmel, Delphine, Haie, Manta-Rochen, alle kalt, alle Egoisten, und diese schrecklichen, ausdruckslosen Augen.

Es gibt jedoch auch Heerscharen von Doktorfischen, denen wollen wir uns freilich nicht anvertrauen, deshalb hängen die Rettungsringe stets in unserer Sichtweite, und weil sie weiß, daß es trotzdem keine

Rettung gibt, macht Carola, kaum daß sie dazu gesundheitlich wieder in der Lage ist, Freddy schon morgens verzweifelte Vorwürfe, und abends zitiert sie ihn zum kollektiven Verhör, Freddy, kannst du mal bitte zu uns kommen, wir müssen mit dir reden.

Freddy läßt sich eine halbe Stunde Zeit, bis er antritt, doch dann sind es lange Nächte bei warmem Bier am festgeschraubten Tisch in der Passagier-Messe, unsere Ellbogen bohren sich in die Tischplatte, unsere Hände stützen die Köpfe, dabei schieben sich unter den Fingern die Wangen hinauf zu den Augen, und draußen an Deck tuschelt belustigt die Mannschaft, während der Himmel in Millionen Lichtfetzen zerreißt und über dem schwarzfunkelnden Wasserspiegel in nicht weiter Ferne Feuer sichtbar werden, deren Ursprung ungewiß ist. Was machen die denn da drinnen, wispert draußen der Schiffskoch mit verschmierten Hosen nahe am Ohr des Kapitäns, ach, sagt Freddy, nachdem er sich zu den grinsenden Männern hinausgestohlen hat, mujeres, ihr wißt doch, wer will die schon verstehen.

Dann geht er wieder hinein in die Passagier-Messe, was soll er bei einem Koch mit verschmierten Hosen, wer will den schon verstehen, und was hätten die beiden sich weiteres zu sagen. Drinnen schweigt Freddy und zuckt auf Carolas Anwürfe die schönen Schultern. Und am dritten Abend sitzt Hilde auf einem schmalen Stuhl am anderen Ende des langen Tisches und liest in einem wissenschaftlichen Werk. The Beak of the Finch. A Story of Evolution in Our Time.

Liest und saugt sich fest an den Buchstaben. Liest, um dieses Schauspiel nicht sehen zu müssen.

Freddy wird immer seifiger und Carola von Stunde zu Stunde elender, aber immerhin sitzt sie fest auf ihrem Platz im Leiden, sie wird ihn nie wieder verlassen, auch wenn sie bis zum Jüngsten Tag auf dieser Yacht über die Ozeane fahren muß, während Hilde nicht weiß, ob sie nicht beim nächsten harten Wellenschlag von diesem Stuhl herunterrutschen wird, und sie liest, weil es schon zu spät ist und alles ihr entgleitet.

Carola wird Freddy mit allem Pomp verstoßen, noch bevor er sie verlassen kann, und dann werden diese schönen Schultern auch aus Hildes Leben verschwinden, alles verloren, die Schultern, die Hände, die biologischen Diskussionen, der Soundso-Vogel und die Autobahn auf Stelzen, und der Rhododendron wird bleiben, wo er ist. Aber Hilde wird keinen Platz mehr finden im Kinderzimmer im Waldhäuschen, weil Carola nicht mehr zurück in den Freddy-Wald wird gehen wollen, es wird jetzt niemand mehr irgendwohin gehen wollen und können, nicht in den Wald, nicht an Deck unter den zerfetzten Himmel zu dem Koch mit den verschmierten Hosen, und auch in ihre Kabine kann Hilde sich nicht zurückziehen.

Denn dort sollte ihre vogelgesichtige Tochter liegen, es ist ja längst Schlafenszeit, und man darf sie nicht stören, aber sie ist nicht dort, sie hat sie im Stich gelassen, und niemand weiß, wer wen im Stich gelassen, wer Subjekt und wer Objekt in diesem Satz ist, sie oder sie, Hilde oder die Tochter, Sprache kann trügerisch sein, aber im Moment ist sie tröstlich.

Deshalb liest Hilde, liest, bis sie die Buchstaben nicht mehr unterscheiden kann, und später wälzt sie sich in der viel zu kleinen Kabine neben dem Motor mit schwerem Atem hin und her, während ihre Tochter in Kamerun schlaflos unter einem rotsamtenen Tuch im goldenen Käfig wartet, bis es Morgen wird und jemand das schwere Tuch über ihr wegzieht. Und morgens um sechs, wenn der erste rote Zipfel am Horizont erscheint, sitzt Hilde wieder auf dem Stuhl in der Passagier-Messe und versenkt sich in die Entwicklungsgeschichte der Vogelgesichter, bis Freddy endlich morgenmüde draußen auf dem Deck erscheint.

Sie ruft ihn zu sich, ich habe gelesen, sagt sie atemlos und mit fleckigem Gesicht, das jedoch heute eingerahmt ist von zwei bezaubernden Zöpfen aus Flachs, ich habe gelesen, daß die unterschiedlichen Schnäbel der Finken ihren Gesang beeinflussen und damit auch ihren Erfolg bei der Partnersuche, aber es nutzt ihnen nichts, wenn sie schön singen, die Weibchen suchen sich den aus, der am besten zu ihnen paßt, weil sie wissen, daß es für die Fortpflanzung am günstigsten ist, wenn sie sich für ein Männchen entscheiden, dessen Schnabel dem ihren ähnlich ist.

Aber Freddy, dem Hilde ähnlich werden möchte, noch bevor Carola aus ihrer Kabine kommt, jetzt, wo Hilde nicht mehr zurück kann ins Kinderzimmer im Wald, und auch ihr eigenes Kind nicht unten in der Kabine ist, Freddy also reibt sich müde die Augen und gähnt und weiß nicht, was er antworten soll an diesem frühen Morgen, und da steht auch schon Carola, sie hat Kopfschmerzen, das warme Bier und die Medikamente haben sich nicht miteinander vertragen, und auch ihr Darm ist in Unordnung geraten, wer weiß, wie es in der Küche des Kochs mit den verschmierten Hosen aussieht, aber setz dich doch zu mir, Hilde, was soll ich denn nun tun mit meinem Darm?

Gar nichts, zischt Hilde, die eine böse Tochter geworden ist, zu Carola hinüber, es ist genug, es ist genug, Schluß mit diesen Befindlichkeiten, den ganzen Tag Befindlichkeiten, ich bin hier wegen der Biologie, und Carola zischt zurück, ja, The Beak of the Finch, das haben wir schon gemerkt, du bist hier wegen deiner Befinchlichkeiten, was ist denn dran an deinen Schnäbeln, verschanzt dich hinter diesem dämlichen Buch, statt endlich zu akzeptieren, daß du deine Tochter verloren hast, und dich abzufinden mit deinem Schmerz, und dann steht sie auf und sagt, sie wird nicht frühstücken, und Freddy möchte ihr bitte Wasser in ihre Kabine bringen.

Aber Freddy bleibt sitzen und macht keinen Mucks, ich sehe ihn an, und in dieser Sekunde erscheint er mir als der wunderbarste Mann der Welt, noch wunderbarer als der Herr Er. Er gehorcht nicht den Regeln, und keine kann ihn fassen, lieber Freddy, du elendes Stück Seife, was wollen sie nur von dir, und was wollen sie von der Liebe, ich, ausgerechnet ich, Queen of Irony, würde mich fühlen wie Gretchen. Und da begann mein Herz zu rasen.

Ich sprang auf von meinem Stuhl auf der Terrasse am Meer, die Zigarettenpackung, die auf meinem Schoß gelegen hatte, fiel auf den Boden, es war jetzt halb vier Uhr nachmittags, ich hatte dagesessen wohl ein oder zwei Stunden mit offenen Schnürsenkeln an den Stiefeln, manchmal hatte ich das eine Bein über das andere geschlagen, manchmal hatte ich den Kopf etwas tiefer zwischen die Schultern gezogen, ich hatte fünf Zigaretten geraucht, die Kippen, weil ich sie nicht in dieses ökologische Paradies werfen wollte, zwischen das Cellophan und die Pappe der Packung gesteckt und aufs Meer gestarrt.

Auch ich hätte schon längst hinüber ins Zimmer gehen, mich vielleicht im Halbdunkel auf einem Bett ausstrecken oder meinen Rucksack öffnen, irgend etwas herausnehmen und auf den Boden legen, Unterhosen verstreuen, Zahnbürste und Taschenlampe plazieren können als Zeichen meiner Ankunft. Aber ich war hier sitzen geblieben wie damals auf der Terrasse im Wald, als ich nicht wußte wohin mit mir und meinen Taschen, und es waren Neandertaler erschienen, Salvatore Adamo und Charles Darwin persönlich. Ich war, noch bevor ich richtig auf Galapagos angekommen war, und ohne daß ich mich hatte noch weiter bewegen müssen, bei den Anfängen gelandet und dann plötzlich am Ende, morgen oder übermorgen oder in drei Tagen auf unserer Motoryacht, während ich, stillgestellt, angehalten fast wie die Lava unter mir, auf der Terrasse gesessen und geraucht und in meinem überhitzten Kopf ein Wort das andere ergeben hatte: Die Motoryacht hatte abgelegt, und ich hatte die Hitze von dieser Terrasse mitgenommen hinaus aufs Meer, dort hat die Äquatorsonne das Bier erwärmt, das Bier hatte Carolas Kopfschmerzen verursacht und die Kopfschmerzen ihre schlechte Laune, und folglich war Freddy bockig geworden, das war doch logisch, eine unvermeidliche Entwicklung innerhalb der Gesetzmäßigkeiten der Sprache und der Imagination, aber dann, und dann, ich weiß nicht, und dann, wie war es nur geschehen?

Mein Herz. Das war nicht logisch, es pochte in den Fingern und in den Zehen, ich schleuderte meine Stiefel von den Füßen und stand in Socken auf der schwarzen Lava, denn Freddy, den ich noch nie richtig angesehen und schon gar nicht erkannt hatte, Freddy also, Freddy, Freddy, ach dürft ich fassen und halten ihn und küssen ihn, so wie ich wollt, an seinen Küssen vergehen sollt! Ein aufgeschnappter Satz noch.

Und jetzt wußte ich nicht mehr weiter.

Darum also riefst du mich auf dies Gefilde? Damit ich nicht mehr weiter weiß und mich fühle wie Gretchen, und mir die Füße brennen, weil ich jenseits der Welt in Strümpfen auf Lava stehe und auf der Stelle trete wie die Blaufußtölpel beim Balztanz?

SCHILDKRÖTEN

Ich ging ein paar Schritte auf und ab, fischte dann mit den Füßen nach meinen Stiefeln, erst nach dem einen, dann nach dem anderen, sie lagen auf den Seiten, ich versuchte, sie aufzurichten mit meinen bestrumpften Zehen, erfolglos, so bückte ich mich dann doch und stellte die Stiefel nebeneinander vor mir auf, ein bißchen Ordnung konnte nichts schaden, wo mein Herz und mein Hirn in Unordnung waren, vielleicht auch nur wegen eines kleinen Sonnenstichs.

Die Unordnung würde jedenfalls nicht lange anhalten, das wußte ich genau, nicht jetzt und nicht auf der Yacht, ich, Gretchen mit den schwarzglänzenden Stiefeln, der der Busen bebt, aber doch höchstens nur für fünf Minuten, was würde sich aus diesem plötzlichen Gretchentum schon entwickeln können, morgen oder übermorgen, oder in drei Tagen.

Nichts, gar nichts, das ist des Landes nicht der Brauch, auch wenn uns unser Land schon lange abhanden gekommen ist, aber die Bräuche haben wir mitgenommen, sie werden selbst den Weltuntergang überdauern, und natürlich auch unseren Törn auf dieser Yacht, in unseren Bräuchen gibt es kein Gretchen, weil kein Mann eines bebenden Busens würdig ist und Freddy schon gar nicht, so wie der sich in letzter Zeit benommen hat, und du, du schlägst dich auch noch auf seine Seite, würde Carola schimpfen, eine Schweinerei ist das.

Über den Wellen klänge Donna Elviras Wutausbruch und Rachearie, und was, würde Hilde rufen, während sie hastig ihre Zöpfe lösen und dann die Haare mit schwindelerregendem Kopfschwung in den Nacken werfen würde, was verstehen Sie überhaupt von Biologie, von der Evolution und von den Schnäbeln der Finken, wenn ich das schon höre: an seinen Küssen vergehen sollt, aber doch nicht an denen von Freddy, und an Carola denken Sie wohl gar nicht und auch nicht an unser schönes Waldhäuschen, in das wir zurückkehren werden, jawohl, Carola und ich gemeinsam mit meiner liebreizenden Tochter, und Sie, Sie können von mir aus hierbleiben mit Freddy, der Sie sowieso gleich wieder verlassen wird wegen irgendeiner einheimischen Provinzschlampe. Im Waldhäuschen jedenfalls brauchen Sie sich nicht mehr blicken zu lassen, und so weiter, und so weiter, ach, wozu malte ich mir das überhaupt aus, es würde niemals so weit kommen, nichts, gar nichts konnte sich aus meinem Gretchentum entwickeln, ich wußte genau, wie die Sätze weitergehen und auch die Dinge, ich hatte ja schon wieder aufgehört zu stammeln, als ich die Schnürsenkel band auf der Terrasse, aber mein Herz noch immer in den Fingerspitzen pochte.

Nun gut, von mir aus waren das Ausflüchte, das unzeitgemäße Gretchentum, die Bräuche des Landes, die langweiligen Arien von Carola und die Tiraden von Hilde, Ausflüchte sind das, alles Ausflüchte, gib's zu, auch du denkst, daß kein Mann eines bebenden Busens würdig ist, geh in die Knie, knien tut dir gut, schreib, daß du schockiert bist, weil die Liebe immer schockierend ist, aber du wirst nichts tun und nichts schreiben, weil du noch längst nicht demütig genug bist. Und der Herr Er war ein Sack, ein Fisch, und er hatte recht, ich wußte, daß ich so tun würde, als hätte ich Freddy nicht gesehen.

Vielmehr würde ich meine Stiefel in Unschuld waschen nach jedem Landausflug, und wir würden weiter auf dem Meer herumdümpeln, in der Passagier-Messe sitzen, und über Täter und Opfer diskutieren, ein schönes Thema eigentlich, das Beziehungsthema schlechthin, aber irgendwann antwortet Freddy nicht mehr.

Dafür giften Carola und Hilde sich an, aber daran ist natürlich Freddy schuld, und eines Morgens tritt Carola in die Passagier-Messe, legt die Hand an die Stirn, und verkündet mit lauter Stimme, daß sie abreise, ja, ihr habt richtig gehört, ich habe es beschlossen, ich halte es nicht mehr aus, ich muß weg hier, ich reise ab, allerdings, wenn sie es sich genau überlege, dann sei das schwierig, so ganz alleine, ob Hilde, die sich mal bitte einen Augenblick mäßigen und aufhören könnte, die Augen zu verdrehen, und ob ich, ja auch du, stumme Herzogin und distanzierte Beobachterin, ob wir beide also wohl mit ihr kämen.

Hilde und ich zucken unschlüssig mit den Schultern, die nicht annähernd so schön sind wie die von Freddy, aber es braucht eine Bewegung des Körpers, wenn der Geist zögert, na ja, vielleicht würden wir mitkommen, weil auch uns die Motor-Yacht samt Insassen, festgeschraubten Tischen und lichtzerfetztem Nachthimmel längst auf die Nerven geht, aber wohin sollten wir Carola begleiten, zurück ins Waldhäuschen doch wohl nicht, und ob unsere wintergrauen Städte und unsere indischen Imbisse mit den beschlagenen Fensterscheiben noch existieren oder nicht vielmehr untergegangen sind, ist ebenfalls nicht klar, vielleicht sollten wir also besser hier bleiben und Freddy statt dessen abreisen, und damit hätte nicht Carola, sondern wir alle drei hätten Freddy verstoßen, aber Carola merkt rechtzeitig, daß Freddy zu verstoßen nicht unsere, sondern allein ihre Sache ist, deshalb sagt sie noch schnell: ich verstoße dich, ich verstoße dich, ich verstoße dich, damit die Rituale, irgendwelche beliebigen Rituale aus dem Jenseits unserer eigenen Geschichte und Religion, erfüllt sind, aber Hilde wirft ein, wie ungerecht das wäre, Freddy auszustoßen, und überdies auch unklug, ihn völlig unbeaufsichtigt fahren zu lassen, sie, Hilde, sollte ihn also womöglich begleiten, wohin auch immer, wohin er will, Freddy, wohin willst du gehen, nein, das fragt Hilde nicht, aber Carola antwortet trotzdem, daß das überhaupt nicht in Frage kommt, sie würde nicht ohne Hilde hier zurückbleiben, Hilde, du willst mich doch nicht auch noch verlassen!

Nun sprechen wir nicht mehr über Täter und Opfer, sondern darüber, wer wen verläßt, und wohin wir noch gehen könnten und mit wem.

Nirgendwohin. Mit niemandem.

Aber wir fahren und fahren, irgendwohin, mit irgendwem, es grinst und kichert der Koch mit den verschmierten Hosen, und der Kapitän scheißt ihn zusammen, er soll endlich aufhören zu grinsen und zu kichern.

Uns sind der Koch, sein Gekichere, sein Gegrinse und auch die Ermahnungen des Kapitäns egal, wir haben einander verlassen und können nicht weg, aber für einen Moment schweigen wir, aus Ratlosigkeit, aus Erschöpfung. So legen wir uns an Deck unter die Äquatorsonne, Handtücher mit roten und blauen Schildkrötenmotiven unter unseren Körpern, ein Hauch von Mallorca, dem locus amoenus für Arme, vielleicht sollten wir einfach alle hier auf unseren dreihundert Jahre alten Frottee-Schildkröten liegenbleiben.

Sie sind häßlich, die Schildkröten, wenn sie fressen, sind die Hälse wie Schlangen, gottlob zeigen sie diese Hälse nicht her auf unseren Handtüchern, sie zeigen sie nicht und sie paaren sich nicht, es sitzt auf einer dieser Inseln ein uralter Schildkröterich mit Namen Lonesome George, er findet keine Frauen von seiner Art, sie sind ausgestorben, er ist verlassen, von allen, von uns, die wir uns räkeln auf den Frotteschildkröten in der Sonne, was ist so schlecht an dieser Sonne?, wir könnten bleiben und alt werden auf Mallorca, aber Carola, das Opfer, liegt da wie gekreuzigt, die Arme nach beiden Seiten ausgebreitet auf diesem nun endlich doch noch schwankenden Kirchenschiff, wir fahren seit einer Ewigkeit, vielleicht sind wir schon alt, vielleicht ist es schon Karfreitag, vielleicht bald Ostersonntag, und tatsächlich: es ist wohl schon soweit, da kommt der Koch mit einer Kiste Eiern unter dem Arm, er stellt sie ab auf Deck, wir sehen es aus den Augenwinkeln.

Ob alles von vorne anfängt und alles neu wird am Ostertag?

Vom Eise befreit sind Strom und Bäche, im Tale grünet Hoffnungsglück, nein, nein, ich gehe nach der Stadt zurück. Aber die Stadt ist weit, wir werden sie nicht erreichen, nicht allein, nicht zu zweien, wer immer diese beiden sein mögen, wir werden sie nicht erreichen, weil die Eier in der Sonne stehen, sie stehen da, der Koch hat sie vergessen, aber am Abend, wenn wir längst unsere Schildkröten zusammengefaltet haben, und schon wieder zweifeln, ob wir wirklich für immer auf dieser Motor-Yacht bleiben wollen, da holt der Koch die Eier und bringt sie in die Küche.

Er steht in der Küche und wischt sich die Hände an den Hosen ab, wenn er ein Ei nach dem anderen aufschlägt, es wird ein köstliches Mal, ein festlicher Nachtisch, ein Schäumchen, ein süßes Nichts für Europäer, er würde es uns kichernd und grinsend servieren und auch dem Kapitän ein Schälchen bringen, wir würden endlich wieder munter werden und oh rufen und ah, welch wunderbarer Schaum, welch verführerisches Nichts, Gar-Nichts, das wären unsere letzten Worte, bevor wir nur noch scheißen und kotzen und weit weg, jenseits der schlierigen Schicht auf unseren Augen erst die Salmonellen-Inseln und dann uns selbst in unserem eigenen Urschleim versinken sehen würden.

So tauchten wir scheißend und kotzend, und damit ganz nebenbei noch eine kleine Reverenz an die zeitgenössische Literatur aus dem fernen Trinkerterritorium erweisend, endlich ein in seliger Selbstvergessenheit ins All der Natur, und das, das würde unsere einzige Entwicklung sein.

Das ist der Schnabel des Finken, this is the story of evolution in our time, und der Herr Er hätte sich zu Tode gelacht, wenn es nur einen Tod für ihn gegeben hätte.

Und er lachte, so laut, daß beinahe der gesamte Pazifik, der friedliche, in Aufruhr geraten wäre, und auf dem entfernten ecuadorianischen Festland, das weit östlich von hier und damit lange hinter unserer aktuellen Zeit zurücklag, vor lauter Aufruhr schließlich sogar fast die Revolution der Indios gesiegt hätte. Einflüsterungen von fremden Mächten, von ausländischen Agenten, hätte die gestürzte Regierung später gesagt. Aber auch dieser Aufruhr hätte natürlich nur beinahe stattgefunden, denn abgesehen davon, daß das Festland vielleicht nicht mehr existierte, verzichteten die fremden Mächte in Person des Herrn Er auf Einflüsterungen *solcher* Art, denn man war ja im Trinkerterritorium nicht mehr so für Revolutionen und froh darüber, daß die neueste, die bis gerade eben noch zeitgenössische Generation inzwischen dachte, der Vorname von Lenin, dem großen Umerzieher, sei nicht Wladimir, sondern Valentin gewesen, und also mäßigte sich der Herr Er, was die Indios, nicht aber, was meinen ganz persönlichen Valentinstag mit Freddy auf Galapagos betraf, der ebenfalls drohte nicht stattzufinden und hier, mitten im Winter und an Silvester, mindestens so aus der Zeit war wie die Matthäus-Passion mitten im Sommer im Waldhäuschen.

Die Stimme des Herr Er klang undeutlich. Als sich das Lachen gelegt hatte, hörte ich wieder nur das übliche Geflüster, und ich bezweifelte, daß er wirklich in der Nähe war, er war ja, wie immer, wenn man ihn brauchte, nicht gekommen, selbst am letzten Tag des Jahrtausends ließ er mich im Stich. Ich hätte ihn gern gesehen, in seinen Cordhosen von Günter Grass oder in seinem Regenmantel von Salvatore Adamo auf dem Plakat in der Metro von Paris, Cordhosen und Regenmäntel gehörten natürlich nicht nach Galapagos, das sah ich ein, andererseits: wer war überhaupt der Herr Er, jetzt, wo mein Herz noch immer so heftig schlug, daß ich nicht wußte, wohin mit meinen Körperteilen, mit den Händen, den Füßen in den Stiefeln, diesem komischen schiefen, diesem unter der Sonne geduckten Oberkörper auf der Terrasse.

Soeben hatte ich, am Ende einer langen Kette von Konjunktiven, Freddy gesehen für eine Sekunde, und der Herr Er hätte mir wirklich egal sein können, wer also war das schon, ich konnte mich gar nicht mehr richtig an ihn erinnern, wo sollte die Verbindung von Galapagos nach Südafrika oder zu den Georgiern in der Spelunke in London gewesen sein, das war doch nicht meine Wirklichkeit, das war doch gar nicht wahr, der Herr Er und sein Atem, der Herr Er, der so merkwürdig roch, dieses Rasierwasser aus dem Trinkerterritorium, fünfundneunzig Prozent Alkohol und ein paar ungeklärte Duftstoffe, alles längst verflogen, kein Geruch, kein Bild, und dennoch eine Stimme, die ich hörte, *seine* Stimme, wahrscheinlich.

Denn wer sonst hätte mich dazu auffordern können, jetzt systematisch vorzugehen.

Also was zitterst du, hörte ich ihn sagen, was bebt dir der Busen, wenn ihr schon Verlorene seid, dann ist es auch kein großer Verlust, wenn dieser Törn nicht stattfindet. Du hast genug auf der Stelle getanzt auf deiner Terrasse, nimm die Sache in die Hand, was hast du noch zu verlieren, ha, ha, Heimat hin, Familie hin, ein Liebhaber, der keiner werden soll, eine Evolution, die ihren Namen nicht verdient und ohnehin an ihr Ende gekommen ist, schlimmer als du es dir ausgemalt hast, kann es doch nicht kommen. Wladimir, Valentin, Silvester, bei allen Heiligen, carpe diem, fange einen Karpfen und nutze diesen letzten Tag und dein flatterndes Herz.

Natürlich weiß ich, daß du keine Lust hast, an mich zu denken, deinen exquisiten Hilfs-Nietzsche mit den Nudeln im Schnurrbart, doch, doch, keine Widerrede, ich weiß genau, daß du mir schon längst heimlich Nudeln in den Schnurrbart geklebt hast, weil du mich nicht erträgst und mich lächerlich machen willst, na und, wenn du's brauchst, darüber kann ich hinwegsehen, von mir aus, tu also so, als dächtest du nicht an mich, und auch nicht daran, daß die wirkliche Welt ruhig untergehen kann, weil es ohnehin nur auf die Ästhetik ankommt, vergiß das alles, ich habe wirklich nichts dagegen, wobei sich der Herr Er nun kräftig, und soll ich sagen nervös?, räusperte. Aber, fuhr er fort mit brüchigem Krächzen, wenn du also nicht an mich denkst, was ich mir kaum vorstellen kann, dann denk wenigstens an deinen alten Schelling, diesen romantischen Schelm, was die Geschichte nicht zu schaffen vermag, vermag die Kunst, und was nicht schön *ist,* kann immer noch schön *gemacht* werden, wer wüßte das besser als du, du hast das jahrelang geübt im Auftrag deiner Bank. Also, genug der kunstlosen Worte, darf ich nun endlich bitten, frisch voran zu einem besseren Ende. Denn wenn du's nicht tust, tu ich's.

Es war jetzt kurz vor sechzehn Uhr, acht Stunden bevor das Jahrtausend endlich auch hier zu Ende gehen sollte. Drüben am vorletzten Kiosk des Pazifiks in einer Bretterbude jenseits der Straße vor dem Hotel hing das Time-Magazine mit der kleinen Abschiedsnummer zum Tage: Einstein, Person of the Century. Auf dem Titel war das Photo eines alten Mannes mit gesträubten Haaren in einem ärmlichen Pullover, unser trauriger Vater, den zu lieben wir uns entschlossen, obwohl wir ihn nicht verstanden hatten, und er auch nicht uns, aber so hört endlich zu, hatte er gesagt in seiner unverkennbar schwäbischen Diktion, es ist doch ganz einfach: Früher hat man geglaubt, wenn alle Dinge aus der Welt verschwinden, so bleiben noch Raum und Zeit übrig, nach der Relativitätstheorie verschwinden aber Zeit und Raum mit den Dingen. Dann hatte er irgendwann dagelegen mit geplatzter Bauchschlagader, ein wissenschaftlicher Weltstar, ein erbärmlicher Wurm, ein hilfloser Vater, der sein *Kind* in Zeit und Raum der geschlossenen Anstalt hat verschwinden lassen, während er seinen eigenen Raum und seine eigene Zeit nicht zusammenbrachte, er lag da, innerlich verblutend noch vor der Zeit und vor seinem Jahrhundert, das dann ebenfalls platzte und innerlich verblutete, und die Kinder im Nichts verlorengingen.

Ein letztes Mal drehte ich mich um auf meiner Terrasse, sah die Seehunde, sah die Kormorane, sah die Leguane. Vielleicht war gleich alles weg. Die Zeit, der Raum und mit ihnen die Dinge, die letzten Menschen, die traulichen Tiere.

Und all die Weltformeln, nach denen jeder von uns immer gesucht hatte, ohnehin.

Übrig war dann nur die Stimme des Herrn Er. Und seine fahrlässigen Vorschläge.

FÜNF

V

GOLD

Aber egal, wer mir das eingeflüstert hat. Am Tag, als die Welt wieder einmal zu blöd gewesen war, um unterzugehen, aber wie hätte ich das damals ahnen können auf meiner exterritorialen Terrasse, da hatte ich endlich begriffen. Jawohol! Ich hatte begrihiffen! Das hatte aber auch gedauert! Also Schluß.

Schluß jetzt mit all dem Gesummse und Geschwurbel. Denn neben der Zeit, dem Raum, den Dingen und der allgemeinen und besonderen Relativität und ihrer Theorie mußte ich Hilde loswerden.

Und Carola.

Und das ganze Elend sowieso.

Die Paradiese, die zu Höllen geworden sind.

Die Zuflüchte, die wir nicht mehr finden werden, weil wir nicht mehr eins werden können mit der Welt.

Das Schöne, das Wahre, das Gute, das sich nicht mehr vereinigen wird zu einer harmonischen Familie und schon gar nicht zu einer Person.

Die Evolution und ihre Speerspitze, die Evolution und ihre zerfressenen Kinder.

Den Rhododendron und seine traurigen Töchter.

Die fixen Ideen und den Terrorismus aller Art, der den leeren Platz Gottes besetzt.

Unser trügerisches Wissen, unsere verkommene Weisheit, all das verblaßte Gold der alten Kronen, das wir zu Kugeln geformt haben, um uns damit zu erschießen.

Das Wort, das nie mehr Mensch, Fleisch, Haut, Schweiß werden wird.

Unsere globalisierten Seelen, die im Leeren hängen, weil die Fliehkräfte sie aus unseren Körpern hinausgeschleudert haben. Und so weiter und so weiter ...

Eine Chance, eine winzige Chance hatte es noch gegeben an diesem Nachmittag des 31. Dezember 1999. Daß sich unsere innere Katastrophe durch die äußere Katastrophe erledigte. Wer wollte schon mit all diesem Zeug ein neues Jahrtausend anfangen?

Weg damit!

Nur Freddy sollte noch bleiben für einen Moment.

So sprang ich auf von dem Stühlchen auf meiner Terrasse, schnürte die Stiefel, schnürte mein Herz und brachte die Geschichte zu Ende. Mit Anstand, versteht sich.

Sie erinnern sich doch noch?! Erinnern Sie sich an mein Obdachlosenasyl in der Stadt? Erinnern Sie sich an mein Schlafzimmer?, die schläft ja immer, wenn es interessant wird, und zum Schreiben ist sie ohnehin zu feige, hatte der Herr Er zu Hilde gesagt in der Nacht im Wald, und jetzt schläft sie schon wieder, tu ich nicht!, na gut, tu ich vielleicht schon, aber was soll in diesem Schlafzimmer schon interessant sein, so habe ich heute nacht wahrscheinlich doch ein wenig geschlafen, als das Notebook neben meinem Bett lag, als der Mond wieder vor meinem Dachfenster stand, als die Lichter aus dem Fernseher am Fußende des Bettes durch meine geschlossenen Lider schienen. Aber geschrieben habe ich wohl! Du wirst schon sehen!

Nacht, Studierzimmer, nasser Schneefall kurz vor Ostern, März 2000. Leg los, hatte der Herr Er einst gesagt, bevor er wieder verschwunden war, und bevor auch alles andere aus meiner Welt verschwand, weil er es so gewollt hatte, auch wenn es für den kompletten Untergang dann doch wieder nicht gereicht hatte.

Lassen Sie mich nicht allein! Wenigstens Sie nicht! Bleiben Sie noch einen Moment! Warten Sie mit mir auf den Herrn Er. Denn morgen wird er kommen, das ist gewiß, ich muß nur noch zu Ende schreiben, was damals passiert ist.

Habe nun, ach, sie doch alle erledigt. An diesem unmöglichen Nachmittag auf Galapagos.

Als ich die alten Kronen vergessen wollte und statt dessen aus all dem Müll neues Gold zu machen versuchte und aus den Wörtern vielleicht doch noch Menschen. Einen wenigstens, einen einzigen. Mich.

Entwickelt eure Andersheit. Dann wird die nächste Stimme, die ihr hört, eure eigene sein.

Hab ich allerdings auch nur gehört. Von einem Spezialisten für Gefängnisse.

SECHS

VI

SEEGURKEN

Carola konnte ich an diesem Nachmittag des 31. Dezember 1999 vorerst liegenlassen, wo sie war. Dafür sollte ich, hatte der Herr Er gesagt, erst einmal Hilde, die Gute, die Aufrechte, der ich doch eigentlich nichts Böses gewollt hatte, beobachten, wie sie mit ihrem Hütchen und den schweren Stiefeln im Sauseschritt über die Insel rannte, was sie mir bestimmt sehr übel genommen hätte, weil sie das für indiskret gehalten hätte und Diskretion das größte Heiligtum der Offenherzigen und Aufrichtigen ist, aber vielleicht sollte ich sie sogar nicht nur beobachten, sondern auch ein wenig lenken.

Wie soll ich das denn machen, rief ich, Hilde hat einen enormen Vorsprung, ich kann sie nicht einmal mehr sehen, so schnell komme ich ihr nicht hinterher!

Schon wieder Ausflüchte, sagte der Herr Er, sei nicht so kleinlich, du beobachtest sie doch schon die ganze Zeit, ob du willst oder nicht, und wenn du sie beschreibst, dann lenkst du sie sowieso, und das ist doch alles ganz harmlos.

Nun gut, dann rennt Hilde eben dort, und sie rannte also ganz harmlos über die Insel, mitten durch das Naturerbe der Menschheit, aber was hieß eigentlich Natur und was Kultur, dieses ständige Durcheinander, diese permanenten Verwechslungen, und was meinte dann also Menschheit, was Erbe, aber der Herr Er sagte, ich sollte Hilde mit diesen Spitzfindigkeiten verschonen, das sind nicht Hildes Fragen, sondern deine, und übrigens dachte ich, dieses ganze Gesummse, dieses ewige Gedifferenziere ginge dir auf die Nerven.

Da hatte der Herr Er allerdings recht. Aber so schnell konnte ich dann doch nicht heraus aus meiner eigenen Wortmühle.

Jedenfalls ließ ich Hilde also einfach rennen, als wäre der Teufel hinter ihr hergewesen, die kurze Teerstraße an der Küste entlang, vorbei an einem kleinen Denkmal, auf dessen Sockel nicht etwa Darwin oder ein anderer Denker, Forscher oder Freiheitskämpfer stand, sondern der Held der hiesigen Naturschützer, ein totenstarrer Blaufußtölpel aus grün verfärbter Bronze, dessen Züge denen der vogelgesichtigen Prinzessin aus Kamerun glichen, so daß Hilde einen Moment überrascht innehielt, bevor sie weiterrannte.

Jetzt lagen, wenn ich es richtig erkennen konnte, rechts die Grundstücke mit den niedrigen Häusern der Kolonisatoren, sie hatten zehntausend Riesenschildkröten getötet und vertilgt, Señor Jesus Maria, der gierige Gringo aus Guayaquil, war einst gleich nach den Seefahrern als einer der ersten nach Galapagos gekommen und später auch Herr Stratenwert aus Hamburg und Frau Pöppelmann aus Neumünster. Auch diese beiden hatten wegen der Riesenschildkröten zuerst Eiweißvergiftungen gehabt, sich aber bald wieder erholt, dann blitzsaubere Vorgärten auf dem regungslosen Vulkangrund angelegt und Zitronenbäume und Holsteiner Kühe hineingestellt, und dann kamen noch weitere gierige Gringos, es kamen noch mehr norddeutsche Nomaden, es kamen Flüchtlinge vor dem Faschismus und auch Asylsuchende vor dem Atomkrieg, und jeder von ihnen hatte seine Gründe gehabt, sich hier niederzulassen. In der Hölle, die ein Paradies war, oder umgekehrt.

Aber sie alle waren Eindringlinge, ich wußte, daß Hilde das ganz genau wußte, schlimmer als der Rhododendron auf der Waldlichtung, und nicht viel besser als der Atomkrieg und der Faschismus, wobei letzterer natürlich ganz unvergleichlich war, weshalb sich jede Analogie verbat, auch das wußte Hilde wohl, auch wenn der Herr Er schon wieder protestierte, weil ich aufhören sollte mit diesen Dingen.

Trotzdem mußte ich Hilde noch sagen lassen, das war ich ihr schuldig, daß diese Eindringlinge letztlich Vernichter und Zerstörer waren mit ihren Zerstörer-Zitronen und ihren Killer-Kühen, nie und nimmer, sagte Hilde, gehörten diese Menschen, Tiere und Pflanzen hierher, vielmehr verschmutzten sie den genetischen Pool, und das war ein Verbrechen gegen das Gleichgewicht der Natur, Hilde hatte diese Fragen mit

Freddy oft genug diskutiert, und sie waren derselben Meinung gewesen, oder etwa nicht? Auch wenn Hilde, anders als Freddy, dann wieder Mitleid hatte, nicht gerade mit den Pflanzen, aber immerhin mit diesen armen Lebewesen, die fern der Heimat überdauern mußten, welch ein Unglück. Aber dennoch: ein Glück, daß diese Eindringlinge sich hier festgesetzt hatten, denn so war die Insel zum Heiligen Kreuz die einzige im gesamten Archipel, die ansatzweise zivilisiert war, und sie verfügte sogar über eine Apotheke, der Hilde jetzt entgegenstrebte anläßlich des selbstangekündigten Todes von Carola, die im Umkreis von tausend Kilometern apothekentechnisch keinen günstigeren Ort hätte finden können, um vor sich hinzusterben.

Die Apotheke war allerdings ziemlich schlecht ausgestattet, das stellte Hilde schon mit einem Blick aus der Ferne fest, denn die Tür stand offen, und dahinter waren lauter fast leere Regale zu sehen, aber den Eingang ließ ich in meiner soeben gewonnenen Allmacht von Trauben von ledergesichtigen rumänischen Seegurkensuchern belagern, anscheinend, dachte Hilde, waren hier alle gleichzeitig krank, vermutlich alles psychosomatisch, wer den Seegurkensuchern wohl etwas angetan hatte?, doch nicht etwa Freddy, oder waren sie gar nicht krank, sondern vielmehr so gesund, daß sie es nicht mehr aushielten, weil sie zu viele verbotene Seegurken für sich selbst abgezweigt hatten? Sicher hatten sie sich die zuckenden, roten bis bläulichen wurstartigen Wulste selbst einverleibt, statt sie konspirativ und für höchste Summen an ihre japanischen

Auftraggeber zu verschieben, die mit dieser extrem niedrig entwickelten Spezies, Gesundheit, beziehungsweise Seegurke als Metapher, ihre durch Überentwicklung verlorengegangene Potenz erst wiederzuerlangen und dann ins Unermeßliche zu steigern suchten.

Jetzt standen die Seegurkensucher weinend vor der Apotheke, obwohl man in der gesamten Menschheitsgeschichte noch niemals Seegurkensucher weinend vor der Apotheke gesehen hatte. Aber es gab auf Galapagos weder genügend venezolanische Schlampen mit Mutterboden in der Möse noch kalte Duschen, und so winselten die Seegurkensucher im Chor nach Beruhigungsmitteln, auch wenn in dieser abseitigen Apotheke keine vorrätig waren, und als Hilde sich den Seegurkensuchern näherte, gerieten sie vollkommen aus dem Häuschen, und ihre Blicke wurden noch fiebriger als zuvor, weil sie plötzlich dachten, daß sie sich vielleicht doch nicht beruhigen wollten, und einige von ihnen hatten sehr große Hände, die sie Hilde entgegenstreckten.

Da zuckte ein Zögern durch Hildes Körper, denn schönere und kräftigere Hände hatte sie selten gesehen, die Hände des Heiligen Geistes waren nichts dagegen und die von Freddy sowieso nicht, auch wenn die Adern auf dessen Handrücken bei jeder Bewegung pulsierten, aber jetzt sah Hilde die Adern der rumänischen Piraten, sie waren dick wie Seile. Aber nein, aber nein, sie mußte sich fassen, denn fiebrig waren nicht nur die Blicke der Seegurkensucher, sondern auch die Augen von Carola dort in dem schäbigen Hotel, die hiesigen Feuerameisen, die Carola noch gar nicht bemerkt hatte, wohl aber Hilde mit ihrem Kennerinnenblick, und selbst die trügerischen Zimmersalamander würden die fiebernde Carola auffressen, so wie die Norddeutschen die Riesenschildkröten aufgefressen hatten, und also riß sich Hilde mutig zusammen, schob, lassen Sie mich durch, ich bin Ärztin und dies ist ein Notfall!, die gierigen und verlockenden Piratenhände zur Seite, baute sich mit ihrer ganzen Körpergröße vor dem kleinen, zahnlosen Apotheker auf, bis der nach einigem Gestikulieren von Hildes Seite endlich verstand, was sie wollte, sich bückte und Hildes Wunsch mit einem Griff in eine Schublade unter dem Ladentisch überraschenderweise auch erfüllen konnte.

Dann eilte Hilde unter dem noch einmal anschwellenden Geschluchze und Gejohle der Seegurkensucher davon, noch immer sicheren Schrittes über die Teerstraße, unter der die Lavawellen sich ganz langsam und unbemerkt wieder in Richtung Meer zu schieben begannen, zurück zum Monument ihrer Tochter, wo sie anhielt.

Unter dem Arm trug Hilde einen Tropf für Carola. Er sollte die Kranke in den nächsten Stunden intravenös versorgen. Mit Kochsalzlösung und mit allem, was sie sonst noch so brauchte, denn Hilde, die Seherin, die Heilige, schien das zu wissen, und auch der Herr Er war mit der Anschaffung eines Tropfes und übrigens auch mit der schieren Existenz der Seegurkensucher fürs erste zufrieden, denn daraus ließe sich durchaus noch etwas machen.

KÜHE

Jetzt kam erst noch Freddy an die Reihe. Freddy, den ich gerade zum ersten Mal gesehen hatte.

Auch er ging an diesem Nachmittag ohne Schatten, kurz nachdem die fiebernde Carola im Hotelzimmer mit Entsetzen bemerkt hatte, daß sich eines seiner bisher grünen Augen schwarz gefärbt hatte, auf dem Weg zu seinen angekündigten biologischen Besorgungen über die Teerstraße, vorbei an den Vorgärten mit den Zitronen und den Kühen. Die Zitronen sahen saftig aus und die schwarz-bunten Kühe so gesund, daß es eine Freude war, und jetzt mußte Freddy, das wollte ich so, an all die Steaks denken, die er im vergangenen Sommer im Wald nicht gegessen hatte, und auch an Hilde und an die abgedrehten Gespräche mit ihr, die sie Diskussionen nannte, und er grinste, weil er wußte, wie empört Hilde über die Zitronen und die Kühe auf Galapagos sein würde.

Eindringlinge, Verbrecher, würde sie wahrscheinlich sagen, nun ja, dieses Spiel, fand Freddy, der in meinen Augen ein anderer geworden war, war bisher wirklich lustig gewesen. Hilde, die Gute, hatte ihn immer so fröhlich angelacht, und als sie beim Baumarkt angerufen hatte wegen des Mietbaggers zur Beseitigung des Rhododendrons, da war sie aufgeblüht wie, na wie?, keine Ahnung, wie ein Rhododendron im Frühjahr vielleicht, oder was es sonst noch so an abgegriffenen Metaphern im Zusammenhang mit Aufblühen gibt, aber Freddy war schließlich, obwohl ganz und gar nicht schweigsam, kein Mann der verfeinerten Formulierung, ich hatte ihm sogar einmal angeboten, ihm eine kleine Liste von Adjektiven mit positiver Bedeutung zusammenzustellen, die er anstatt seiner Lieblingswörter *prima* und *toll* hätte verwenden können.

Und auch für diesen Nachmittag auf der Insel zum Heiligen Kreuz lieh ich ihm ein paar von meinen Worten, und vor allem von meinen Wünschen.

Woher sollte ich wissen, was wirklich passiert ist, nachdem Freddy aus dem Hotel verschwunden war, ich weiß ja auch nichts von Hilde und ihren Seegurkensuchern, aber es wäre schon gut, wenn Hilde Seegurkensucher gesehen hätte, eine Frage der Gerechtigkeit, sagte der Herr Er, denn Hilde kann nicht ewig nur ihrer Tochter nachweinen und ansonsten immun gegen alles bleiben, das hatte selbst Carola mit ihrem Psychoanalytikerinnenblick richtig erkannt, weshalb Hilde nun endlich geholfen werden würde. Aber hier muß ich noch um einen Moment Geduld bitten. Denn nun war ja Freddy dran. Weil es auch mit ihm so nicht hatte weitergehen können.

Er war völlig verschwunden gewesen hinter all diesen Bildern vom Guten und vom Bösen, vom Richtigen und vom Falschen. Aber jetzt, jetzt schlenderte er also endlich mit einem schwarzen und mit einem grünen Auge an den Kühen und an den Zitronen vorbei und amüsierte sich darüber, wie Hilde damals wegen der geplanten gemeinsamen Aktion mit dem Bagger, sagen wir einfach: aufgeblüht, und richtig glücklich gewesen war, ach, und dann hätte Freddy ihr gerne auch noch den Baggerführer Freddybald gegeben, und auch Carola hätte das gefallen, wenn er ordentlich zugepackt und schwitzend und mit angespannten Muskeln den Rhododendron samt Wurzelwerk ausgerissen hätte, aber so weit hatte er das Spiel schon damals nicht treiben wollen. Als Hilde den Bagger endlich organisiert hatte und er zur Abholung beim Baumarkt bereitstand, hatte Freddy behauptet, es sei nun die falsche Jahreszeit für eine solche ökologische Maßnahme.

Denn was konnte der arme Rhododendron für die Wünsche der Damen, sollte er doch auf der Lichtung bleiben, bei aller Sympathie für Hilde, aber man mußte nicht aus jedem Gedankenspiel gleich eine Tat machen, und aus diesem schon gar nicht, und die ganze Sache mit dem Deutschen Wald und welche Pflanzen und Tiere dort hingehörten beziehungsweise zu verschwinden hatten, war natürlich kompletter Unsinn gewesen.

Nicht daß Freddy etwas gegen Bagger und Kettensägen hatte, im Gegenteil, aber er hatte das nur so gesagt, um Hilde zu provozieren und um ihr mit dieser kleinen Provokation eine Freude zu machen, ein bißchen so wie der Herr Er mich mit seinen Provokationen immer wieder aufgemuntert und vergnügt hat. Leider hatte Hilde sie allzu ernst genommen, und vielleicht nehme auch ich die Provokationen des Herrn Er zu ernst, oh weh, ich darf darüber gar nicht nachdenken, also schnell zurück zu Hilde und zu Freddy, der fand, daß er nichts dafür konnte, wenn Hilde jedes bescheuerte Glaubensbekenntnis gleich zu ihrer Sache machte, auch wenn er wußte, daß sie ihn sofort umbringen würde, wenn sie jemals erführe, daß das nur ein Spiel war, du Scheißkerl, belogen hast du mich also, die ganze Zeit, du hast keine Werte, nichts ist dir heilig, nichts nimmst du ernst, mich nicht, Carola nicht, und auch nicht deine Biologie, oder so ähnlich.

Dabei nahm er die Biologie durchaus ernst, aber eben nicht so, wie Hilde dachte. Der Evolution ist es nämlich völlig egal, wie und weshalb eine Pflanzen- oder Tierart irgendwohin gerät, Seefahrerziegen auf Galapagos, exotisches Buschwerk im deutschen Wald, na und, dann entwickelt sich daraus eben etwas Neues, um so besser, prima, toll, das ist doch spannend, wer wollte das vorhersagen, wer wollte das steuern. Vielleicht würde die norddeutsche Tiefebene im Frühjahr bald aussehen wie die Berge in Bhutan, ein einziges wunderbar lila blühendes Meer aus Rhododendron, und dann würden in Norddeutschland alle Buddhisten werden, so what, wer weiß, wofür das gut ist, dann würden sich die Leute wenigstens endlich entspannen und den Dingen ihren Lauf lassen.

Gerade für Hilde wäre das sicher gut und erst recht für Carola, die Freddy nicht mehr anfassen konnte, weil alles an ihr hart geworden war, die Haut, die Lippen, die Ohrläppchen, aber an Carola mochte er jetzt eigentlich nicht denken, auch wenn sie krank war, erkrankt an ihren merkwürdigen Vorstellungen, schwachsinnigen Erwartungen und präzisen Planungen, er hatte sie ins Bett gelegt, sie zugedeckt, sie hatte ihn ein wenig beschimpft, dann hatte er ihr mehrere Flaschen Wasser bereitgestellt und sie ermahnt, so viel wie möglich zu trinken.

Dann hatte er einfach weggehen, sie alleine lassen, und nicht nur sie, sondern auch Hilde verraten müssen. Und ich war froh, daß Freddy nach all den voreiligen Vermutungen und verfrühten Unterstellungen von Carola jetzt endlich wirklich ein Verräter war, wenn auch nur ein kleiner.

KREATUR

Freddy, der kleine Verräter, erzählt mir, nicht jetzt, vielleicht irgendwann später an diesem letzten Tag, aber womöglich auch schon gleich, denn die Feinheiten von Zeit und Raum sind in diesem Zusammenhang wirklich nicht wichtig, sie verschwinden mit den Dingen und mit den Personen, deshalb möchte ich mich damit nicht aufhalten und nur soviel sagen, daß dies Freddy-Zeit und Freddy-Raum ist und ich jetzt dort bin und schreibe, wo er ist, Freddy also erzählt mir eine Geschichte, weil ich ihn frage, was er an der Biologie findet. An den Darwin-Finken. An den Vögeln.

Und er vergißt sofort den ersten Teil von dem, was ich gesagt habe, die Biologie, die Darwin-Finken, und mit ihnen die gesamte naturwissenschaftliche Leitkultur, für die das Leben nichts als ein Schaltkreis ist, er hört nur, daß ich von Vögeln spreche.

Die Vögel, sagt er, was ist das für eine komische Frage, es ist nichts mit den Vögeln. Sie sind eben schön. Der Eisvogel zum Beispiel. Er fliegt vorbei, das freut mich. Fertig. Ich kann ihn ja nur ganz kurz sehen. Gerade noch ein bißchen von dem grün-blauen Gefieder. Aber er fliegt vorbei, weil er es mir schenkt. Das sind irgendwie diese geschenkten Momente, was soll ich sagen. Hast du schon einmal einen Eisvogel gesehen? Federn wie aus Metall. Und doch leichter und zarter als alles andere auf der Welt.

Oder stell dir vor, ich trete vor die Tür. Nachts, im Waldhäuschen. Um zu pinkeln. Da fliegt ein Uhu, und ich denke, ich spinne. Ich habe schon ewig keinen Uhu mehr gesehen. Der Uhu hat einen wahnsinnigen Ruf, der trägt kilometerweit mit dem Wind. Wonach ruft er? Nach Frauen. Das ist doch toll, stell dir das bitte vor! Und wie weit dieser Ruf trägt! Der Schrei der Kreatur. Das beeindruckt mich. Es waren diese merkwürdigen aufgeregten Internet-Zeiten, und ich saß da und habe den ganzen Tag Suchwörter eingegeben. Erinnerst du dich an den Schwarzwälder Schinken? Und nachts plötzlich dieser geschenkte Moment.

Dann ist der Uhu wieder weg. Auch gut. Alle Tiere werden profan, wenn sie gleich verfügbar sind. Eigentlich sind diese Darwin-Finken und diese Schildkröten und diese Leguane und diese Seehunde langweilig. Aber der Eisvogel und der Uhu. Was ist mit ihnen? Ich weiß es wirklich nicht. Du würdest das vielleicht einen existentiellen Moment nennen. Lach nicht! Verstehst du nicht, was ich meine? Ich meine den Moment, in dem es um nichts geht. Der einen in die Kindheit zurückversetzt. Das, was nicht kulturell gefiltert und hinter tausend Theorien, Systemen, Sprachregelungen verschwunden ist. Du lachst ja doch!

Nein, wirklich, ich lache nicht, sage ich. Ich weine. Aber so, daß Freddy es nicht merkt.

DORNEN

Ich stehe auf dieser Insel zum Heiligen Kreuz mit hängenden Armen. Wie Gretel Adorno vor dem Hexenhaus damals am Abend im Wald, bevor die Vögel vorbeiflogen, die niemand sah außer Freddy, auch Hilde nicht, weil sie immer nur auf den Soundso-Vogel wartete, den einen, den außergewöhnlichen, den ökologisch Wertvollen, bei dessen Erscheinen jedes Autobahnprojekt zum Scheitern verurteilt wäre, und so hatte sie auch nicht gesehen, wie ihre vogelgesichtige Tochter vorbeiflog.

Wieder sind meine Arme so schwer, daß sie mich fast auf den Boden ziehen. Aber jetzt legt Freddy den seinen um meine Schultern. Eine einfache Geste. Eine zaghafte Annäherung. Und ein fliegender Kuß wie aus Metall.

Die erste Berührung. Der erste Kuß in dieser Geschichte. Der erste Kuß überhaupt. Ein Geschenk.

Ich weiß nicht, ob wir in die Knie gehen. Ich weiß nicht, was geschieht.

Wir liegen in den brennenden Dornen. Ich sehe in Freddys grünes und in sein schwarzes Auge. Seine Augen sind so nah, daß ihre Farben verschwimmen. Grün-schwarzer Nebel. Noch eine winzige Bewegung. Der Geruch von Freddys Schweiß. Die Feuchtigkeit auf den Armen, auf der Brust. Die gesträubten Härchen. Seine Lippen auf meinen. Diese übermächtigen Hände. Ein Fremder. Ein Rumäne. Einer aus dem Trinkerterritorium. Ein Verführer. Ein Verräter. Carola hat es gewußt und hat ihn festzuhalten versucht, damit er sich nicht mehr bewegen sollte. Aber ich, ich traue mich nicht einmal, meine Hände, die noch immer fast zu Fäusten geballt sind, zu öffnen, um ihn zu berühren.

Seine Lippen. Meine Lippen. Seine Hände. Meine Hände. Klare Sache, immer noch?

Vielleicht dauert es Stunden, vielleicht nur ein paar Minuten, wie könnte ich das jetzt noch wissen, aber endlich vergesse ich mein und sein, und auch an Carola will ich nicht mehr denken, ja, es ist ein Verrat, ein Geschenk, ein Verrat, Carola, wir verraten unseren Eigensinn und den gebührenden Abstand zwischen uns heiligen Individuen, den Raum zwischen unseren Lippen und zwischen den Häuten, alles ist Verlust, ist Gewalt, und ich fürchte mich.

Berührungen sind schrecklich und der Abschied vom Schrecken ist der Beginn des Lebens. Noch sitzt der Schrecken überall.

Bei jeder Bewegung schmerzen die Dornen. Ein schneller Reiz an der Oberfläche. Ein kindisches Pieken. Ein junger Schmerz. Macht nichts. Auch ihn habe ich schon wieder vergessen. Was sind schon Dornen.

Der Schmerz unter Freddys Händen ist langsamer, älter. Mit welchem Ernst, mit welcher Feierlichkeit er heraufzieht aus den Eingeweiden, wo doch schon immer Ordnung herrscht, wo es keine Berührung gibt. Wie er sich ausbreitet. Freddys Hand auf meinem Gesicht. Eine riesige Hand, eine pulsierende Fläche, die die Augen, die Lippen, die Nase bedeckt, der Druck der Finger auf der Stirn, an den Schläfen, auf den Wangen.

Wie kann ein Mensch das erlauben! Wie kann ein Mensch das aushalten! Warum nur bin ich in den Wald gegangen? Warum bin ich nach Galapagos gefahren? Warum habe ich so lange auf der Terrasse gesessen? Warum hat ein Wort das andere ergeben, die Sätze sind einfach immer weitergegangen, ich konnte nichts dagegen machen, die Hitze, die Yacht, das Bier, Carolas Kopfschmerzen, ihre schlechte Laune, Freddy, der bockig wurde, und ich, die ich ihn plötzlich erkannte, mein Herz, Freddy, wie konnte das passieren? Mir, ausgerechnet, mir.

Ich schüttele den Kopf, ich ziehe ihn weg. Der Kopf in den Dornen, die pieken. Aber es ist nicht der junge, der kindliche, sondern der alte Schmerz, es ist ernst, und ich weiß nicht genau, wie wir ernste Menschen wurden. Vielleicht war es am Tag, als wir unsere Väter verlassen haben, am Tag, als wir von ihnen allein gelassen wurden. Aber der Rhododendron, der auf der Lichtung wuchs und wuchs, wir terroristischen Töchter, unsere sterbenden Väter: Jahre ist das her, alles weg, auf Wiedersehen.

Freddy ist da in den Dornen. Und der Schmerz ist so langsam wie der Atem, der die Glieder durchzieht, jetzt, da sich die Atemlosigkeit allmählich verabschiedet. Und mit der Atemlosigkeit verschwindet die Sprache und auch die letzte Rettung. Dann kommt das Brennen tief unter der Haut. Und die Muskeln glühen und auch die Knochen und in der Hitze werden sie weich.

Freddy, was soll ich sagen. Es ist nichts mit Freddy. Es ist eben schön.

Als Freddy mir die Kühle seines Schattens schenkt. Als er Gretchen die Stiefel und die Strümpfe auszieht. Als wir spät erwachen. Als ich an seinen Küssen vergehen wollt. Als unsere Leben zusammenbrechen. Als wir zerfallen, zu Atomen zerstäuben. Als wir uns wieder und wieder zu ganz neuen Ordnungen zusammensetzen. Siebzehn Trillionen Atome von ihm. Siebzehn Trillionen Atome von mir. So bekomme auch ich schöne Schultern.

Während wir hoch über den Dornen schweben, sagt Freddy nicht Riedle zu mir, sondern gibt mir einen neuen Namen: Wölfle, und ich beiße ihm vorsichtig in das Fleisch seiner Schulter, so daß sich seine Haut leicht rötet: Zerfleische nicht dich, zerfleische lieber mich. Aber Freddy hat das nicht gesagt. Es ist nicht nötig. Es ist nicht möglich. Wenn wir zerfallen, können wir nicht sprechen. Ich höre Freddy atmen. Und in unserem Atem, der nun wieder schneller geht, ist nur noch Stammeln und Gurren und Brummen und Jauchzen und Heulen und irgendein heller Klang, der unendlich weit trägt.

Und ein Schreckensschrei. Er löst sich zum Abschied für immer.

Unaufhörlich zittern und zerfallen wir, unaufhörlich dehnen wir uns aus zu Licht. Zum Sonnenlicht des Äquators. Zum Dämmerlicht des norddeutschen Waldes. So ist der Tod, wir leuchten ihm entgegen. Aber heute sind wir unsterblich.

Und ich, ich brauche nicht mehr zu wissen, wie die Sätze weitergehen und alles andere, weil ich und die Queen of Irony in diesem geschenkten Moment nicht mehr da sind. Es geht um nichts mehr, und dennoch gibt alles Sinn. Soviel Sinn, daß sich niemand mehr darin auskennen kann. Was also, sagt der riesige Georgier in London, ist der Sinn des Lebens? Ja, der Sinn des Lebens, sagt Er. Und ich kann nicht sehen, ob Freddy lächelt. Ob er lacht. So wie ich lache.

Lache, lache, lache durch den ganzen Archipel.

Bis wir allmählich die Stille begrüßen. Sie senkt sich zu uns hernieder, all die vermischten Atome ruhen. Am besten für die nächsten tausend Jahre. Die ohne uns vergehen sollen.

Man wird uns in diesem Jahrtausend ohnehin nicht mehr haben wollen. Oder etwa doch? Einerlei. Es ist einfach schön. Ohne Zeit und ohne Raum und ohne die Gesetze der Welt. Und es ist wahr. Und es ist gut.

Irgendwo weit weg von hier mag aus Freddy, dem kleinen Verräter, nun ein etwas größerer geworden sein, weshalb der Herr Er ein wenig eifersüchtig ist, aber ich will nicht hören, wie er flucht, während die steinernen Päpste im Petersdom noch immer streng lächeln. Ich will auch nicht sehen, wie die fiebernde Carola sich ahnungsvoll hin und her wälzt in ihrem Bett, oder wie Hilde sich ein vorletztes Mal grundsätzlich empört, weil wir, der Verräter und die Verräterin, die Verführerin und der Verführer, gegen sämtliche nur denkbaren Gesetze von Biologismus über Moralismus bis Katastrophismus inklusive des Guten Geschmacks verstoßen, auch wenn Hilde nicht wissen kann und niemals erfahren wird, was passiert in der siebzehnten Primzahlnacht, im dreihundertdreizehnten Morgengrauen, am Nachmittag eines Fauns. Aber vielleicht weiß sie es ja doch und fürchtet sich nur noch davor, so wie ich mich gefürchtet habe. Wir werden sehen. Später. Ganz sicher jedoch ist mir egal, daß der Vorsitzende Mao weint, weil dies das endgültige Ende unserer sozialistischen Kleinfamilie ist, aber solche Ironien wollte ich mir ab jetzt ebenfalls ersparen, Entschuldigung, ich nehme das zurück. Die Liebe und die Ironie passen nicht zusammen. Ironie zerstört die Leidenschaft. Ironie ist die Lust der ewigen Beobachter. Eine starke Droge. Aber wie könnte ein Mensch auch nur eine einzige Sekunde ironisch lieben?

Also verzeiht mir, ihr alle, über die ich gesprochen habe mit Ironie, und auch ich verzeihe Euch, allen, die mir ferne sind, und allen, die mir nah stehen, außer natürlich dem Vorsitzenden Mao, der ganz ohne Ironie der allerletzte Scheißkerl ist, aber ich weiß nicht, ob ihr auch mir verzeiht. In Demut und Reue bekenne ich.

Und deshalb, und um der Nähe und um der Liebe und um der Demut willen, wünschte ich mir, als unsere tausend Jahre nach einem bläulichen Flügelschlag vergangen sind, daß Freddy noch ein wenig bliebe.

Ein paar Berührungen noch, ein paar Küsse. Der Schrecken ist vorüber, aber ich möchte noch nicht zurückkehren von ihm zu mir, vom Atem zur Sprache. Es ist eben schön. Was soll ich sagen. Ich müßte mir noch viel mehr Worte leihen von Freddy.

Aber Freddy, zerkratzt, zerbissen, blutig wie ich, nimmt seine Glieder, nimmt seine Kleider, nimmt seine Wünsche, nimmt seinen Atem, nimmt seine Worte: geht.

Steht auf, geht über die flüssig gewordene Lava hinein ins Land, ganz kurz noch sehe ich seinen Rücken, geht, ohne sich noch einmal verabschiedet zu haben. In die Fremde, ins Trinkerterritorium, zu den Rumänen, zu den Georgiern, zu den Vögeln, zu den Wölfinnen, ins Innere der Erde, ich weiß es nicht.

Noch einmal rufe ich ihn. Laß mir doch wenigstens eine Zigarette hier. Als wäre Freddy zuständig für Zigaretten. Aber er antwortet nicht mehr, und er kann mich wohl auch schon nicht mehr hören.

So muß ich ihn wohl gehen lassen, in Gottes Namen. Geh nur, geh. Hilde hat recht gehabt, Freddy würde gleich wieder verschwinden, wenn auch nicht wegen einer einheimischen Provinzschlampe. Vielleicht muß ich ja wissen, wie es ist, jemanden gehen zu lassen. Vielleicht ist das noch wichtiger als mein Wunsch, daß Freddy bei mir bliebe. Ach Blödsinn, ich möchte, daß er bleibt. Auf eine Zigarette nur.

Warum dreht er sich nicht um?

Warum sollte er bei mir bleiben?

Also gibt es doch noch eine Aufgabe, die schwierigste aller möglichen Übungen.

Freddy geht weg, alles ist verloren, so weit habe ich es also gebracht. Ich, ohne Stiefel mitten in den Dornen, flauer Magen, Herzschlag bis zum Hals. Und in diesem Augenblick verschwinden auch noch die weich gewordenen Knochen aus meinem Leib, und ich kann mich nicht mehr bewegen. Liege da in den Dornen wie ein altes verschwitztes, versengtes, überall eingerissenes Handtuch aus Haut. Was soll ich jetzt tun?

Ein Stück Haut unter dem Himmel. Vielleicht beruhigt sich mein Herzschlag wieder. Bald wird mein Magen besänftigt sein. Und die Haut? Freddy hat sie gestreichelt, geküßt, gebissen, der kühle Schatten, den er auf diese Haut gelegt hat, und seine Atome, die sie durchdrungen haben.

Es ist mir diese Haut ja geschenkt worden. Ich muß sie pflegen. Ich muß sie schützen, auch wenn ich die Knochen verloren habe.

Wahrscheinlich ist sogar auch das gut, alles ist gut.

Knochen sind eigentlich auch gut. Sie haben mich bis hierher getragen. Doch man braucht sie nicht immer, und man muß sich auch nicht immer bewegen. Ich habe mich genug bewegt in den letzten Jahren.

Jetzt aber, nach der siebzehnten Primzahlnacht, nach dem dreihundertdreizehnten Morgengrauen, nach dem Nachmittag eines Fauns, jetzt bewegt sich die Erde.

Und Elisabeth Schwarzkopf singt.
Ja, du weißt es, teure Seele,
daß ich fern von dir mich quäle,
Liebe macht die Herzen krank,
habe Dank!
Einst hielt ich, der Freiheit Zecher,
hoch den Amethysten-Becher
und du segnetest den Trank,
habe Dank!
Und beschwörst darin die Bösen,
bis ich, was ich nie gewesen,
heilig, heilig ans Herz dir sank,
habe Dank!

Ein richtig schöner Schluß also des Liedes von Freddy. Mir wird ganz heiß und kalt und sogar wieder ein wenig übel, diesmal vor lauter Scham.

Kitsch ist schlimmer als der Teufel. Und ich habe mit dem Herrn Er einen Pakt geschlossen gegen Küsse und gegen alles Kitschige.

Ja. Schon. Also noch ein Verrat. Aber es ist Zeit dafür. Der Herr Er wird es verschmerzen, er ist ja gar nicht so. Und auch die Übelkeit wird wohl wieder vergehen.

KRAKE

Hilde. Fast hätte ich sie vergessen mit ihrem Tropf für Carola unter dem Arm. Hilde auf dem Rückweg von der Apotheke.

Daß ich sie dorthin gelenkt hatte, oder waren es die Einflüsterungen des Herrn Er?, verwundert mich inzwischen schon wieder ein wenig. Leute lenken zu wollen ist ja eigentlich blödsinnig und ganz sicher nicht besonders demütig. Andererseits wird jeder immer irgendwie gelenkt, das haben wir bloß vergessen, oder wollen es zumindest nicht mehr wahrhaben, also warum nicht zur Abwechslung einmal von mir, abgesehen davon, daß ich nun schon damit angefangen hatte.

Ich war wohl eine ganze Weile abwesend gewesen, die Vernunft hatte geschlafen und Ungeheuerliches geboren, aber jetzt mußte ich die nächsten Schritte vorbereiten. Das Ende von Hilde. Das Ende von Carola.

Zugegeben, ich war jetzt ohne große Leidenschaft. Eine enorme Mattigkeit hatte sich meiner bemächtigt, und mir war, als hätte ich keine Knochen im Leib gehabt. Angenehm, durchaus. Ich hätte diese Mattigkeit gerne noch eine Weile genossen. Außerdem hatte ich schrecklichen Hunger, den ganzen Tag hatte ich nichts gegessen als ein paar Dornen und die Erdnüsse im Flugzeug am Morgen, und von dem in der Hitze des Nachmittags auf der Terrasse herbeigedachten Nachtisch des Kochs auf der Yacht, morgen, übermorgen oder in drei Tagen, durfte man wohl absehen. Aber es war nun nicht mehr die Zeit für Mattigkeiten, und die für Mahlzeiten war noch nicht gekommen. Zuerst mußte auch diese Sache zu Ende gebracht werden.

Eigentlich schade, daß ich Hilde verlassen mußte, oder sie mich, daß ich sie jedenfalls loszuwerden gezwungen war, denn so war es beschlossen, so war es bestimmt, schade, schade. Wo mir jetzt Galapagos, der heutige Tag, der gestrige, und alle Tage davor, Quito, Guayaquil, Amsterdam, unsere Hütte im Wald, der vergangene Sommer, wo mir das ganze Leben, die Jugend, und von mir aus sogar die unaufgearbeitete Kindheit inklusive pränataler Traumata, liebe Carola, im mildesten Abendlicht erschienen, und auch Hilde, samt Tropf, einen sanften Schatten warf.

Es war doch ganz schön mit Hilde im Wald, als wir auf Tannennadeln gebettet und eine Familie waren. Denn auch Carola, unsere gute Mutter, war immer so freundlich, nicht nur Hilde, sondern auch mich hat sie aufgenommen fast wie eine verspätete Tochter und mir manchmal morgens Kaffee ans Bett gebracht aus lauter Verständnis für mich und meine Schmerzen, ein scharfer Duft, ein Versprechen für den Tag und für die Zukunft, und vielleicht hätte Carola auch mich heilen können im Lauf der nächsten zwanzig, dreißig Jahre, an 270 sommerlichen Wochenenden auf dem Liegestuhl, wo ich mich allmählich selbst erkannt hätte, auch ohne zuvor Mörderin geworden sein zu müssen.

Und Freddy. Freddy. Was soll ich noch sagen über Freddy? Wir hätten Holz hacken können mit entblößten Schultern, wir beide, zusammen, im nächsten Sommer, es wäre ein wunderbarer Sommer geworden, ich sehe Freddy, wie er ausholt mit der Axt, er ist noch immer da, und er wird niemals wieder weggehen aus dem Wald und niemanden verlassen, nicht Carola, nicht Hilde, nicht mich, dafür sorgt Carola durch Liebe und Verständnis, während Freddy, geliebt und verstanden, uns bis in alle Ewigkeit beschützt gegen die Rumänen und das ganze wüste Leben, und außer ihm sehen wir keinen anderen Mann auch nur an, geschweige denn, daß wir einen gelten ließen, und den Herrn Er vergesse ich selbstverständlich endgültig.

Schon wegen des Schutzes, den Freddy uns angedeihen läßt, hat Hilde nachts einen ruhigen Schlaf und tagsüber exzellente Laune, morgens erklärt sie mir das Gute, mittags entwickeln wir Strategien zur Rettung, nicht aber zur Veränderung der Welt, Rettung ohne Veränderung ist eine hohe Kunst, wir müssen vorsichtig sein, aber eine, eine einzige Veränderung wird es geben, denn eines Nachmittags bietet mir Hilde wider alle Erwartungen das Du an, und abends kocht sie Gemüsecurry ohne den geringsten Zweifel darüber, ob sie schon wieder an der Reihe ist oder nicht. Ich habe diese Gemüsecurrys immer gerne gegessen, und ihr Duft aus 94 verschiedenen Gerüchen genügt, um den Atem der Welt im Wald zu spüren.

Früher oder später ereilt auch mich dann wieder irgendein Auftrag, nichts Schönes mehr, aber etwas Internationales, das ich, ohne mich zu bewegen, unter der Woche in der Stadt und am Wochenende im Wald am Computer erledigen kann, falls wir nicht ohnehin alle unsere städtischen Wohnungen aufgeben und ganz hinausziehen in das Häuschen, vielleicht übernehme ich die Einsatzkoordination der Ärzte ohne Grenzen, Hilde kann da sicher etwas für mich tun, und anschließend ich für sie und für das Wohl der Menschheit, endlich. Oder notfalls kann ich einsteigen in Freddys Schwarzwälder Schinken-Busineß, eine Start-up-Firma in der Jagdhütte des toten Philanthropen, muß ja nicht immer Garage sein, warum eigentlich nicht, alles kann interessant werden, wenn man sich nur intensiv genug damit beschäftigt, und wer sagt, daß wir nicht langsam, ganz langsam hätten altern und bis ans Ende unserer Tage ein wundervolles, ruhiges Leben voller Geborgenheit hätten führen können. Stille Tage der Kommune in unserer zärtlichen Höhle, established Berlin, Mai 1968, 2., revidierte und verbesserte Auflage (abzüglich Weltrevolution und Orgasmusschwierigkeiten), Norddeutschland, Frühsommer

2000. Und am Samstagvormittag fällt ein lauer Regen auf die Waldlichtung.

Wir hätten doch auf die Motoryacht steigen sollen, morgen, am 1. Januar des Jahres 2000, egal, ob die Welt jenseits unseres Archipels untergegangen gewesen wäre oder nicht.

Ob nicht noch alles gut geworden wäre?

Allein: Zu spät.

Was mich soeben erfaßt hatte, nennt man wohl Wehmut. Das unzeitgemäßeste aller Gefühle. Es kommt immer erst, wenn alles zu spät ist. Und mir nichts, dir nichts zieht die Wehmut wie ein alter Krake aus einer zärtlichen Höhle in der Tiefe des Meeres einen zurück in die längst von selbst falsch *gewordene* und von niemandem falsch *gemachte* Geschichte. Der Krake legt einem die Arme um die Schultern, dann um den Hals, und dann taucht man ein ins warme Wasser eines tropischen Ozeans voller Erinnerungen, wie wunderbar, wie herrlich, und plötzlich ist man ertrunken und tot. Ein schöner Tod immerhin.

Aber warum sollte ich ihn sterben ausgerechnet in den Gewässern von Galapagos, das Meer der Melancholie mag vorgeben, warm zu sein, aber der Humboldtstrom ist eiskalt, und der Tod darin nicht besonders angenehm.

Natürlich hätte ich aus präventiver Wehmut am nächsten Tag auf die Yacht steigen können, ein himmlischer Törn, alle versöhnen sich, keine Verhöre, keine verzweifelten Finkenschnäbel, keine hinterhältigen Fremdkeimlinge, kein Koch mit verschmierten Hosen und auch kein infamer Nachtisch, der uns in unserem eigenen Urschleim hätte versinken lassen. Dafür bringt Freddy Carola ohne die leiseste Aufforderung von früh bis spät immer wieder Wasser in die Kabine, legt ihr unaufhörlich Strickjacken um die Schultern und Decken auf die Knie selbst bei der größten Hitze, und im Falle eines Landgangs bindet er ihr die Schuhe zu, damit sie sich nicht bücken muß, während er über die Schulter lächelt und mit Hilde, die hinter ihm steht, die charmantesten Scherze macht, so daß sie laut auflacht, ihr mächtiger Körper sich schüttelt und die Haare ihr ins Gesicht fallen. Und ich sehe zu wie immer, und meine Lust ist die der Beobachtung und der Ironie, aber sie ist nicht störend für die Harmonie, und Böhmen liegt an diesem Meer, aber ich glaube den Meeren nicht mehr.

Erster Januar, zweiter Januar, dritter Januar, immer wieder derselbe Januar.

Aber am siebten Tag falle ich, statt abzuwarten, bis wir im Urschleim oder in der zärtlichen Höhle versinken, aus lauter Ungeduld und Verzweiflung in den Pazifik, den friedlichen, hinein in diesen eiskalten Humboldtstrom, warum nur?, wieso?, ist sie gestolpert, ist sie gestoßen worden, hat sie sich selbst hinuntergestürzt?, Hilde und Carola an der Reling mit entsetzten Gesichtern, Freddy reißt sich das Hemd vom Leib, bereit, hinter mir herzuspringen, und noch ehe sie mich auch nur mit Schwimmringen bewerfen könnten, bin ich ertrunken, erstickt, erfroren im heuchlerischen Meer der Melancholie, in der Heimtücke der Harmonie, und dann wäre ich das erste Opfer statt das letzte in unserem gemeinsamen Todesarten-Projekt, bei dem es nur darauf ankommt, *daß* wir untergehen, nicht aber *worin.*

Sehen Sie also, Frau Hildegard: Ich kann nicht anders, es muß sein, mir bleibt nichts übrig, als Sie und Carola, denn über Freddy kann und will ich nichts mehr sagen, als also Sie beide zu beseitigen.

Und ich begann, Abendlicht und sanfte Schatten hin oder her, mit der Beseitigung von Hilde, indem ich mich ihr näherte dort unter dem Bronzemonument für den ewigen Blaufußtölpel, wohin ich sie gelenkt hatte mit ihrem Tropf, und wo ich sie nicht einfach stehen lassen konnte, während Carola noch immer mehr oder weniger reglos in ihrem Bett drüben in dem schäbigen Hotel lag und auch in dieser Angelegenheit etwas geschehen mußte.

Ich weiß nicht, ob Hilde mir fern gewesen war oder nah, doch, bestimmt, jetzt glaubte ich, daß wir uns näher gewesen waren, als wir beide wußten, wir hatten dieselben Dinge gesehen, gehört und gegessen, und wer weiß, was wir beide erfahren und daraus geschlossen hatten, von mir aus konnte sie morgen auf die Yacht steigen mit irgendeiner Carola, irgendeinem Freddy und mit irgendeiner Person, die so sprach und aussah wie ich, von mir aus konnte etwas Unangebrachtes, wie der amerikanische Präsident sagen würde, something not appropriate wie mit Monica Lewinski geschehen, so daß Hildes Schwester nicht mehr mit mir reden und Carolas Bruder die Straßenseite wechseln würde, alles war unangebracht, selbst wenn wir die kommenden Jahre in Harmonie verbringen würden, aber jetzt, jetzt werde ich mich an Hildes Stelle setzen, und sie an meine, this is not appropriate, denn dann wird sie verschwinden, sie wird beseitigt werden, aber vielleicht auch ich, dieses Risiko mußte ich eingehen, Mädels, nehmt einfach die Hände vom Lenkrad, hatte Freddy einmal gesagt, irgendwie werdet ihr schon ankommen, und wenn nicht, dann landet ihr im Graben, na und, no risk, no fun, dann werdet ihr sehen, was geschieht, aber ich hatte die Hände am Lenkrad, ich lenkte Hilde, meine Hilde, die mir so ähnlich in der Entfernung war und jetzt die meine wurde, aus dieser Nähe am Monument für den Blaufußtölpel.

So erlauben Sie mir bitte ein paar letzte gemeinsame Worte, liebe Frau Hildegard, teure Freundin, ungewisse Verwandte, Heldin des Amazonas, aller zentralafrikanischer Flughäfen und sämtlicher New Yorker Stadtteile, Pionierin der Völkerverständigung, Köchin der einfachen Speisen, Mutter Ihrer vogelgesichtigen Tochter, an die ich immer geglaubt habe, und nun meine ich, Ihre Tochter sogar gesehen zu haben, als sie vorbeiflog mit stahlblauen Federn, so wie Sie wahrscheinlich den Herrn Er in seinem Pfauenanzug gesehen haben eines Nachts in Ihrem Bett im Wald, wir haben uns zuviel bewegt in den letzten Jahren, und wußten doch nicht, wo die Abwesenden waren, Ihre vogelgesichtige Tochter, der janusköpfige Herr Er, was waren Ihnen unsere Nachtgestalten, unsere Taggenossen, unsere fernen Hoffnungen vor hartem, gläsernen Himmel? Ich weiß nicht genau, was Sie gesehen haben, denn Sie haben von Zentralafrika gesprochen, nicht etwa von ihrer verlorenen Tochter im Käfig, sondern von den hungernden Kindern in den Savannen, und Sie haben Gemüsecurry gekocht, immer wieder Gemüsecurry, weil sie selbst gehungert haben, und auch ich habe diese Gemüsecurrys gerne gegessen, obwohl sie mich nicht gesättigt haben und Sie selbst wahrscheinlich auch nicht, und ich bin mir auch sicher, daß unsere Ahnungen und Infektionen dieselben sind, und darum erlauben Sie mir zum Abschied ein paar Sentimentalitäten, auch wenn Sie erstaunt sein werden, woher die nun auf einmal kommen, aber ich schwöre Ihnen, ich habe Sie immer bewundert und liebe Sie tenderly and truely, Sie haben für das Gute gekämpft und ich nur für das Schöne, aber dennoch haben wir mehr Gemeinsamkeiten, als Sie und ich wahrhaben möchten, also gestatten sie mir, daß ich Sie anläßlich des Endes unserer von mir persönlich falsch *gemachten* Geschichte umarme, ein erstes und ein letztes Mal, und bitte zucken Sie nicht gleich zusammen.

Dann stellte ich mich auf die Zehenspitzen, es ist nicht leicht, Hilde zu umarmen in ihrer ganzen Größe, aber ehe ich ihren Hals erreichte, duckte sie sich, wand sich, ging leicht in die Knie und schüttelte meine Arme von ihren Schultern unter dem Monument ihrer Tochter auf der Teerstraße hart am friedlichen böhmischen Meer.

VAMPIRIN

Frau Riedle, zischte Hilde, fast über den Straßenrand kippend, fast das schwarze Geröll hinunterrutschend, fast in den Pazifik stürzend, weil sie für einen Moment das Gleichgewicht verlor, lassen Sie das, versuchen Sie nicht schon wieder, mich anzufassen, als hätte ich, oder irgend jemand anders, Hilde schon jemals angefaßt. So aufgeregt hatte ich sie erst ein einziges Mal gesehen, und zwar in jener Nacht, als ihr der Herr Er erschienen war, und so wie sie ihn damals beschimpft hatte, beschimpfte sie jetzt mich, zeterte, fluchte, ich soll ihr vom Leib bleiben mit meiner gefälschten Geschichte und mit meinem wüsten Leben, weil sie sonst Freddy rufe.

Ich versuchte, sie zu beruhigen, streckte ihr meine Hände entgegen, aber sie wehrte mich ab mit ihren erhobenen Unterarmen in Nahkampfstellung, wobei der Tropf mit klackerndem Geräusch zu Boden fiel, nicht so schlimm, er war aus Plastik, mit solcher

Wut hätte ich nicht gerechnet, die Kraft des Guten, wer hätte das gedacht, Hilde war ein harter Brocken, eine mächtige Figur, ich wurde ganz unsicher, sagte, daß ich nicht weiß, was ich ihr getan habe, und Hilde antwortete, sie wiederum wisse nicht, was ich will, keine Ahnung, wovon Sie sprechen, ich bin nicht Ihr Versuchsobjekt, und ich bin auch nicht neugierig, wieviel ein Mensch auszuhalten vermag, das habe ich doch schon einmal gesagt, und dieses Mitgekritzele lehne sie sowieso ab, und Hilde wurde immer atemloser, fast überschlug sich ihre Stimme, und ich bekam ein schlechtes Gewissen und eine dunkle Ahnung davon, was ich im Begriff war zu tun, auch wenn mir das jetzt nichts mehr nützte, denn ich konnte nicht mehr zurück.

Also ich warne Sie, brüllte Hilde, wagen Sie es nicht, Ihre theatralischen Sentimentalitäten, dramatischen Abschiedsnummern und sonstige eventuelle Zirkusveranstaltungen mit Liebe, Abenteuern, Musik, wilden Tieren et cetera, die können Sie sich sparen, keine Ahnung, was Sie vorhaben, aber denken Sie etwa, ich hätte nicht gemerkt, daß Sie heimlich schon eine ganze Weile mitschreiben?! Ständig Notizbücher in meinen Händen, längere Absenzen, soziale Verweigerung, penetrantes Schweigen, lauter eindeutige Zeichen, und es könnte ihr, sagte Hilde, egal sein, was ich da zusammenschmierte, wenn all das nicht zwangsläufig auf eine gigantische Indiskretion, auf Vertrauensbruch, auf Verrat hinauslaufen müßte. Noch ein Verrat. Ja. Natürlich. Ich weiß. Aber ich konnte Hilde das nicht noch einmal erklären. Kurz: Tut mir leid, ich werde mich ändern.

So wurde ich, je heftiger Hilde sich wehrte, dann wieder um so gelassener, warum lasse ich sie nicht einfach noch ein bißchen reden, solange ich nicht noch anfing, ihr den Puls zu fühlen wie die Rumänin des Herrn Er, aber diese kleine Gemeinheit vergaß ich lieber gleich wieder, ich machte das alles ja nicht, um gemein zu sein, sondern, weil ich Hilde und den ganzen Rest wirklich dringend loswerden mußte, damit alles neu werden kann am Ostertag.

Aber vielleicht war ich doch einfach nur gemein und alles andere als demütig, und Carola würde, wenn ich nicht Freddy gesehen hätte, und wenn sie anfinge, mich zu heilen, in der Phase der Anamnese fragen, wozu ich das brauche, was ich damit verbergen will, mit dieser Gemeinheit, oder mit dieser negativen Selbsteinschätzung, je nachdem, was sich ihr am entsprechenden Tag eher aufdrängte, dann würde sie eine erste Diagnose stellen und einen Antrag auf Heilkostenübernahme für die Krankenkasse schreiben, damit ich fortan mit ausdrücklicher Autorisierung und finanzieller Unterstützung durch die Solidargemeinschaft frei assoziieren könnte über Gemeinheit und Demut, Selbsteinschätzung und Selbstbefreiung, und vielleicht käme dann eines Tages die Wahrheit ans Licht.

Unterdessen redete Hilde und redete, sie redete um ihr Leben, um ihre Unantastbarkeit, die ich verletzen würde, schließlich sei sie sich sicher, daß ich schon von Anfang an mitgeschrieben hätte, Sonntag im Waldhäuschen, die Spionin sitzt am Frühstückstisch und der Rumäne im Gebüsch, und ich war mindestens so schlimm wie der Rumäne, der erst auf das Telefon, anschließend auf die Güter, dann auf die Körper und schließlich auf die Geister zugreift, denn Hilde konnte sich schon denken, was ich mit dem ganzen zusammenspionierten Material mache, alles werden Sie benutzen, zeterte sie, von meinem Körper, der heilig ist, bis zu meinem Gartentisch und meinem Telefon, von meinen Freunden und meiner Tochter über mein Häuschen und mein Hütchen bis zu meinen Anekdoten, mein Leben besteht für Sie aus nichts als aus verwertbaren Motiven, die Sie zusammenklatschen werden zu einer geschmacklosen Melange, und wahrscheinlich unterlegen Sie all das, ich kenne Sie doch, mit irgendeiner Ihrer kruden Botschaften, welcher ist mir nicht klar und überdies auch gleichgültig, fest steht aber, daß ich mich nicht dagegen wehren kann, weil Sie das Ganze zur »Kunst«, und hier möchte ich ausdrücklich Anführungszeichen setzen, erklären werden. Das ist Vampirismus. Unmoralisch. Und Hilde sagte, sie wollte sich schütteln vor lauter Ekel.

Nicht, daß ich das angenehm gefunden hätte. Aber ich konnte es nicht mehr ändern. Merkwürdig nur, daß es plötzlich dieses Wort gab, Vampirismus, dieses wüste Wort für wüstes Verhalten von finsteren Gestalten, und jetzt war es Hildes Name für Bedrohung und Verrat, ich kannte einmal einen Vampir mit dem unwahrscheinlichen Namen Herr Er, er hatte in Transsilvanien gesessen in Ceauşescus Jagdschloß, es war viel größer und schöner als unser bescheidenes Waldhäuschen, die Diener sind rückwärts gegangen, und wir haben gelacht, und der Herr Er hat mir meinen Namen gegeben: Riedle, und jetzt gab Hilde mir wieder einen neuen Namen, das war nun schon der dritte, nachdem mich Freddy vorhin Wölfle genannt hatte, man verliert ja fast den Überblick, nur Carola hatte mir noch keinen Namen gegeben, außer daß sie einmal mein liebes Kind zu mir gesagt hatte, von wegen liebes Kind, eine Vampirin sind Sie, und so werde ich Sie ab jetzt nennen, fauchte Hilde, und wer weiß, ob Sie sich nicht sogar unter falschem Namen bei uns eingeschlichen haben, um zu spionieren, und um uns auszusaugen, Riedle, wer heißt denn schon *so?!*

Dies war also die Stunde, da wir immer weniger voneinander wußten, und ich offiziell Vampirin geworden bin, die Diagnose stand fest, Hilde, die Epidemiologin, hat sie, auch ohne mir den Puls gefühlt zu haben, soeben gestellt, Vampirismus, eine langwierige, heimtückische Sache, eine übertragbare Krankheit, eine unanständige Seuche aus den Hinterwäldern, die ausgestorben schien wie die Diphtherie, ich muß angesteckt worden sein, ohne daß ich es gemerkt hatte vor längerer Zeit, fern von Norddeutschland, fern von der Lichtung, auf die der Herr Er mich geschickt hat, in dem Augenblick, als ich ihm entgehen wollte.

Was rede ich denn da! Habe ich gesagt, daß der Herr Er mich auf die Lichtung geschickt hat? So soll es etwa nicht mein freier Wille, meine eigene Entscheidung gewesen sein?! Mein stolzes Ich, ferngesteuert aus dem Trinkerterritorium, vorgeschickt als Spionin, mein Gott, hoffen wir, daß auch das nicht wahr ist, sollte es aber doch wahr sein, so laßt uns beten, daß es nicht bekannt wird! Bin ich doch *sein* Geschöpf und nicht er meines?

Ich dachte, ich wäre auf der Waldlichtung in Sicherheit vor allen Infektionen und vor allen Dämonen, wir haben sie verdammt aus den norddeutschen Wäldern, und ich habe doch genauso friedlich geschlafen wie Hilde, als der Herr Er eines Nachts erschien als Zirkusdirektor zu seiner Inspektion unserer Körper und Seelen, die Rumänin hat Hilde den Puls gefühlt, und der Herr Er hat gesagt, daß ich immer schlafe, wenn es interessant wird, und zum Mitschreiben sei ich ohnehin zu feige, und dann hat er Carola höhnisch grüßen lassen als seine überaus unfähige Kollegin, was auch nicht gerade eine freundliche Beurteilung war und mit mir und meinem Vampirismus absolut nichts zu tun hatte, oder vielleicht doch, jedenfalls hätten wir uns alle auf Ewigkeiten beschäftigen können mit unseren wechselseitigen Anamnesen und Diagnosen.

Aber wenigstens im Moment und wenigstens für Hilde war die Sache klar, von mir aus war ich eine Vampirin, auch wenn ich nicht wußte, wer mich dazu gemacht hat, Hilde, ich selbst, oder der Herr Er, aber nun sollte es so bleiben, und der Herr Er wird kommen, und Hilde und Carola werden verschwinden.

Auch wenn Hilde immer noch sprach. Sie sprach davon, daß ich in diesem Waldhäuschen in ihrem Leben, in dem von Carola und in dem von Freddy, ein sehr, sehr weitreichendes Gastrecht genossen hätte, sprach von Liebe und Respekt, jawohl, to love is to respect, und Respekt heißt Nacktheit vergessen, sprach davon, daß sie mir vertraut hat, das war, sagt sie, ein ärgerlicher Fehler. Süffiges Material für Ihre Ergüsse habe ich Ihnen ja nun geliefert, für weitere Stoffsammlungen stehe ich, das werden Sie verstehen, nicht mehr zur Verfügung. Damit Schluß. Und tschüs. Ich, äh, ich werde jetzt ..., und Sie, Sie brauchen gar nicht so zu grinsen, nur weil mir das Verb nicht einfällt.

Ich grinse doch gar nicht, sagte ich im melancholischen Tonfall einer jahrhundertealten rumänischen Schwermut, im Ernst, liebe Frau Hildegard, ich respektiere, was Sie vorbringen, aber leider ist es zu spät, Sie können nirgendwo hingehen ohne mich. Gehen, das war doch das Wort, das Sie suchten, oder? Aber ich war es, die Sie unter das Blaufußtölpelmonument gestellt hat, wie wollen Sie dort jemals wieder wegkommen, wenn ich Ihnen nicht mindestens ein paar Verben der Bewegung, mit denen es in gewissen Teilen des Trinkerterritoriums übrigens eine spezielle grammatikalische Bewandtnis hat, je nachdem, ob man diese Bewegung nur ein einziges Mal macht oder immer und immer wieder wie der Hamster im Rad, wenn ich Ihnen also nicht gehen, laufen, rennen, fahren, schwimmen, sozusagen ein paar sprachliche Verkehrsmittel, um nicht zu sagen linguistische Fluchtfahrzeuge zur Verfügung stelle? Werde ich aber nicht. Ich kann Sie, auch wenn das brutal klingt, nicht mehr gehen lassen, das wissen Sie doch, und schreien nützt Ihnen gar nichts, es wird Sie niemand hören, und auch Freddy ist nicht mehr da, aus Gründen eines Verrats, allerdings dürfte Ihnen das entgangen sein, aber hiermit haben Sie auch das erfahren, tut mir wirklich leid für Sie.

Fast war ich versucht, dem Tropf auf der Straße einen kleinen Tritt zu geben, nur, um zu zeigen, wie lässig, wie entschlossen und wie grausam ich notfalls sein konnte, weit entfernt vom bürgerlichen Feingefühl der norddeutschen Tiefebene, aber soweit dann auch wieder nicht, denn der Tropf wurde noch gebraucht, ich durfte ihn nicht beschädigen, und Hilde stand ohnehin da mit aufgerissenen Augen und mit Schweiß auf der Stirn, nur daß keine Stechmücken sie umkreisten wie in jener Nacht im Wald, denn auf Galapagos gibt es keine Stechmücken, sondern nur Vampir-Finken, ansonsten sind die Tiere traulich, und dies ist das Paradies, beziehungsweise höhere Literatur, dies ist das Schöne, das über jeden Zweifel Erhabene, und selbst, was nicht schön ist, kann immer noch schön gemacht werden, auch wenn die Leichen nicht geschminkt werden, ich werde Ihnen nichts tun, Frau Hildegard, Sie werden es gut haben, nichts Blutiges, nichts mit Pistolen, ich werde Sie nicht erschießen, und Sie auch nicht mich, das haben wir beide nicht verdient, nein, nein, im Gegenteil, es wird

Ihnen nicht weh tun, es wird Ihnen gefallen, diesmal schon, ich bin ja trotz allem nicht so finster wie der Herr Er mit seiner gefälschten Miss Gloub.

Also machen Sie sich bereit, meine Liebe, für die letzte Runde, für ein kleines Abenteuer, zugegeben, nichts Großartiges, im Zirkus war es aufregender, aber ich werde Sie jetzt zu der fiebernden Carola schaffen mit Ihrem Tropf, und dann werden wir die Sache gemeinsam zu Ende bringen und alle bekommen, was sie brauchen, Kochsalzlösung und so weiter.

Hilde war natürlich zu gar nichts bereit. Stand da, wie angewurzelt, zeigte keine Anstalten, wenigstens den Tropf vom Boden aufzuheben, wollte sich überhaupt nicht rühren, sich noch nicht einmal bücken. Machte aber nichts, die Autorin dieses bescheidenen rumänischen Spionage-Thrillers war in diesem Fall ich, oder meinetwegen der Herr Er, auf den ich jetzt, als *meinen* informellen Mitarbeiter, getrost alles schieben konnte, oder Salvatore Adamo, oder der Neandertaler, aber wer wessen Geschöpf ist, mußte im Moment nicht endgültig geklärt werden, Hauptsache Hilde bewegte sich endlich vom Fleck, und zwar dorthin, wohin ich wollte, kleine Vergewaltigung von Frau zu Frau, ja, der Feminismus ist auch nicht mehr das, was er einmal war, aber auch das nehme ich natürlich sofort zurück, mit Vergewaltigungen, mit dem Feminismus und mit allen anderen Fragen der Selbstbestimmung und deren drohendem Verlust soll man nicht scherzen, darauf wartet das Patriarchat doch nur in seinem Gebüsch.

Also im Gegenteil: Gehen, laufen, rennen, fahren, schwimmen, für mein Todesarten-Projekt über verschiedene Formen von geistiger und sozialer Gewalt, deren Opfer hauptsächlich Frauen sind, war mir kein Verb zu kostbar. Erst einmal bücken und den Tropf wieder unter den Arm, dann ließ ich Hilde gehen, laufen, rennen, fahren, schwimmen, und auch ein paar Mal stolpern, schleudern, schlingern, untertauchen, damit es interessanter wurde, die stolze Hilde, ferngesteuert von mir, die Teerstraße hinunter, ein kurzes Stück nur, gleich liegt rechts das kleine Hotel.

Das immerhin hatte ich geschafft. Hilde war auf dem Weg, nichts konnte mehr schiefgehen, aber ich war erschöpft, am liebsten hätte ich geschlafen, Liebe, Verrat, Vampirismus, diese furchtbaren Anstrengungen, dieser bohrende Hunger, aber ich mußte ja Hilde hinterher. Langsam. Träge. Zerkratzte Haut, Dornen im Fleisch.

GIFT

Folgt nun ein Selbstportrait der Autorin als müde Muttermörderin.

Was hast du empfunden?

Weiß nicht, Erleichterung wahrscheinlich. Trauer? Glück? Vorfreude? Leere? Schläfrigkeit? Schuld? Fragt nicht, ihr Leser, was spielt das noch für eine Rolle, Carola, unsere gute Mutter, hat aufgehört zu existieren, es wird also keine Verhöre mehr geben, aber dafür höre ich die Trompeten, sie blasen zum Gericht, hiermit gestehe ich umstandslos alles, was ich getan habe, der kleine dostojewskimäßige Mord, bei dem Carola Opfer höherer Ideen wurde, wird verziehen werden, die alkoholfreien Delirien und die Fieberträume werden aufhören, ich werde meine pazifische Gefangeneninsel verlassen können, freiwillig nach Sibirien verschwinden, wo immer das nun wieder liegt, und mich dort in aller Einfachheit und Klarheit zu Tode saufen mit echtem Wodka, eine Provinzschlampe und Heimatlosenmuse im rechten Arm und eine im linken, meine kleine Familie. Die Schlampe zu meiner Linken ist etwas zickig und auch etwas groß geraten, und die zu meiner Rechten heißt Sonja, sie hat blondgefärbtes Haar und aufgepolsterte Titten, früher hat sie angeschafft wie Carola, bevor diese leider Psychoanalytikerin wurde, und dostojewskimäßig wird Sonja meine Retterin und Erlöserin sein, es wird eine Rettung aus Liebe werden, woraus sonst, keine Rettung *ohne* Liebe, allerdings bin ich schon gerettet worden, aber Freddy, der mich liebte für eine Stunde, ist wieder weg, doch immerhin gibt es noch die unechte Sonja und den echten sibirischen Suff, dem ich mich frohen Mutes ergeben werde, und dann, meine Kinder, könnt ihr selbst sehen, wie ihr zurechtkommt mit dem Motivchaos, das ich euch werde hinterlassen haben, lose Enden überall, wo sind eigentlich die Georgier aus London geblieben, werdet ihr beispielsweise fragen, ach, ihr Süßen, glaubt mir, die Georgier sind überall, genau wie die Rumänen, und eure mörderische Mutter war schon Gretchen und Faust, georgische Drachentöterin und größenwahnsinnige Frau Hilfs-Nietzsche gleichzeitig, als ihr noch Martin Walser gelesen habt, ihr müßt euch allmählich wieder an die losen Enden gewöhnen, sonst kommt ihr nie ins Dritte Jahrtausend und werdet versauern in eurer fest verschnürten Europäischen Union.

Aber nun hört, was geschehen ist, es ist spät geworden, ich bin müde, schließlich bin ich auch nicht mehr die Jüngste, in nicht allzu ferner Zeit werde ich zum Matronenhaften neigen, auch wenn ihr meint, ihr hättet es immer noch mit einer Halbstarken zu tun, aber wer von uns geht *nicht* von der Pubertät direkt ins Klimakterium, kaum hat man noch schwungvoll mit der Handtasche auf parkende Autos eingeschlagen, schon hängt sie nutzlos und schlaff am Arm wie bei Maggie Thatcher, es geht ja so schnell, plötzlich ist die Wut vorbei, plötzlich ist man froh, wenn alles so bleibt, wie es ist, der einzige Vorteil an Galapagos ist übrigens, daß es dort überhaupt keine parkenden Autos gibt und auch keine Handtaschen, höchstens den Tropf unter dem Arm von Hilde, der unsere Lage verändern wird, also hört nun, was geschehen ist, denn bald muß ich mich hinlegen, weil ich so müde bin, und auch ihr müßt morgen wieder früh raus, eure Welt ordnen, die Liebe neu erfinden. Das Frühstück allerdings müßt ihr euch selbst machen, ich werde dann womöglich schon nicht mehr da sein, aber falls doch, tut mir nichts, und seht vielleicht einmal nach eurer armen, alternden, einsamen Riedle mit den Nudeln im Damenbart in ihrem Schlafzimmer in der prickelnden Metropole.

Es war also spät geworden. Hilde stand schon in dem düsteren Zimmer des schäbigen Hotels, ich kam, mit schleppenden Schritten, kurze Zeit später nach, die schmalen Lichtstreifen, die durch die geschlossenen Fensterläden auf die fiebernde Carola fielen, hatten unscharfe Konturen bekommen, Carola, wie jeder weiß, hatte beschlossen, vor sich hinzusterben in ihrer selbstgewählten Hölle, Freddy war weg, er hatte sie verlassen am letzten Tag des Jahrtausends, sie hatte es geahnt, aber Hilde kam, um nach der armen, alternden Carola zu sehen. Dann hat sie sie an den Tropf gelegt, und ich habe dabei zugesehen mit bleischweren Augen, weil ich immer nur zugesehen und lieber gedacht und beobachtet als gehandelt habe, und außerdem überall nur Gast war, auch wenn ich das Gastrecht mißbrauchte. Nur einmal war alles anders. Da lag ich daheim in den Dornen.

Aber davon dürfen weder Hilde noch Carola je etwas erfahren. Sonst würde es mir schlecht ergehen. Carola aus dem Fernseher steht in einer geblümten Bluse eines Freitagmorgens um halb acht vor Freddys Wohnung in der Stadt, sie ist auf dem Weg ins Gefängnis zu ihrem Mörder und will mit einer Bratpfanne die Tür einschlagen, weil sie vermutet, daß ich dort schlafe, deshalb muß der Sache ein Ende mit Schrecken bereitet werden, jetzt ist Schluß, der Fernsehpfarrer ist entzückt, das Publikum applaudiert, wie haben Sie das geschafft, es war ganz leicht, Carola ist ein Star, und sie bereut nichts, aber Edith Piaf, c'est moi, wenn es so ist, bereue ich eben auch nichts, und mache ein Ende mit Schrecken, aber der Fernsehpfarrer soll sich verpissen, ich werde nicht auftreten in seiner miesen Show.

Es war also an der Zeit, endlich einmal selbst Hand anzulegen, Freddy hatte mir gezeigt, wie das geht, aber diese Mattigkeit, die sich meiner bemächtigt hatte, und längst nicht mehr angenehm war, wollte und wollte nicht vergehen, deshalb war ich froh, daß

Hilde die Arbeit für mich übernahm, schon weil sie sich besser auskannte in sozialen und in medizinischen Fragen. Außerdem: Hilde, ich, wo ist da jetzt noch der Unterschied, wir beide waren zuviel unterwegs gewesen all die Jahre, und ich hatte sie in dieses Zimmer geschickt, Hilde, die keinerlei Widerstand mehr leistete, und, als sie sich über Carola beugte mit krummem Rücken, genauso müde zu sein schien wie ich.

Carola stöhnte, ihr Haar war strähnig und zerzaust, und ich habe zugesehen, wie Hilde Carola den Schweiß von der Stirn wischte.

Seit Stunden hatte sich Carola in dem durchgelegenen Bett hin und her geworfen, der Rücken mußte sie geschmerzt haben, der Kopf drohte wohl zu bersten, unzählige wildgewordene Zimmersalamander und Freddy, der sich nicht um sie kümmerte, ihr jede Auskunft verweigerte und seiner Wege ging, wer weiß, wohin, es war zum Verzweifeln, Carolas Gesicht war wie versteinert, tiefe Furchen in grauer Fläche, wo warst du, Freddy, was hast du getan, cor perfido, treuloses Herz, du bist zu spät gekommen, und du riechst nach Schwefel, geh mir aus den Augen, ich ekle mich vor dir, mit deinen Schnallenschuhen und deiner albernen Perücke, die Arien wollten nicht aufhören, weil Freddy alle zwischenmenschlichen Verträge und Tauschhandelsabkommen gebrochen hat, tausendfach genommen, nichts zurückgegeben, Donna Elvira, furchtbare Buchhalterin, was hast du für glasige Augen, was hast du für fatale Vorstellungen, Freddy, würdest du mal bitte herkommen, Freddy, du bringst mich noch um.

Carola, Opfer geistiger und sozialer Gewalt, Elend rechnet sich in Elend, aber Carola ist sitzengeblieben auf ihrem Leid und auf ihren Arien und Ansprachen, und ich habe zugesehen, wie Hilde ihr Hütchen absetzte, ihre Haare zusammenband und dann Carolas Hand unter der speckigen Decke hervorzog, es wird Mord gewesen sein, und du, Freddy, bist der Täter, sterben werde ich, ja, sterben wird sie, sie hat sich gegen das Leben gewehrt und es mit Worten und mit falschen Fragen beworfen von ihren Liegestühlen, Sesseln, Thronen, und nun wird sie dem Gift erliegen, der Angst, Freddy zu verlieren, der Sucht, ihn zu kontrollieren, dem Willen, die letzten Geheimnisse zu lüften und irgendeine Wahrheit zu hören, bis Freddy gesteht, bis ihr Mörder sich im Gefängnis umbringen wird, er wird erkannt haben, was er getan hat, er wird geheilt sein, aber tot, erst Täter aus niedrigen Beweggründen, dann Opfer einer höheren Idee, der Idee der Erkenntnis, der Idee der Wahrheit, und wessen Schuld muß dann gesühnt werden, die von Carola?, die des Sozialstaats?, die der Psychoanalyse?, nun ja, vielleicht geht das dostojewskimäßig alles doch nicht ganz auf, obwohl Raskolnikows Gott, auch für Besserverdienende!, bekanntlich immer noch tot ist, und niemand einen Überblick über die aktuellen Moralgesetze hat, und nichts verbindlich ist. Außer unsere Sehnsucht. Unsere Lust. Unsere Angst. Und, wenn uns gar nichts mehr einfällt, eben unser guter Geschmack.

Ich gebe also zu, in dieser geschmacklosen Angelegenheit ging es eigentlich um *meine* höheren Ideen, deretwegen ich Carola loswerden und sie an ihrer tragischen Vergiftung untergehen lassen wollte, die geistigen und die sozialen Umstände haben mich dazu gebracht, und ich bin doch selbst gewissermaßen vergiftet mit fatalen Vorstellungen, mit irgendeinem obskuren Gebräu aus dem Trinkerterritorium.

Alt werden im norddeutschen Industriewald? Carolas liebes Kind sein, morgens, wenn der Kaffee duftet? All diese köstlichen Versprechen! Weinen könnte ich, heulen wie die sibirischen Wölfe. Aus Wut. Weil dieses Idyll so falsch ist. Wer soll mich denn jetzt trösten?! Nichts gegen Carola. Sie hat es versucht. Wie eine Mutter. Ich bin ihr dankbar. Das gehört sich so. Also nichts Persönliches. Ich will nur einmal noch mit der Handtasche um mich schlagen vor dem Klimakterium. Zack, auf das Gespenst der Geborgenheit, das mich so gemein getäuscht hat. War mir doch gleich unheimlich. Ach, mein liebes Kind, hab keine Angst! Hab ich nicht!

Doch, hab ich. Meint ihr etwa, verdorbenes Fernsehpublikum, es ist angenehm, Carola zu beseitigen?! Etwas Drastisches zu tun. Etwas Kaltblütiges. Etwas Gemeines. Etwas *wirklich* Unmoralisches. Wie Carola da liegt. Das schiere Elend. Hat sie sich aber selbst ausgesucht. Ihre Hölle. Und wer bin denn ich in dieser Hölle? Eine müde Beobachterin, sonst nichts.

Denn dank Carola und der höheren Idee des Feminismus kommt bisher nur der abwesende Freddy als Verdächtiger in diesem angekündigten Todesfall in Betracht.

Dabei habe ich genau gesehen, wie Hilde, die Heilerin, die Klosterfrau, die Heilige Hildegard persönlich, hingebungsvoll und routiniert zugleich, mit einem Papiertaschentuch und Alkohol aus einem Flachmann Carolas Handrücken säuberte und ihr dann, wo ist denn diese verdammte Vene, man kann sie ja kaum erwischen, eine Kanüle aus der Apotheke in die Ader stach, damit Carola nun versorgt wurde aus dem Tropf, den Hilde an den Schrank neben dem Bett gehängt hatte, mit allem, was sie brauchte, was immer das auch sein mochte. Nein, falsch, ich habe Hilde nicht zugesehen, denn ich war es doch selbst, die Carola an den Tropf legte. Bitte! Ich *möchte* es gewesen sein. Und damit griff ich nach Carolas Handgelenk und fühlte ihren Puls, so wie ich es von der Rumänin gelernt hatte.

Aber Hilde schob mich mit dem Arm weg von Carolas Bett und fuhr mich an, ich solle das lassen, davon haben Sie keine Ahnung, Sie haben sich doch auch sonst nicht groß um Carola gekümmert, genausowenig wie Freddy, dieser Sack, dieser Fisch, wo ist der überhaupt schon wieder, so ein wunderbarer Mann, wirklich enttäuschend, wie mir das alles auf die Nerven geht, dieses ganze Affentheater hier, Carola, ständig am Ende, Freddy immer weg, und Sie haben auch nichts Besseres zu tun als zu glotzen, an mir bleibt dann alles hängen, kochen, abwaschen, trösten, pflegen, und jetzt auf einmal kommen Sie an, und wollen sich einmischen, aber es ist genug, dies hier ist meine Aufgabe, und wird ohnehin nur noch fünf Minuten dauern.

Doch auch diese fünf Minuten wollte Hilde offenbar nicht mehr abwarten. Sie prüfte nur noch einmal kurz, ob die Kanüle auch richtig saß, tätschelte ein letztes Mal Carolas Handrücken, verschränkte dann die Arme vor der Brust. Fertig, sagte sie mit Zufriedenheit in der Stimme, wir können jetzt gehen. Carola wird erlöst sein von ihrem Fieber, und Ihnen wünsche ich noch eine angenehme Nacht.

Carola atmete schwer, bewegte die trockenen Lippen, wollte wohl noch etwas sagen hinein in die beginnende Dunkelheit. Letzte Botschaften an ihren Mörder, der nun nicht mehr geheilt werden wird? An Freddy? An mich? Ich weiß es nicht, es war nichts mehr zu hören, ich habe auch nicht mehr hingesehen, und aufgehört zu beobachten, die letzte Wahrheit, die des leidenden Körpers, muß verborgen bleiben.

Auch Hilde hatte sich schon weggedreht. Sie griff nach ihrem Hütchen, setzte es auf, ihre Müdigkeit schien verschwunden, und voller Kraft holte sie mit den Armen aus, um sich selbst Schwung zu geben, sie habe es nämlich eilig, Ehekrisen, Motoryachten, Weltuntergänge, rief sie, ihr habt Sorgen, und ich habe zu tun, ich kündige, ich mache nicht mehr mit, macht euren Mist alleine, ich muß mich um die rumänischen Seegurkensucher kümmern, es geht ihnen schlecht, sie warten vor der Apotheke, sie leiden, sie wimmern, sie schreien, sie haben einen wahnsinnigen

Ruf, der trägt kilometerweit mit dem Wind, ihre Hände sind riesig und die Adern auf ihren Handrücken dick wie Seile, das ist doch toll, stellen Sie sich das bitte vor, keiner kann ihnen helfen, aber ich, nur ich, werde sie retten können in dieser letzten Nacht des vergangenen und der ersten des neuen Jahrtausends.

Mit großen Schritten durchquerte Hilde das Zimmer, ich ging ihr hinterher, aber den Glückwunsch und den Gruß an ihre vogelgesichtige Tochter, den ich ihr nachrief, als sie die Tür öffnete und noch vor mir hinaus ins Freie stürzte, so wie ich hinausgestürzt war aus der Kirche in Rom, hörte sie wahrscheinlich nicht mehr. Macht nichts. Musikanten sollen spielen zu unserer Versöhnung. Ein bißchen Mozart. Vielleicht etwas Heiteres aus Don Giovanni. Bevor die Trompeten blasen.

Und ein Requiem für Carola. Verdi natürlich. Opernhaft soll es sein. Das Offertorio im getragenen, aber dennoch tänzerischen Sechsachtel-Takt. Zwei Frauen-, zwei Männerstimmen, Chor, Orchester.

Herr Jesus Christus, König der Herrlichkeit,
Bewahre die Seelen aller
Verstorbenen Gläubigen vor den Qualen der Hölle
Und vor den Tiefen der Unterwelt.
Bewahre sie vor dem Rachen des Löwen,
Daß die Hölle sie nicht verschlinge,
Daß sie nicht hinabstürzen in die Finsternis,
Vielmehr geleite sie Sankt Michael,

Der Bannerträger, in das heilige Licht,
Das Du einstens dem Abraham verheißen
Und seinen Nachkommen.

So spielet, singet, aber erst in fünf Minuten. Bis dahin bitte Ruhe.

Aber dann! Dann werden sämtliche Klänge sich mischen, die Trinklieder, die Trauergesänge, Posaunen, Geigen, das zierliche Piccolo, die weinerlichen Hammondorgeln der Rumänen, Märsche, Walzer, Jauchzen, Klagen, und auch jene Melodien, die keine Töne haben. Es wird schön sein und häßlich, und es wird schmerzen in den Ohren. So lange, bis alle Klänge einander aufgefressen haben, und nur noch weißes Rauschen ist, das alles sagt und nichts.

Also. Geschafft.

Na, bist du nun zufrieden? Du kannst kommen. Alle sind weg. Ich bin allein. Das christlich-moralische Lehrstück ist zu Ende. Und nochmals bitte ich um Verzeihung. To whom it may concern.

Und nun?

Essen. Dann schlafen. Dann Sibirien.

Dort wird niemand unserer Namen gedenken, zwischen dieser Ewigkeit und der nächsten, auch wenn die Welt in dieser Nacht zu blöd gewesen sein wird, um unterzugehen, aber selbst das werden wir ihr, eines lauen Tages, nicht mehr nachtragen.

SIEBEN

VII

ANKUNFT

Fühl ich mein Herz noch jenem Wahn geneigt? Der Winter des Untergangs vergangen, nächtelang geschrieben, alles in Worte wohl gesetzt, Frühlingsanfang, Ostertag, und wo ist jetzt der Herr Er, dieser Sack, dieser Fisch?

Zu spät, schon Stunden zu spät, gestehe, wo bist du gewesen, was soll das, mit wem, wie war's, zum Wahnsinnigwerden, ich höre schon die dumpfesten Stimmen, wird kommen gegen 18 Uhr, kurze Nachricht, keine weiteren Angaben, ich am Flughafen, wird kommen, heute, das jedenfalls habe ich genau gehört, die Ankündigung und die Bach-Kantate, Jesus soll mein erstes Wort in dem neuen Jahre heißen, fort und fort lacht sein Nam' in meinem Munde, aber der Herr Er ist nicht erschienen zu jener Stunde, und ich stehe da mit wehen Füßen in viel zu engen Pumps, bald schon wieder Mitternacht, was für eine dumme Idee, hierherzukommen, was habe ich mir nur dabei gedacht, aber es ist andererseits doch alles vorbereitet, die ganze Familie beseitigt, die Seelen zersägt, das Sprechen zerschnitten, die Kontexte enteignet, die Revolten gefressen, die Meere ausgesoffen, der Verzehrwillen verzehrt, und selbst die Geschwister wechseln die Straßenseite und antworten nicht mehr am Telefon, was will er denn noch mehr?!

Immer wieder am Meeting-Point, wo alle Pfeile zusammenlaufen, niemand dort, Meeting-Point, daß ich nicht lache, Halle rauf, Halle runter, Mantel aus, Mantel an, Seidenkleid zerknittert, Lippenstift nachgezogen und wieder verschmiert, dieses Geratter der Rollenkoffer, wer kann das schon lange ertragen, Flucht aufs Klo, Einzelzelle, letzter Aufruf, verspätete Ankunft, metaphysische Durchsagen zuckriger Lautsprecherstimmen auf dem Klo, so weit ist es gekommen mit den Stimmen, ich muß mich getäuscht haben, verhört habe ich mich, die verspätete Ankunft des Herrn Er, ausgerechnet am Flughafen, womöglich noch auf dem Klo, was soll er auf dem Flughafen wollen, und was will ich hier, ein Flugzeug ist kein Ort für dich, das habe ich ihm doch selbst vor nicht allzu langer Zeit gesagt, gut, daß er mich nicht sieht, ich wollte mich doch nicht mehr auf Flughäfen herumtreiben, alte Gewohnheit, deshalb muß wenigstens ich hier gelandet sein, es ist ein Luftkreuz mit meinem Leben, aber wo soll ich ihn jetzt finden, wer soll mich trösten, wer soll mich retten, wer mich loben für meine Taten, falscher Ort, falsche Zeit, zu grell das Licht vor dieser Mitternacht, grelles Licht, ich kann es nicht mehr sehen, Galapagos, Zentralafrika, nur daß es hier nicht so stinkt, leider, das macht diesen Flughafen irgendwie merkwürdig, unheimlich geradezu, diese überbelichteten Gestalten, die hier herumstolzieren, wo haben sie ihre Farbe gelassen und ihren Gestank, ist das der neue Mensch am Ostertag?

Und der Herr Er, wo ist der, vielleicht will er einfach nicht, oder er existiert noch nicht einmal, und alles war vergebens, was machen Sie hier seit Stunden, ich beobachte sie schon die ganze Zeit, sagt schräg von hinten eine Uniform, vielleicht habe ich ihn doch nicht erkannt, es ist ja nicht so einfach, ihn zu erkennen, da sind schon andere, bessere, gescheitert, wie werd ich sein, wie er, wie ich, er wie, ich wie, er wie ich wie er? Ich suche jemanden, wen denn?, will die Uniform, jetzt frontal vor mir, wissen, einen Herrn in Cordhosen und Regenmantel, antworte ich.

Na dann suchen Sie sich einen aus, Cordhosen und Regenmäntel gibt es reichlich, Sie sehen doch noch ganz gut aus, er hat *noch* gesagt, der Ignorant, der sich genauso verirrt zu haben scheint in Zeit und Raum wie ich, denn wie lange, bitte schön, dauert *noch?* so lange, bis der Herr Er aufgehört hat, nicht zu erscheinen?, wie beispielsweise der Italiener und vielleicht auch sein rumänischer Sprachverwandter jenseits der Trinkergrenze etwas umständlich, aber in restmessianischer Hintersinnigkeit formulieren würde, jedenfalls hätte ich *noch* die Wahl, was Cordhosen und Regenmäntel betrifft, nach Dienstschluß, säuselt die Uniform, trage übrigens auch ich Cordhosen, ich könnte mich um Sie kümmern, wenn Sie wollen, und Sie ein wenig trösten, women around forty are the best fuckers in the world.

Nein danke, sage ich mit vorzüglicher Hochachtung, ein andermal vielleicht, im nächsten Leben, in Südafrika, du Faschist, ich will mich wegdrehen, lieber Halle wieder rauf, Halle wieder runter, Mantel aus, Mantel an, aber die Uniform ist sauer, packt mich, politisch nicht korrekter Übergriff, an der Schulter, verlangt meinen Ausweis, Terroristenfahndung, was haben Sie vor, was planen Sie, was wollen Sie wirklich, Breitbeinigkeit bis zum Scheitel, schlammgrüne Teigvisage, nichts, gar nichts habe ich vor, ich suche nur diesen Herrn, der von weither kommt, alles andere geht Sie nichts an und fällt unter Datenschutz, na schön, wenn es sein muß, hier ist mein Ausweis, und wo ist überhaupt der Ihre?

Später, Schätzchen, später, kannst dich ja beschweren, gib einfach alles zu, dich suchen wir schon lange, diese Leute, die sich auf Flughäfen herumtreiben, sind immer gefährlich, also für wen arbeitest du, wo bist du gewesen, was soll das, mit wem, wie war's, die Uniform geht mir auf die Nerven, ich werde noch die Ankunft des Herrn Er verpassen, wenn ich hier noch lange herumstehe, wer weiß, ob er nicht doch noch kommt, und den Lippenstift muß ich auch dringend nachziehen, soll das jetzt ein Verhör werden, es wird aber keine Verhöre mehr geben, und beobachtet wird auch nicht mehr, habe, nun ach, sie doch alle erledigt.

Aha, also doch, jubiliert die Uniform, dieser burische oder bayrische Faschist rückt mir fast bis aufs Seidenkleid, ich muß mich getäuscht haben hinsichtlich der netten Faschisten, ich sollte ihm in seine verschrumpelten Verlierer-Eier kneifen, der Herr Er wird seine Freude haben, und wird mir den Tanz der kleinen Schwäne vorsingen, und ich, ich traue seiner Gnaden, die mich vor allem Schaden, vor allem Übel schützt, leb ich nach seinen Gesetzen, so wird mich nichts verletzen, nichts wird mir fehlen, was mir nützt, also nichts gegen Unterwerfung, aber doch nicht unter diese teigige Staatsmacht, wo kommt die denn auf einmal wieder her, die hatten wir doch schon vor Jahren erschossen und begraben mit unseren Vätern, aber vielleicht ist diese Macht aus der Vergangenheit so gut wie jede andere, und der Herr Er hat mich am Ende an die da verraten und verkauft für drei Liter warmen Wodka und fünf Flaschen süßen Sekt, wird kommen gegen 18 Uhr, war nichts, dafür erscheint kurz vor dieser Mitternacht also eine ganz andere Macht, an die nun wirklich niemand mehr glaubt, dieser aufgepumpte Sack ist mindestens so unzeitgemäß wie die katholische Kirche, eine schöne Ankunft ist das, Jesus soll mein erstes Wort in dem neuen Jahre heißen, und jetzt muß ich mich auch noch verteidigen, ich habe nichts getan, und wenn, dann war nicht ich es, ich habe niemanden terrorisiert, im Gegenteil, ich bin dem Terror des Rhododendrons gerade noch entronnen.

Die durchsichtigen internationalen Flughafenmenschen blicken erschreckt auf, und lassen fahren alle Rollenkoffer, auch sie kennen ein erstes Wort in diesem

Jahre, und hoffen, daß es nicht das letzte sein wird: Terror, und darum fort, nur fort von den netten Fundamentalisten und Fatalisten, was ich den Flughafenmenschen in diesem speziellen Fall zu meiner Überraschung nur allzugut nachfühlen kann, Tschieses Chreist!, wie der Amerikaner sagt, die Dämonen der Zukunft, die Dämonen der Vergangenheit, I trust in His mercy, which protects me from all hurt, from all evil, if I live according to His commandments, nothing will harm me, nothing that I need will lack, kleine christlich-fundamentalistische Zukunftsvision im Nebensatz mit Kathleen Battle als überragender Bach-Interpretin im Kampf gegen das Böse in der New Yorker Carnegie Hall, die mickrige südafrikanische Verliereruniform im Hauptsatz hingegen lacht, sie wird ganz faltig, weil ich nichts plane und nichts getan habe, das sagen alle, alle, die Uniform will sich ausschütten, kindischer Hohn aus schlammigem Gesicht, und was ist mit Hilde und mit Carola, und wo ist dieser Freddy abgeblieben, diese Uniform hat Sorgen, der Weltfrieden ist schon gefährdet, der heilige Krieg erklärt, der nächste Untergang vorbereitet, und der da schlägt sich mit meinen metaphysischen Privatangelegenheiten rum, andererseits war das Private einmal politisch, und das ist es, leider, möchte man fast sagen, längst wieder geworden, weil die Dämonen überall und die Retter nirgendwo sind, und auch der Herr Er ist nicht gekommen, dafür hat man mir diesen Verlierer geschickt, der behauptet, daß er nachgerade alles wisse, dieser Ausweis, sagt er, der ist doch falsch, das sehe ich auf den ersten Blick, selbstgemacht, was, Riedle, schwäbischer Provinzname, Heimaterde in der Möse, so würdest du wohl gerne heißen, so würdest du wohl gerne sein, glaube ich aber nicht, und jetzt werde ich dich mitnehmen zur Feststellung deiner Identität, du Schlampe aus deiner schwäbischen Provinz oder von mir aus auch aus dem fundamentalistischen Hadramaut im Jemen, ich sage nur: Unruheprovinz, alles Übel kommt aus den Provinzen, uns ist es egal, ob ihr Schlampen Schwarzwaldhüte, Silikontitten oder Geschichtsschleier tragt, und wir wissen, daß der fatalistische Herr Er dich dermaleinst entführt, indoktriniert, mit Weihrauch eingeräuchert, und dich zuletzt sogar mit seiner Kalaschnikow schießen lassen hat, auch wenn du, wie immer, nichts getroffen hast. Also: Mitkommen! Und ich sage dir, ein Spaziergang wird das nicht!

Er grinst, und bis zum nahen Ende dieses Tages hat er das letzte Wort, denn was sollte ich dieser Uniform noch antworten, zumal ich an diese lächerliche Helferleinmacht, die so gewollt bedeutungsvoll daherkommt, wirklich nicht glaube, und mich langsam frage, an welche denn überhaupt.

Aber ich ahne, daß ich noch ein letztes Mal über die Grenze muß. Und wandeln in bedächtger Schnelle vom Himmel durch die Welt zur Hölle.

ACHT

VIII

VATER

Unsere Väter sind tot seit Jahren und auch unsere Mütter, jetzt schlafen nur noch die uralten Echsen in den Zweizimmerwohnungen im Schwäbischen, es ist niemand mehr in diesem Wohnzimmer, nur der Herr Er, ihm kann ich vertrauen, doch!, ich vertraue ihm, Jesus soll mein erstes Wort in dem neuen Jahre heißen, dennoch sollte ich mich wohl lieber ruhig verhalten, kein Lärm, keine falschen Bewegungen, keine Fragen, besser ist besser, und ich werde mich auch nicht setzen. Diese immer schon alten Sessel, dieses Mobiliar gewordene, fehlgeborene Glück allein im trauten Heim, das die Kinder tötet, wenn sie nur eine Sekunde zu lange bleiben.

Die Väter und die Mütter jedoch haben *wir* getötet, die aus den schwäbischen Wohnzimmern und aus den norddeutschen Jagdhütten, die mit den schäbigen Pullovern und die mit den gestärkten Hemden, die Männer der Relativität und die der Absolutheit, die

Mütter, die sagen: liebes Kind, hab keine Angst, und die, die uns schlugen, damit wir ordentlich aßen, sie haben uns furchtbare Kräfte gegeben, und dann sind sie gestorben, qualvoll oder nicht, wir haben sie verhungern lassen, vergiftet, erschossen, verraten, die Hand am Abzug der Kalaschnikow, die Augen in den Büchern, die Füße an den Steilhängen des Himalaja, wo uns das Atmen schwer wird, immer noch, aber *sie* können jetzt ihre eigenen, sie können leichtere Wege gehen, wenn sie wollen, eines Tages haben wir sie in Ruhe gelassen, aber sie nicht uns, die Rhododendron-Töchter mieden den norddeutschen Papi-Wald und ich die schwäbischen Zweizimmerwohnungen, wir haben sie gerade vergessen, die Väter, die Mütter, die Götter, die Teufel, die Gespenster, und dann gehen sie wieder um auf ihren leichten Wegen, setzen sich auf unsere Schultern, wir stöhnen, wir fürchten uns, wir brechen fast zusammen, wir richten die hellsten Scheinwerfer auf sie, um zu beweisen: ihr seid nicht da, euch gibt es nicht mehr, wir haben wissenschaftliche Beweise gesammelt gegen euch alle, Formeln, Papiere, Kataloge voller unzureichend beantworteter Fangfragen, psychoanalytische Schriften und deutsche Romane, und wenn ihr nicht augenblicklich verschwindet, dann präsentieren wir sie euch, das habt ihr dann davon, daß *ihr* uns verlassen und nicht mit uns gesprochen habt, noch ehe *wir* euch verhungern lassen, vergiften, erschießen, verraten konnten, und tatsächlich, sie verschwinden wieder, die Väter, die Mütter, die Götter, Teufel, Gespenster, eingeschüchtert, kleinlaut, tot, so machen sie sich davon, und das ist uns dann auch wieder nicht recht, denn wir hätten sie doch gern mächtig und stark gehabt, wenn schon, denn schon, und ich weiß nicht, wie mächtig und stark der Herr Er ist, aber ich kann beweisen, daß er da ist, ich habe Papiere, einen deutschen Roman, er heißt *Versuch über das wüste Leben,* eine einfache Geschichte im Stil unserer Zeit, ich habe sie dem Herrn Er mitgebracht als Geschenk zu seinem Geburtstag, denn diesen Vater werde ich lieben und auch der Metaphysik die Treue halten im Augenblick ihres Sturzes, jawohl.

Die Rolläden sind heruntergelassen, die Glühbirnen sind herausgedreht, der Strom ist abgestellt, aber der Herr Er hat Licht gemacht, ich weiß nicht wie, ich weiß nicht womit, mein Lichtmacher, mein Luzifer, es ist erstaunlich hell, wenn auch sehr kalt in den beiden engen Räumen, drüben im Kinderzimmer mit den zu kurzen Klappbetten und hier in diesem Wohnzimmer voller totenstarrer Sehnsucht, es glänzen auf dem Buffet die messingschwarzen Löwen, sie haben lange schon Krämpfe in den aufgesperrten Mäulern, während die Eidechsen aus versilbertem Blech in den Schubladen schlafen, zur Seite gekippt auf ihren unbequemen Anstecknadeln, und die Vögel, eine ganze Schar, sie stehen auf einem Tischchen, porzellanweiß die einen, farbkastenbunt die anderen, sie alle sind, seit ich denken kann, bereit zum Flug, aber aus dem Flug wurde nichts bis zu diesem Augenblick, obwohl der Herr Er mit ihnen ist. Am locus amoenus in der guten Stube, im Wohnzimmer des Darwinismus.

Wie lange er hier wohl schon sitzt?

Dies ist schwäbische Folklore, gebohnertes Linoleum auf dem Boden, ockergelbe Vorhänge vor den heruntergelassenen Rolläden in dieser Wohnkaserne des Aufbauprogramms, die zur selben Zeit hochgezogen wurde wie der norddeutsche Industriewald, aber dies ist auch der Mittelpunkt der Welt, der Ursprung meiner ganz persönlichen Evolution, wo alle Pfeile auseinanderlaufen wie die Straßenschilder an den Kreuzungen in den ockergelben afrikanischen Wüsten, von dort aus erreicht die fernsten Fernen, wer nur genug Wasser, Geduld, Mut oder Verzweiflung mit sich führt, Humboldt-Gymnasium 9 km, Freiburg 87 km, Heidelberg 123 km, Helsinki 1616 km, Bukarest 1732 km, Kapstadt 9245 km, Galapagos 11 128 km, es lebe die Präzision, ich habe sie hier gelernt, um sie anschließend wieder zu vergessen, die Welt durch Entfernungsangaben begreifen zu wollen, hat sich längst wieder als überflüssig erwiesen, aber in diesen beiden Zimmern in der pädagogischen Provinz war ich Prinzessin für zwei Mal sieben Jahr, in diesem Käfig aus Eternit, den ich geteilt habe mit den Tieren aus Blech, Messing, Porzellan, sie haben mich angestarrt bei Tag und Nacht, sie haben mich beobachtet und ich sie, ich hätte heulen können vor Wut auf ihre verkrampften Mäuler und ihre erstarrten Flügel, aber ich bin dem Eternit entkommen, ha!, lange bevor die von vereidigten Materialprüfern genauestens berechnete und kontrollierte Ewigkeit zu Ende war, hinaus aus dem Material, hinein in den Weltgeist, ich lebte frei von ungefähr, und schuld daran war auch Voltaire, nun ja, und wenn man sich erst einmal auf den Weg gemacht, sich selbst in die Umlaufbahn geschossen hat, kommt man eben rum, immer weiter, immer weiter, so sind die Gesetze der Ballistik, aber warum man irgendwann, nach mehrfacher Umrundung des Lebens, das meistens doch wieder recht geistfern ist, und lieber ganz materiell scheißt in Asien und kotzt in Afrika, was habe ich geschissen und gekotzt!, die Physis, ja die Physis, man würdigt sie allgemein viel zu wenig, warum man also irgendwann wieder am Ausgangsort landet, das ist physikalisch nicht so einfach zu erklären, und ein Spaziergang war das wirklich nicht, du teigiger Flughafenfaschist, da hattest du tatsächlich recht. Ich habe einmal in einem portugiesischen Seefahrerbuch gelesen, daß Weltumsegler das Ende der Welt erreichen, wenn sie wieder am Ausgangspunkt angelangt sind, und also wäre das Ende der Welt hier im Schwäbischen, aber vielleicht erklärt mir das alles der Herr Er, allerdings sitzt er still da auf dem Bettsofa der Eltern und sagt nichts. Ich kenne diese Herren, die schweigen. Sie alle machen das so. Sitzen auf irgendwelchen Sofas, Sesseln, Thronen, verschränken die Arme und geben einfach keine Antworten.

Aber du doch nicht, mein Retter im Regenmantel, Urvater in Cordhosen, Salvatore Adamo, alternder Schlagersänger, dich habe ich gehört, mehr als einmal, du hast eine Träne auf Reisen geschickt, und ich bin ihr gefolgt, es geht eine Träne auf Reisen, sie geht auf die Reise zu mir, der Wind bringt sie mir mit den Wolken, und ich weiß, sie kommt nur von dir, diese blöden Tränen, diese blöden Reisen, jetzt sind sie zu Ende, ist dies womöglich die letzte Vorstellung im Olympia, nein, ausgeschlossen, Paris ist weit, das Olympia, 648 km von hier, so steht es auf den Schildern in der schwäbischen Wüste, ich war dort, im Olympia und übrigens auch draußen in Nanterre, man ist sehr häßlich in Nanterre, doch schuld daran ist nur Voltaire, und Victor Hugo ist ein großer Poet, fast so groß wie der Herr Er, man hat ihm den Literaturnobelpreis gegeben für seine Cordhosen, und er hatte versprochen, Vater zu sein, Sohn und Heiliger Geist, ich muß es wissen, ich sehe noch das Plakat in der Metro für die letzte Vorstellung im Olympia, bitte laß es nicht die letzte Vorstellung sein, du wirst mich doch nicht auch noch verlassen, dies ist nicht das Olympia, dies ist eine Zweizimmerwohnung im Schwäbischen, ich bin allein hier, obwohl ich Eltern hatte und Geschwister, sie lagen in den Klappbetten neben mir, mehr kann ich von ihnen nicht erzählen, weil ich sie unterwegs verloren habe, auch sie sind losgerannt, aber ich glaube, es war bereits kurz hinter Heidelberg, als ich sie zuletzt gesehen habe, und wahrscheinlich bauen sie jetzt Häuser und heilen Menschen, ich habe keine Ahnung. Dafür erinnere ich mich an Hilde, meine ungewisse Verwandte vom Amazonas, doch auch sie ist mir abhanden gekommen irgendwo, aber ich, ich bin zurückgekehrt in diese Zweizimmerwohnung, natürlich nicht ganz freiwillig, okay, okay,

okay, wie der Amerikaner sagt, wenn es ein Problem gibt, im Petersdom oder anderswo, und ich hebe noch einmal meine nackten Handflächen beschwichtigend vor den Körper wie Jesus, der seine Wundmale zeigt, ich gebe ja schon alles zu, dies bin ich, die Zweizimmerwohnung, die toten Väter und Mütter, die verlorenen Geschwister, die Tiere mit den Krämpfen, dies ist, Flughafenfaschisten aller Länder aufgemerkt, meine Identität, bitte schön: Riedle, allerdings hätte Salvatore Adamo, mein Vater, mein Trost, den ihr nicht kennt und auch niemand anderer, aber der einst den Tieren ihre Namen gegeben hat im Paradies, mir wirklich einen hübscheren, einen weniger schwäbischen Namen geben können, und vielleicht auch eine Decke, es ist so kalt hier, aber ich werde nicht um eine Decke bitten, niemals, Angora, Mohair, Kaschmir, das ist das letzte, es gibt kein Angora, kein Mohair und kein Kaschmir in den schwäbischen Zweizimmerwohnungen, nur viel zu kurze Klappbetten, ich werde darin nicht mehr schlafen können, und auch nicht lange bleiben, aber wenn der Herr Er so weitermacht, und nichts sagt, gehe ich sofort, auch wenn ich nicht weiß, wohin jetzt noch.

Was sollte aus mir werden, eine strebend sich bemühende Revolutionärin wie Faust: zu spät, eine bürgerliche Wundärztin wie Wilhelm Meister: schönen Gruß an Hilde, eine schöne Leiche wie Werther: nichts da, wäre ja noch mal schöner, nicht umsonst hat der Herr Er gesehen, wie Goethe vor seinen Augen implodierte wie ein alter Fernseher, dann noch am ehesten die Dostojewskivariante, warum wolltest du mich eigentlich nicht haben in deinem liebreizenden Sibirien, wären doch nur 8543 km Luftlinie gewesen, weniger als nach Südafrika, ein Katzensprung sozusagen, was sind schon Entfernungen, was der Unterschied zwischen Sibirien und Schwaben an diesem kalten Tag?

Du gönnst mir die Provinzschlampen nicht, gib's zu, aber wir hätten sie uns doch teilen können, eine für dich, eine für mich, es hätte dir gefallen, hab keine Angst, mein Vater, hab keine Angst, und die Schlampen hätten dich erkannt, wir wären erstrahlt im Sternenglanz, wirklich schade, was soll ich nun tun, mit mir und mit dir?

Vielleicht sollte ich dir jetzt die Provinzschlampe machen in der schwäbischen Zweizimmerwohnung, und dich retten aus Liebe, woraus sonst, und dich trösten, weil dich niemand kennt.

Nun denn, warum eigentlich nicht, streue mir Mutterboden in die Möse, nimm mich in den rechten oder in den linken Arm und tu mit mir, was immer du willst, ist das nicht ein Angebot, ich werde dich lieben, und ich werde dich schlagen und dafür sorgen, daß du ordentlich ißt, Hauptsache, du sprichst mit mir.

Wenn jemand spricht, wird es hell, wissen wir doch von Freud, und sagte ich ja bereits auf der Waldlichtung, und es ist doch hell hier, wenn auch sehr kalt, also warum sprichst du nicht?!

Sprich, sonst werde ich Freddy rufen, allerdings ist der ja ebenfalls weg, macht nichts, es geht auch ohne ihn, ich werde, wenn du nichts sagst, nämlich einfach gehen, irgendwohin, alleine Richtung Peripherie, du kannst ja bei den Tieren bleiben am Mittelpunkt der Welt, ich hoffe, du wirst ihnen nichts tun, denn sie werden dir Gesellschaft leisten, und wenn du dich langweilst, kannst du ihnen neue Namen geben, also schlaf wohl auf deinem Bettsofa, mach's gut im Eternit, hier hast du eine Decke, das Frühstück, mein Sohn, mußt du dir jedoch selbst machen, die Zweizimmerwohnung werde ich abschließen und die Schlüssel wegwerfen zu deiner eigenen Sicherheit, dann wirst du sehen, was aus dir wird.

Nichts.

Und aus mir?

Ich werde eigene, leichtere Wege gehen, und mich ab und zu auf eine Schulter setzen.

Wie? Hast du doch etwas gesagt?

Oder ist dies jetzt meine eigene Stimme, die ich höre?

Gabriele Riedle,

1958 in Stuttgart geboren, lebt seit 1979 in Berlin. Sie hat zahlreiche Reportagen aus allen Weltgegenden veröffentlicht. 1998 erschien *Fluß,* ein Roman, der gemeinsam mit Viktor Jerofejew entstand. Nie zuvor wurden Texte eines russischen Autors und einer Deutschen zu einem großen Ganzen zusammengefügt.

Gabriele Riedles *Versuch über das wüste Leben* ist im Oktober 2004 als zweihundertachtunddreißigster Band der *Anderen Bibliothek* im Eichborn Verlag, Frankfurt am Main, erschienen. Das Lektorat lag in den Händen von Rainer Wieland.

Dieses Buch wurde in der Korpus Garamond Antiqua von *Buchflink* Rüdiger Wagner in Nördlingen gesetzt und bei der Fuldaer Verlagsanstalt auf 100 g/m^2 holz- und säurefreies mattgeglättetes Bücherpapier der Papierfabrik Schleipen gedruckt. Den Einband besorgte die Buchbinderei G. Lachenmaier, Reutlingen. Ausstattung & Typographie von franz.greno@libero.it

1. bis 7. Tausend, Oktober 2004. Von diesem Band der *Anderen Bibliothek* gibt es eine handgebundene Lederausgabe mit den Nummern 1 bis 999, die folgenden Exemplare der limitierten Erstausgabe werden ab 1001 numeriert. Dieses Buch trägt die Nummer:

* 7141